新丝路世界人文经典

会说话的猪

[匈牙利] 莫尔多瓦·捷尔吉 著
杨永前 译

莫尔多瓦·捷尔吉
中短篇小说选

外语教学与研究出版社
北京

京权图字：01-2021-4910

© Moldova György, 1987.
Simpilified Chinese edition © Foreign Language Teaching and Research Publishing Co. Ltd., 2021.

图书在版编目（CIP）数据

会说话的猪：莫尔多瓦·捷尔吉中短篇小说选／（匈）莫尔多瓦·捷尔吉著；杨永前译．——北京：外语教学与研究出版社，2022.5
（新丝路世界人文经典）
ISBN 978-7-5213-3555-2

Ⅰ．①会… Ⅱ．①莫… ②杨… Ⅲ．①中篇小说－小说集－匈牙利－现代 ②短篇小说－小说集－匈牙利－现代 Ⅳ．①I515.45

中国版本图书馆 CIP 数据核字（2022）第 068817 号

出 版 人	王　芳
项目策划	彭冬林　徐晓丹
项目统筹	徐晓丹
责任编辑	徐晓丹
责任校对	于　辉
封面设计	郭　莹
插图设计	郭　莹
版式设计	孙莉明
出版发行	外语教学与研究出版社
社　　址	北京市西三环北路 19 号（100089）
网　　址	http://www.fltrp.com
印　　刷	紫恒印装有限公司
开　　本	650×980　1/16
印　　张	16.5
版　　次	2022 年 5 月第 1 版 2022 年 5 月第 1 次印刷
书　　号	ISBN 978-7-5213-3555-2
定　　价	49.00 元

购书咨询：（010）88819926　电子邮箱：club@fltrp.com
外研书店：https://waiyants.tmall.com
凡印刷、装订质量问题，请联系我社印制部
联系电话：（010）61207896　电子邮箱：zhijian@fltrp.com
凡侵权、盗版书籍线索，请联系我社法律事务部
举报电话：（010）88817519　电子邮箱：banquan@fltrp.com
物料号：335550001

出版说明

2013年9月和10月，习近平主席在访问哈萨克斯坦和印度尼西亚时，先后提出共建"丝绸之路经济带"和"21世纪海上丝绸之路"（即"一带一路"倡议）。"一带一路"倡议，继承和弘扬了"团结互信、平等互利、包容互鉴、合作共赢，不同种族、不同信仰、不同文化背景的国家完全可以共享和平，共同发展"的丝路精神，倡导沿线各国之间实现互联互通，促进相互间的经贸合作与人文交流。特别是习主席关于"构建人类命运共同体"的理念和主张乃人心所向，众望所归，不仅得到了国际社会的高度响应，写进了联合国大会决议，而且也是中华民族站在新的历史起点上对人类和平发展的智慧贡献。

"国之交在于民相亲，民相亲在于心相通。"在推进"一带一路"建设、促进各国互联互通、构建人类命运共同体的进程中，民心相通是基础。实现民心相通的前提和最直接有效的手段，是通过阅读了解彼此的文化，克服文化偏见，增进文化理解，促进相互信任，加深人民友谊。不言而喻，文化理解是实现民心相通的基础和前提。

"一带一路"沿线国家，大多为文明古国，在历史上创造了形态各异、风格不同的灿烂文化，是人类文明宝库的重要组成部分。但毋庸讳言，这些国家大多数是发展中国家，又多为中小国家，他们的母语或官方语言大多是"非通用语种"。囿于译者和阅读人数较少，过去我们对这些国家的人文经典著作的译介和研究远远不够。"一带一路"倡议提出以来,我国已经与"一带一路"沿线多个国家开展了政府间人文经典互译项目的合作,其中中国与俄罗斯、阿拉伯国家、阿尔巴尼亚、葡萄牙、以色列、斯里兰卡等多个国家和地区的经典互译工作已经产生了丰硕成果。但总体来说,目前的译介还不能满足今天读者对"一带一路"国家人文经典阅读日益增长的需求。为此,我们组织翻译出版这套"新丝路世界人文经典"丛书,其目的就是重点翻译介绍"一带一路"沿线国家的哲学思想、文学艺术等领域的经典作品,以期填补空白,为我国读者了解这些国家的文化打开一扇窗户。

这套丛书有以下几个特点:1. 所涉猎的学科、领域和题材丰富,涵盖哲学、思想、历史、文学、文化等,便于对对象国文化有较为全面的了解;2. 以挖掘"新"作为重心,不求面面俱到,对于已经在国内有比较好的译本的名著,不重复翻译;3. 这套丛书是开放式的,随着认识和研究的不断深入,我们会及时补入新篇目;4. 力求从原著的语言直接翻译,避免因其他外语转译而减损对原著的理解。

我们深知,此项工作并非易事。很多语种译者资源非常有限,甚至不过寥寥数人。限于学识和经验,我们对"一带一路"国家的人文经典梳理不足,或许挂一漏万。但我们相信有广大专家学者的鼎力支持,一定能够有所建树,为促进文明互鉴与文化交流贡献绵薄之力。

"文明因交流而多彩,文明因互鉴而丰富。"我们期盼,这套丛书的翻译出版将有助于我国读者通过对这些国家人文经典的阅读,更多了解"一带一路"沿线国家的人文传统和民族特质,促进民心沟通,夯实"一带一路"建设的民意基础。

外语教学与研究出版社

2022 年 3 月

目录

莫尔多瓦·捷尔吉和他的讽刺幽默小说 / 5

匈牙利父亲什特拉尼茨基 / 1
断螺钉 / 9
无敌足球队 / 14
私生子 / 38
寡妇维斯·奥斯卡妮 / 42
双人竞争小提琴和打字机 / 47
为和平上二十菲勒保险 / 61
参加过战争的大象 / 68
匈牙利的原子弹 / 75
被诅咒的单位 / 79
国会大厦易主 / 82
罗腾比莱尔街93号A栋立宪共和国 / 88
会说话的猪 / 94
飞吧，歌儿！ / 118
天上的阴影 / 156
干得漂亮，雇佣杀手！ / 210
老故事 / 231
神枪手 / 244

莫尔多瓦·捷尔吉和他的讽刺幽默小说

莫尔多瓦·捷尔吉是匈牙利公认的作品得到最广泛阅读的当代本国作家。他从20世纪50年代开始发表作品，迄今已出版70多本书，总发行量约1300万—1400万册。小说、报告文学、戏剧、人物传记等是他的主要创作领域。尽管他的报告文学影响巨大，但读者在想起他时，首先想到的却是他的讽刺幽默小说。

他的讽刺幽默小说天马行空，充满奇思妙想，让人回味无穷。他的作品独树一帜，非常具有自己的风格，他人难以模仿，以至于莫尔多瓦·捷尔吉这个名字在匈牙利成了讽刺幽默的代名词。

莫尔多瓦·捷尔吉1934年3月12日出生于布达佩斯。母亲当过轻金属熔炼辅助工人、市场售货员，父亲开过香烟铺，后来靠打零工维持一家的生计。他的原名叫本夫·捷尔吉。1952年被布达佩斯表演艺术学院编剧系录取。上大学期间，首次发表作品时使用了"莫尔多瓦"这个名字。1957年因忙于创作戏剧，认为文凭无用的他离开了表演艺术学院，直到多年后，他才获得毕业证书。

此后，他当过锅炉装配工、矿工、园丁、工读学校教员、罐头厂的工人。1958年进入匈牙利电影制片厂当了编剧。1964年起成为自由职业者。他从未参加过任何党派，但自认为是左翼作家。

莫尔多瓦·捷尔吉写讽刺幽默小说的动因是什么？我们不妨看一看他在随笔《不写讽刺小说是困难的》一文中是怎么说的。他写道：

> 说实话，我是准备当救世主的，或者至少是当个先知，我从来没有设想过有朝一日我将要写讽刺作品。我是怎么走到这一步的呢？
>
> 在我生命中最困难的一个时期，出版社接二连三地拒绝了我的短篇小说集和长篇小说，我每天只靠20福林生活。不错，那个时候的福林比今天值钱，但用这个钱，在那个时候也没人把楼房卖给我。比如，我没钱买明矾，因此刮胡子时就把脸割破了，我就用盐处理伤口。我不建议别人效仿！
>
> 我走进烟草街的一个奶制品店吃早餐，看着眼前的半升牛奶和三个小圆面包，我陷入沉思：我怎么才能在文坛找到自己的立足之地？突然，我从思绪中惊醒：在外面的大街上站着一名男子，他夏天也穿着大衣，软帽耷拉到耳朵上。他用拳头去砸橱窗，砸了五六下，力量非常之大，橱窗玻璃差点就要破碎。
>
> 我向女服务员望去，期望她跑去叫警察，或者至少抓起卷帘门的钩杆，教训一下那名施暴者。我惊讶地发现，她只是耸了一下肩，就继续去干自己的活儿。
>
> "你不管管他吗？"
>
> "不值得，疯子，他有精神病证明。"
>
> "有精神病证明就可以砸橱窗吗？"

"当然!"

我紧张地凝视着眼前的牛奶杯,感觉自己站到了伟大的发现的门槛上。在文学中,有什么东西提供的自由能像精神病证明提供的自由那么多呢?嗯,也许是讽刺文学?要是我尝试这一体裁的话,会怎么样呢?也许我也可以一次又一次地去砸橱窗?!我记得,后来我就开始了尝试。

莫尔多瓦·捷尔吉的讽刺幽默小说有他的独到之处,这与他对幽默和讽刺的认识密切相关。那么,在他的眼中,幽默是什么?讽刺又是什么?也是在《不写讽刺小说是困难的》一文中,他写道:

> 幽默从本质上讲指向僵化的、与现实格格不入的行为。这不仅适用于个人,而且适用于国家结构和社会秩序。幽默总是瞄准黏附在事物身上的僵化,用抽象的解释面对现实的画面。幽默最常使用的工具是反转。我们把事物本身散发出来的那种快乐叫幽默。我们把人为制造的并试图强行嵌入事物的那种笑料叫生硬的幽默。生硬的幽默不是幽默。
>
> 在讽刺作品中,让不同的历史时期发生冲突,这种手段总是会出效果的。轻浮的主观的嘲讽,不管出自多么有才华的作家,其真正产生的影响顶多不会超过几页,然后其动力就会消耗殆尽,读者会逐渐厌倦,然后失去兴致。在讽刺作品中,我们要说的话要通过人物的命运,在看似真实的环境中表达出来。我们不能为了自己开心而装疯卖傻,并允许自己忽视事实和人物。讽刺作品喜欢对细节进行详细刻画。

在莫尔多瓦·捷尔吉看来，沉默有时也会产生绝妙的讽刺效果。他说："再大的呐喊声也比不过沉默，沉默并非绝对意味着赞同。"他在随笔《讽刺作品是怎样诞生的》一文中举过这样一个例子：

  有一个美国新闻摄制组曾在西伯利亚拍摄，他们找到了时任总统叶利钦的一个远房亲戚。这是一个有文化且风趣的男子，对于世界的未来具有全面的想法。采访者说，只有一个像林肯那样有魅力的、无可挑剔的领导人才能拯救俄罗斯，然后问道：
  "您的亲戚鲍里斯·叶利钦不是这样的人吗？"
  这名男子没有回答。摄像师是个资深摄像师，他一直让镜头停留在被采访者的脸上，沉默持续了17秒钟。那时，对于政治家是不可以有稍微严重的批评的。

不少人曾经问过莫尔多瓦·捷尔吉一个问题：你这些奇奇怪怪的故事是怎么想出来的？

他是这么回答的："有一个不知疲倦的合作伙伴的确在给我提供素材和主意，这个伙伴就是生活。我要做的只是去关注它，然后写到纸上。"他还说："现实远远地超越了我经过痛苦才汇聚起来的主意。"

这听起来似乎比较抽象。我们不妨来看一下经典名篇《会说话的猪》是怎样诞生的吧！作者曾记录下了这篇小说的创作灵感，摘录如下：

  我永远感激匈牙利广播电台，其新闻节目和其他的节目是我创作讽刺作品用之不竭的源泉。《会说话的猪》的创作灵感也来源于此。

我通常五点一刻起床，然后跌跌撞撞地走进厨房做早餐。在煮茶和搅拌酸奶油凝乳的时候，我会打开收音机听。与其说我是在听收音机，不如说我嫌太安静了。

有一句特别的话传到了我的耳朵里。当时，收音机里正在播放农村节目，一个国营农场的畜牧饲养员主管正在讲述自己的工作。突然，他说出了下面的话：

"……以后在给猪催肥的时候，我们不会再使用这个饲料了，因为动物们觉得它太酸了！"

好啦，就是这句话。我正在搅拌酸奶油凝乳的叉子停了下来，我变成了一个活生生的问号：

"他是从哪里知道的？"

因为假如他说是他自己认为饲料酸的话，我还可以接受。尽管吃猪饲料不是一件光彩的事，但无论如何，我都应该尊重他的个人观点。

我们不可能跟他争辩，假如他措辞笼统，说这种饲料不合猪的胃口，且有实证为凭：给猪倒了比方说10公斤饲料，结果剩下9公斤，或者不管怎么使劲地吃，居然还剩下11公斤。

但他从哪儿知道猪恰巧认为这个饲料就是酸的，而不是比如苦的或者太甜？爱吃熏口条的人都知道，猪的舌头和我们在镜子中看到的我们自己的舌头完全不同，味蕾的排列方式不一样。

我早就把酸奶油凝乳搅拌均匀了，但我还没有为畜牧饲养员主管的结论——动物们觉得它太酸了!——找到令人信服的解释。当然,我不可能想到当事人说错了话,或者措辞不准确,一名畜牧饲养员主管不可能发生这样的失误。那么,他可能是从哪儿知道的呢?

经过长时间的思索后,我突然想到:的确存在一种方式,让畜牧饲养员主管可以得出上述结论。这就是:假如有一只猪,一只会说话的猪亲口告诉他。

谜底已经解开,我在幻想:假如给这只会说话的猪起名叫尤日,它的主人时不时地对它说:"尤日,你这个婊子养的!"这就太有意思了。

瞧!《会说话的猪》的创作灵感就是这么来的。这篇小说1978年发表后立即引起轰动。"尤日,你这个婊子养的!"很快就成了匈牙利人的口头禅。

如何解读《会说话的猪》?有人认为,它讽刺的是人的劣根性:尤日为了自己的生存和仕途,不择手段出卖同伴;向国营农场女经理求婚被拒后,通过揭发女经理玩忽职守使其遭到撤职,自己取而代之。有人认为,它揭露的是国营农场官员欺上瞒下、弄虚作假的腐败问题。当然,也有其他的解读。仁者见仁,智者见智。不同阅历的人会读出不同的内涵来。我认为,即便把这篇小说纯粹当成童话来读也未尝不可。也许,这就是这篇小说的魅力所在!

作者把尤日这个角色写活了。在现实生活中,我们是不是觉得这个尤日有些眼熟?在这篇小说诞生30多年后,作者发出过这样的感慨:

>历史上的大尤日们消失了……然而，留下来的小尤日们却像蘑菇一样在繁殖。凡是有尤日的地方，那里到处都是尤日，在政治、经济和文化领域莫不如此。制度变了，但他们不愿意随之消失。不仅过去是他们的，现在和未来也是他们的。尤日是永恒的。

聊完《会说话的猪》，我们再来重点关注他的两类佳作：

莫尔多瓦·捷尔吉通过作品展现了战争的残酷、对人性的扭曲以及在黑暗中人们温情互助的光辉。《匈牙利父亲什特拉尼茨基》刻画出一个跟所有政权都进行合作欺骗人民的人；《参加过战争的大象》揭露了殖民者的丑恶嘴脸，同时又阐述了一个深刻的道理——人一旦沉迷酒色，就会导致玩物丧志；《天上的阴影》描写了一名军官不愿与世俗同流合污却最终被落井下石的故事，深刻揭露了军队腐败、党同伐异等问题；《老故事》描写二战时期布达佩斯一家剧院发生的一名演员为保护医生与箭十字党士兵、盖世太保斗智斗勇的惊险故事。

莫尔多瓦·捷尔吉的讽刺幽默作品关注社会矛盾，针砭社会痼弊。《断螺钉》《匈牙利的原子弹》对人们司空见惯的官僚主义、形式主义、人浮于事、做事敷衍等现象进行了有力的嘲讽；《双人竞争小提琴和打字机》反映了贫富分化和社会不公问题；《飞吧，歌儿！》揭示了某些人弄虚作假，对历史文化进行践踏以及社会对这种行为的麻木不仁；《被诅咒的单位》和《神枪手》讽刺个人崇拜、对官员的阿谀奉承；《罗腾比莱尔街93号A栋立宪共和国》反映了普通民众的穷困生活。

值得一提的是，莫尔多瓦·捷尔吉曾在专业足球队司职右后卫，踢过约700场比赛。也许，说他是足球踢得最好的小说家一点也不过分。《无敌足球队》是他创作的一篇以足球为题材的小说。中国的足球迷都知道，20世纪50年代，匈牙利曾涌现出一批天才球员，他们所向披靡，被誉为"黄金球队"。后因各种原因，"黄金球队"解散，匈牙利足球从此陨落。这篇小说被认为是讽刺匈牙利足球的寓言故事。

莫尔多瓦·捷尔吉喜欢引入第三方视角，以第一人称叙述故事，《无敌足球队》《断螺钉》《匈牙利父亲什特拉尼茨基》《寡妇维斯·奥斯卡妮》《私生子》等短篇小说中的"叙述者"均是一家小酒馆里的常客。他们以生动的语言把一段段故事娓娓道来，令人印象深刻。

本书共收录莫尔多瓦·捷尔吉的18个中短篇小说，这些篇目选自他的多个小说集，时间跨度从20世纪60年代到80年代，且全部译自匈牙利语。这些小说题材各异，或写实，或荒诞，或幽默，或讽刺。有的读起来让人轻松愉快，有的读起来让人心情沉重。不少作品提出了非常值得人们思考的问题。一些篇目中的荒谬产生了令人震惊的效果。

莫尔多瓦·捷尔吉文学成就突出，先后荣获匈牙利国家最高文化奖——科舒特（匈牙利1848年革命和自由斗争的领导人）奖以及尤若夫·阿蒂拉（匈牙利诗人）文学奖、纳吉·拉约什（匈牙利作家）文学奖、匈牙利企业家戴姆延·山多尔创办的文化奖——"最杰出奖"。另外，他还获得保加利亚的希特尔·彼得（民间智者）讽刺奖。

莫尔多瓦·捷尔吉是一个非常勤奋的作家，八十岁高龄以后，依然笔耕不辍，时不时就有新作问世。当然，这其中少不了讽刺幽默作品。

他在八十五岁生日之际接受匈牙利记者采访时说，如果不写作，他就感觉不舒服，况且他还有话题没有写完。

衷心希望他在晚年写出更多更优秀的讽刺幽默作品。

杨永前

2022 年 4 月

匈牙利父亲什特拉尼茨基

一天晚上，龙套演员什特拉尼茨基在酒馆里讲述了这么一个故事。

1915年，即第一次世界大战的第二年，作为年轻演员的我在外地一家小剧院演戏。我们把在布达佩斯大获成功的爱国戏剧《老旗手》和《陆军中尉是个女人》拿来演。结果白费力气，观众早就厌倦了战争故事，只有为数不多的几个人站在剧场的后面，前十排我们完全可以栽上土豆，这对我们简陋的晚餐也不会造成危害。有一次，正在演出《老旗手》，当发现第一排中间坐着一位身材高大、风度翩翩的先生时，你们就想想我该有多震惊吧。在一大段独白的间隙，我问下面的提词员："拿赠票的那个人是谁？"但提词员回答说，那位先生是在售票处按规定买的票。

在我看来，这位风度翩翩的先生把注意力全部倾注在了我的表演上。不错，是我在演老旗手这个角色。我的大段独白是这样结束的："你问'我是谁？'，我曾经是一个匈牙利父亲，我失去了自己的儿子，所以我不可能再把自己说成父亲，但我是匈牙利人，一直到死都是。皇帝万岁！"这时，这位先生使劲地拍着自己戴白手套的双手。

演出结束后,有人敲我的化妆间的门,这位风度翩翩的先生走了进来,他弯腰递给我他的名片,上面写着:市长毛特伊德斯·尤热夫博士。

"我能为您做点什么?"

"首先,请允许我对您的这部戏表示祝贺。您用令人震惊的发自肺腑的声音把父亲的痛苦表现得淋漓尽致。您真的有孩子吗?"

"没有,市长先生,我希望没有。"

"太神奇了!太神奇了!您在这所剧院的薪水是多少?"

"第十排座位的收入归我,市长先生。"

"可那排座位几乎是空的。您愿意为国家效劳吗?"

"什么意思?"

市长停顿片刻,意味深长地看着我。

"我想让您当匈牙利父亲。"

他把我应该完成的任务做了一番描述:我将穿上博奇考伊服①,就像一个儿子已经上了战场的普通匈牙利父亲那样去火车站,鼓舞士兵们乘坐军用列车上前线。作为匈牙利父亲,也许我还能为他们送上祝福。

我站在饥饿的边缘,就连当票也在当铺里了,别无选择的我不得不粘贴白色毛发:白色的唇髭和科舒特式的胡子②。我去了火车站,在一列开往塞尔维亚的军用列车前发表了处女演说。亲爱的先生们,

---

① 博奇考伊服,匈牙利民族风格服饰,得名于埃尔代伊(今罗马尼亚特兰西瓦尼亚)大公博奇考伊·伊什特万(1557—1606),特点是男女上衣上都有装饰性很强的纽扣结。
② 科舒特式的胡子,匈牙利1848—1849年革命和自由斗争的领导人科舒特曾蓄着络腮胡子,其特点是刮掉了下巴上的胡子。他在自由斗争失败后流亡国外。科舒特式的胡子后成为匈牙利男性表达消极抵抗的一种形式。

那是何等的成功啊！当讲述"我的儿子"时，我说我曾经把他怜惜地抱在怀里，是我把他送上了战场，为祖国和皇帝而战。假如需要的话，就是战死沙场也在所不惜。我自己也被感动了，我以我的名誉担保，假如我还有儿子，我会把他们一起送上前线。士兵们哭了，只听见他们的喊声在车站上空回荡："住手！住手！塞尔维亚人！"我发誓，假如他们发现身边有一个塞尔维亚人，他们肯定当场就会把他的喉咙咬断。

我就这样无忧无虑地度过了一年半。午饭前和晚饭前，我都要去一趟火车站，我的演说让军用列车上的士兵们泪流满面，然后我就大吃一顿。后来，我不得不节食，因为我的脸太圆了，而从喀尔巴阡山到多瑙河下游，一位经历了无数风暴洗礼的匈牙利父亲的形象，显然只可能是瘦瘦的。

感谢我们的那些愚蠢的将军，即使压根就没有敌人，他们也会输掉这场战争。我的演说效果越来越差。我对毛特伊德斯先生抱怨过，作为匈牙利父亲，我单枪匹马可没法赢得这场战争。1916年秋天，第一个西红柿朝我袭来，紧接着的是第一根腐烂的辣椒，此后洗衣店也没法把我的博奇考伊服洗得特别干净。我承认，每天晚上我都难以入眠，我从来不认为自己是个天才演员，但在我的职业生涯中还从来没有发生过比洋葱更卑贱的植物被扔上舞台的现象。幸运的是，我的挣扎因输掉战争而终止。

苏维埃共和国①时期，我来到布达佩斯，重新进入一个小剧团。我的收入相对而言还算不错，但我却没有演过超过三四句台词的角

---

① 苏维埃共和国，指匈牙利苏维埃共和国（1919年3月21日—8月1日），是俄国十月革命后又一个在欧洲成立的共产党政权。

色。有许多次，我想起我曾经塑造的伟大角色"匈牙利父亲"：在火车站，一列列军用列车上的士兵们倾听我的演说长达半个小时，而我却没有半点愧意。我哭湿了枕头，里面的鸡毛结成了块状。

一天，我在拉科齐大街上遇见毛特伊德斯市长先生，我的高兴劲儿溢于言表。我想向他打招呼，可我的这位前雇主却表现得像不认识我似的，他只是用眼神示意我跟他走。令人非常震惊的是，他把我引到了社会民主党的总部。他把我请进一间屋子，用钥匙把门锁上后激动地转过身来：

"亲爱的什特拉尼茨基先生！我们从前的事业给您带来了巨大成功，我不否认它也给我也带来了巨大成功，我因此获得了许多奖励和津贴，但遗憾的是它破产了。但我不相信，一位匈牙利父亲对社会民主党就没有可用之处吗？！"

第二天，我们去见这个党领导机构的成员瓦赫什博格·本杰明同志。他聚精会神地看完我的节目，没看出来他不满意。

"这个主意不错。"他说，"我们的群众深受民族主义的毒害，一位匈牙利父亲——假如我们处理得当的话——真的会对他们产生重大影响。但是，整个节目要重新编排。"

"是的。也许要修改成这样：我有两个儿子，两个人都在战争中死亡，为皇帝献身！"

"谁现在还提皇帝啊？他已经被推翻了。我们现在不是与他作斗争。两个儿子死亡的主意不错，可予以保留，但要修改成他们为保卫工人阶级的利益而遭到杀害。"

匈牙利父亲的外在形象发生了变化：我不再穿博奇考伊服，改穿工装裤和靴子。每隔三天我才被允许刮一次胡子，而且得用旧刀片，这样才能保持胡子拉碴的效果。国歌也不唱了，改唱《起来，社会党人，我们列队！》。我的新演说取得的成功超越了鼓舞人们上战场的演说，开头是这样的："无产阶级的兄弟姐妹们，作为普通工人和匈牙利父亲，我要跟你们说……"凡是我去过的工厂，社会民主党的党员人数就激增，他们对共产党人实施排挤。可能正因为这一点，库恩·贝拉[①]和其他的共产党领导人从监狱里出来后，我就被匆匆忙忙地关进一间腾空的牢房，是骑着大白马的霍尔蒂·米克洛什[②]把我解救了出来：

毛特伊德斯先生在监狱门口等我。他领子上的扣眼里插着光环状饰针。他领我走进"匈牙利光环党"的总部，感动地把身子转向我：

"亲爱的什特拉尼茨基先生！我一直都知道，我们了不起的主意'匈牙利父亲'孕育于幸运的时刻。简直难以想象，'匈牙利父亲'在哪一个制度里找不到用武之地！我以'匈牙利光环党'领导层的名义诚挚地欢迎您。给您，这是预付款，您去买一件战争时期穿的那种博奇考伊服，明天就作为'光环党'的匈牙利父亲启程参加全国巡回演讲。"

"但我还不知道我该说什么呢！"

"和过去差不多，您就栽赃共产党，说您的两个儿子是被共产党杀害的，但却不能像社会民主党的匈牙利父亲那样痛骂共产党，我们毕竟是一个比较温和的政党。当然，在演讲结束时不能再唱《起来，社会党人，我们列队！》，而是要唱《求造物主圣神降临》。"

[①] 库恩·贝拉（1886—1939），匈牙利共产党政治家，1919 年匈牙利苏维埃共和国的领导人。
[②] 霍尔蒂·米克洛什（1868—1957），1920 年至 1944 年为匈牙利摄政王。

这之后，我们合伙干了许多事情。不管是收复埃尔代伊①，还是在匈牙利南部或斯洛伐克，都是我给摄政王霍尔蒂·米克洛什献面包和盐，我的身份是普通的匈牙利父亲。后来，上帝给了我重新鼓舞士兵上战场的快乐，我的身份还是匈牙利父亲。尽管在这期间我没有生孩子，但幸运的是，我却"送"三个儿子参加了针对布尔什维克的"十字军东征"②。在演说中"我的儿子"的数量增加了，但为了公正起见，我并没有收取额外费用。这时，画报社和新闻电影制片厂发现了我，让我全身心地投入到战争的动员工作之中，几乎每星期我都出现在某一个画报上：《一位匈牙利父亲写给当兵的儿子的信》《一位匈牙利父亲替儿子收获荣誉》。可怜的毛特伊德斯先生在战争期间就去见祖先了，当名为"解放"的围城战到来时，我已是形单影孤。有好几年，我都无法下定决心去任何一个地方尝试当匈牙利父亲。我就像摇摆不定的中农一样与一家乡村剧院签了约。1949年年末，我接到国家宣传局的一份通知。我穿上了从前的工装裤，去科瓦奇奇局长那里报到。

"您是现成的人才。"科瓦奇奇同志说，"我们将激发您的活力，您先做农民父亲，如果干得好的话，我们任命您为无产阶级父亲也并非没有可能。我们将派您去与富农斗争的第一线。"

在农村的一家合作社商店的橱窗里，我一站就是一整天，我的手必须指向从富农手中征用的半袋面粉、一罐猪油和九瓶胶水，说："这

---

① 埃尔代伊，即今天罗马尼亚的特兰西瓦尼亚，历史上为匈牙利王国领土。1920年6月4日，匈牙利作为第一次世界大战的战败国与协约国签订《特里亚农条约》，将其割让给罗马尼亚。1939年，第二次维也纳仲裁将特兰西瓦尼亚北部划给匈牙利。1947年，巴黎会议《对罗和约》将特兰西瓦尼亚北部归还罗马尼亚。
② 针对布尔什维克的"十字军东征"，指第二次世界大战期间匈牙利军队越过边境向苏联开战。

些都是富农们从我的孩子手中夺走的东西。"在组建农业合作社的时候，我成为率先签字的人，每天我都去不同的村庄，在报名表上第一个签字："作为匈牙利父亲，我只能在大规模联合经营的前景里确保我的孩子们的未来！"后来，在认购国库券的宣传活动中，我们也进行了成功的合作。科瓦奇奇同志兑现了自己的承诺：任命我为无产阶级父亲，后来鉴于我的年龄，又任命我为无产阶级祖父。

作为"反圣诞老人"，我以自己的身份为战胜教权主义的偏见提供了帮助，我发给孩子们的不是糖果而是宣传册。有时，我要在报纸上给在劳动竞赛中落后的"儿子"写信，说我这个匈牙利父亲多么地为他感到羞愧，期望他尽快赶上排头兵。

1956年10月到来时，我并非毫无准备。我把工装裤挂到钉子上，从柜子里取出从前穿过的博奇考伊服。可以说，这两套行头就足以应付20世纪上半叶的整个匈牙利历史。我得到的任务相对简单：站在一辆卡车上，高举点燃的蜡烛在城市里巡游。车子时不时地会停下来，我高呼："匈牙利人！你们宣誓吧！"于是，众人就跪在地上宣誓，尽管他们不知道为何而宣誓，但宣誓本身还是呈现出了令人振奋的景象，加强了民族感情。对一位匈牙利父亲来说，这比什么都重要。

1956年11月，我把博奇考伊服挂到衣架上，又从钉子上取下工装裤。我想加入老兵的行列，"反圣诞老人"中的大多数已经加入了这个行列。然而，国家宣传局已经解散，又没找见科瓦奇奇同志，我被吩咐去找部里的一位清瘦、有唇髭的男子。他首先让我讲述自己的经历，当我讲完时，这名男子笑了起来。

"我非常高兴，我们终于可以当面认识了，在我们的生命中我们已经见过好几次面了。假如您是'匈牙利父亲'，那么我就可以说我自己是'匈牙利男孩'。您乐于把我送上战场，先是第一次世界大战，后来是第二次世界大战，期间您煽动社会民主党人和箭十字党①人对付我。但我并非出于报复才不给您安排工作，而是因为我们不需要您。"

清瘦的男子陷入深思。

"但为了让您看见我是多么地希望您过得好，我给您推荐一份临时工作。现在，我们正在修复英雄广场纪念碑上的七个部落首领的塑像，遗憾的是陶科肖尼大公②的头断了。这太让人不愉快了，因为要是让外国人或者反动派看见那个位置空了，他们就会立即猜测：在我们民族的历史中，为什么我们恰恰不接受陶科肖尼呢？或者，情况更糟，他们认为陶科肖尼大公叛逃了。在我们把他的头粘上去之前，您愿意站到陶科肖尼首领的位置上吗？我认为，这个工作不费什么力气，您的装饰效果在那里一定会发挥出来的。"

我接下了这份活儿。此后，我就站在了一个大理石亭子里。每天晚上，当广场上的人散去后，我就试图说服阿尔帕德③：作为匈牙利人的父亲，您当初就不应该觉得自己太辛苦而停留在了喀尔巴阡盆地。既然是给自己的子孙后代寻找家园，您就应该往西再走几个盆地。

(1965 年)

---

① 箭十字党，匈牙利法西斯主义政党，在纳粹德国的支持下于 1944 年 10 月攫取政权，1945 年 3 月箭十字党政权瓦解。
② 陶科肖尼大公，匈牙利大公阿尔帕德之孙，生活于公元 10 世纪。
③ 阿尔帕德，匈牙利历史上第一个大公、马扎尔部落联盟首领，公元 895 年率领马扎尔各部落定居于喀尔巴阡盆地。匈牙利历史第一个朝代从阿尔帕德算起，直至 1301 年结束，该朝代被称为"阿尔帕德王朝"。

断螺钉

一天晚上，H.科瓦奇在酒馆里讲述了这么一个故事。

如果费伦茨城青年队在天使之地①或新佩斯②踢球的话，我习惯坐77路公共汽车去看比赛。了解这条线路的人都知道，在半道上也就是行至城市公园时，有一个栏杆会把汽车拦住。人们管它叫"长久耐心栏杆"，因为肯定会出现等半个小时栏杆才抬起来的情况。我把这个情况已经考虑在内了。那是一个星期六，比赛时间定为中午，但我吃完早饭就抓起一本好书出发了。

九点钟光景，我们就到了"长久耐心栏杆"那里。当然，栏杆已经放下了。司机关掉发动机，下车去了。我当时带的是《战争与和平》，于是就开始读了起来。当我抬起头的时候，书里的人物已经死了一半。

我环顾四周，上帝啊，只有我一个人坐在车里，外面天色已暗，我瞥了一眼我的帕克牌金表：七点半。我以为是公共汽车发动机出现了故障，所以我们才不能继续前行。

---

① 天使之地，布达佩斯第13区的一个地名。
② 新佩斯，布达佩斯第4区的别名。

我跳下汽车，原来是栏杆绞盘里的螺钉断了，导致栏杆无法升起来，这里的交通已经瘫痪了10个小时。我能做什么？我叫来一辆出租车，但比赛早已结束，费伦茨城青年队输给了新佩斯队。要知道，少了我的声音，费伦茨城青年队无法获得空中优势。我想去公共汽车公司总部投诉，但接待投诉时间正巧与少年队练习赛的时间冲突，我宁愿放弃投诉。

后来的事实证明，我做得非常对，因为假如我不息事宁人的话，我可能就会卷入丑闻之中。我的一个有影响力的朋友私下告诉我螺钉断了之后发生的事情，他的名字我不想说出来，因为这可能会演变为国际丑闻。

第二天，铁路防护员科瓦奇·113·贝拉去中心仓库找新螺钉，但不管多么地使劲找，他都没有找到。这种螺钉只在英国生产，但由于英国已改用交通灯，工厂早已关闭，剩余的螺钉跟我们换了火鸡。仓库管理员记得在劳茨哈佐①的仓库里还保留着一颗螺钉，电话打过去，但那边却说没有，甚至还说他们也需要三颗螺钉。

铁路防护队队长与科瓦奇·113·贝拉慢悠悠地朝栏杆走去。在路上，科瓦奇·113·贝拉对自己的上司说，他用两颗钩钉就能把栏杆修好，而且能够安全地使用很多年。他竖起食指说，他的条件是单位要给他发30福林②的特别奖金，因为单位5年才发一双靴子，而他的靴子早已有了裂口，他想修补一下。但队长没有这个职权，科瓦奇·113·贝拉耸了一下肩，每月才拿940福林的薪水，他有权当白痴。

---

① 劳茨哈佐，佩斯州的一个村庄的名字。
② 福林，匈牙利货币名称和单位。

谁也拿栏杆没办法，铁路公司总经理室很快与国家钢铁机械厂取得联系，要求订购螺钉。国家钢铁机械厂承诺：1986年将能运来1500万颗螺钉，在此之前，半颗也没有。

横卧在那里的栏杆开始让形势变得尴尬起来，因为全国三分之二的汽车都搁浅在了栏杆的两侧，前面的车倒是愿意掉头，但在队尾已经等了几乎六七个小时的车总是相信迟早会通车的。

事情的发展已超越了铁路交通的范畴，因此不得不报告"道路、出口和入口运营局"，运营局在接到报告后表示将立即采取措施。9名工程师、41名技术员和一名非技术工人乘坐直升机降落在栏杆旁边。工程师们和技术员们把一块小圆牌手手相传，最后由那名非技术工人用钉子钉到栏杆上。圆牌上写道："栏杆关闭可能会超过10分钟！"后来，他们就掏出扑克牌，玩起了凯纳斯特①。到了六点半，也就是已经过去了12个小时，这算他们不折不扣地出工一天，于是他们收起扑克牌，登上直升机，飞走了。

然而，这一措施并没有解决问题，尽管汽车司机们和乘客们在这里呆得很舒心。彩票销售商和临时烧烤摊在栏杆旁边安营扎寨，甚至国家储蓄银行也启动了一个以"栏杆-花园城市"为名的永久性住房促销活动。

这期间，"道路、出口和入口运营局"采取了一系列新的措施，成立了"栏杆与禁止通行标志科"。整个科的216人浩浩荡荡地前往现场评估情况。由于直升机太多，找不到降落地点，他们就乘坐火车专列抵达栏杆所在地。他们先是颁奖，然后举办舞会，直至第二天早

---

① 凯纳斯特，始于乌拉圭的一种纸牌游戏。

晨才结束。最后,由一名非技术工人给圆牌子上画了一个0:"栏杆关闭可能会超过100分钟!"

也许,牌子上的0还会一直繁殖下去,但一个外国代表团偶然从栏杆旁边走过,看到有如此多的人聚集于此,遂要求匈方做出解释。于是,有关方面决定修建一条绕行道路。

这一工程委托给了一名相当缺乏经验的工程师,其结果是:这条道路从一个菜园子的温室大棚、一家纸张店和退休老太太欧切纳什·毛蒂尔德的厨房里穿过。老太太一煮饭就把厨房的门关上,交通也就陷入停顿。这个时候,小汽车和国际运输车辆就搁浅在纸张店里。店里的服务员这下可高兴了,因为明信片的销量剧增,原因是邮政公司在收银处设立了一个临时邮局,凡是从这里寄出的信件都可以盖上特种邮戳。

这一情况持续了三个星期,就在这时,欧切纳什·毛蒂尔德嫁给了从前曾向她求过婚的鲁鲍楚季·巴林特。鲁鲍楚季经常喝得醉醺醺的,把勺子砸向从厨房里经过的汽车,甚至有一天他突然变得非常固执,宣称:就是上帝的汽车来了,也绝不允许开进自己的住宅,果真要有汽车开进来的话,他会拿一把鞋匠的割皮刀扎进汽车的轮胎。

由于栏杆还是处于关闭状态,当局尝试修建一个地下通道。不幸的是,建成后,却忘了在地下通道的入口处挂一个"禁止鸣喇叭"的标志牌,有一辆汽车偶然鸣了一下喇叭,结果导致天花板成片掉落。后来才搞清楚,原来天花板是由一些假工程师设计的,而他们得到手的却是真真切切的奖金。

没有别的选择,只好修新路。新路的设计方案面向全国招标。由格鲁巴茨·德热·欧托卡尔总工程师领导的评标委员会把100万福林的一等奖授予格鲁巴茨·德热·欧托卡尔总工程师。根据他的设想，一座空中桥梁将把栏杆的两侧连接起来。

1964年年底，以俄罗斯和匈牙利两位空气动力学先驱的名字命名的"齐奥尔科夫斯基-奥什博特·奥斯卡空中桥梁"落成。在修建过程中，空中桥梁的设计图被修改，结果最后修成的不是空中桥梁，而是火箭发射场。这里为马车配备了专门的燕麦储藏室，为小汽车安装了内置电视机，但就在落成典礼之前，电视机里的显像管却被人偷走了。

然而，电视机受到的小小损害并没有影响落成典礼的喜庆气氛。火箭是用刻有毛久人[①]刺绣图案的马口铁制成的，看上去非常漂亮，上面还装饰着一位知名的超现实主义工艺美术家设计的图案。但在第三次发射时才发现，发射装置里的发动机有一颗螺钉断了。遗憾的是，在"小型火箭运输公司"的仓库里找不到这种螺钉。这种螺钉也是由英国制造的，但英国的火箭已改用生物电做动力，乘客只需向装在发动机上的小皮囊里吹上两口气，发动机就能运转，生产这种螺钉的英国工厂也已经关闭，最后一颗螺钉跟我们换了火鸡。

所有这一切都是科瓦奇·113·贝拉在关闭的栏杆旁的亲眼所见。他的妻子上周装进他包里的腊肉已经发霉，他切下一小块，美滋滋地笑了。

(1966年)

[①] 毛久人，匈牙利东北部城市迈泽克韦什德及其附近地区的匈牙利人自称毛久人。毛久人以色彩艳丽的民间刺绣出名。

无敌足球队

一

一天晚上，H.科瓦奇在酒馆里讲了这么一个故事。

就算我们能活一千年，亲爱的先生们，但像姚什恰克·贝拉（他曾和什泰尼茨、波德霍拉构成传奇的中场线）那样的教练，我们再也看不见了。他痴迷于足球，睡在球场上，躺在用球网做的吊床上荡来荡去，脑袋下面放一个足球，盖着红白两色的旧衣服。他经常随身携带一块小小的磁力黑板，尝试把各种战术解决方案写到上面。在一个不眠之夜，他想出了进攻型门将阵型，后来被德国和波兰的俱乐部队采用，而且大获成功。

没有没毛病的人，这名资深教练在监管纪律方面似乎有点过于夸张。球员们最晚下午四点半就得躺到床上。有一次，他看见我们的中锋五点十分从国家博物馆的古生物展上溜出来，于是在博物馆的台阶上劈头盖脸地揍了他一顿。而且姚什恰克并不满足于让球员遵守纪律，他还亲自检查包括洗衣房在内的工作，对球场餐厅午饭吃什么酸菜也指手画脚。

尽管球队赢得了冠军,但球队的领导层不喜欢姚什恰克的专横方式,他们宁愿摆脱他。很快,机会就来了。姚什恰克要求更改国际航班线路,因为螺旋桨的轰鸣声干扰头球训练,这一建议没有得到球队领导层的支持。无奈之下,姚什恰克当天就写了辞职信。

在足协的档案室里已经堆积了61封姚什恰克写的类似信件。尽管足协想帮助这位资深老教练,但却根本找不到一支此前没与他吵过架的甲级队或乙级队。为了不让他失业,足协就派他去一个足球不发达的国家——默罕迈达尼亚①当国家队教练。姚什恰克的心里充满深深的愤怒,手里拿着一个他挑选的小牛皮做成的足球,启程前往非洲。

抵达后的第一个晚上,当地人就告诉他,尽管他们始终尊重他的意见,但遗憾的是,他不能去指导这个国家的象牙加工业。后来当地人还以最礼貌的方式把他请出中央地震研究所,因为这个研究所的工作他也想去干涉。这样,姚什恰克就不得不把自己的所有能量都倾注在足球上。

晚上,咚咚的神秘鼓声在丛林的上空散布着这样一个信息:"资深教练姚什恰克·贝拉正在招收学员,报名者请把缠腰布和犀牛皮凉鞋带来。"

听到召唤,一下子来了一万五千人,姚什恰克举办了资格赛,内容包括:投掷椰子、在假想的鳄鱼前逃跑一百米。这些都是默罕迈达尼亚的民间体育项目。他只让获胜的300人尝试足球训练。

这些球员比他的预期要弱,主要是技术上弱,比如只有一名老巫

---

① 默罕迈达尼亚,作者虚构的一个国家。

师能令人满意地用左脚把球踢向球门。姚什恰克必须完成巨大的工作，才能整合出一支有作战能力的球队去角逐"银色长牙"国际杯赛。

姚什恰克训练球队所使用的全国唯一一块足球场被高高的椰子树包围，类人猿和鹦鹉的尖叫声让这名资深教练敏感的神经更加紧绷。他千百次地渴望重新得到在国内时的特权。在这里，球员们在酷暑中干脆放弃训练，他们跳入湖中去洗浴。这时，姚什恰克就尝试晚上搞训练，可一到黄昏球员们就拿起礼拜毯成群结队地去附近的清真寺做礼拜。这名资深教练拿他们一点辙也没有。

按照他的老习惯，他现在也睡在球场上，在球网里荡来荡去。现在，他悲伤地望着月光下胡乱丢弃在那里的足球。他意识到必须放弃自己的隐秘幻想，即将默罕迈达尼亚的足球队培养成一支劲旅，然后带领自己的弟子们访问匈牙利，通过战胜匈牙利队去证明：把他驱逐到非洲是多么地不公正。

足球的砰砰声把他惊醒。在第一个瞬间，他还以为是弟子们从清真寺祈祷回来后在继续训练，但让他非常震惊的是，那些白天在周围的椰子树上观察他们训练的大体格猴子已经把足球据为己有。姚什恰克被他们吓坏了，因为他们长长的黑色毛发在月光下闪着幽灵般的光芒，但他的恐惧感很快就消失了，他被猴子特别的球感给迷住了。

那些他千百次白费口舌地传授给球员们的技术细节却被椰子树上细心的公猴子们掌握了，他们放松而自由的动作让人想起世界冠军巴西队。一只矮猴子在跑动中向球门方向踢出传中球，站在中路的同伴向前一冲，用头球破门得分。姚什恰克抑制不住内心的兴奋，不由自主地大声叫好，鼓起掌来。

猴子们受到惊吓后爬回树上。这天晚上，他们也没有胆子再下来了。第二天，姚什恰克就猴子的事请教在球队中担任左边锋的老巫师。

巫师说，默罕迈达尼亚人把这种猴子称为"胡姆切切利"，意思是"狡猾的鬼"，这种猴子属于最善于学习、最有灵气的动物。这个国家以前的英国绅士不仅训练他们锄地、驾驶拖拉机，而且还让他们干复杂的工作。一只智商特别高的猴子在当地"旅行者俱乐部"甚至做到了管家。由于职业的原因，巫师基本上能说动物和鸟的语言，于是他自告奋勇在姚什恰克和猴子之间充当翻译。

晚上，他们俩躲在球门柱旁边，等待猴子们从树上下来玩放在球场上的足球。当猴子们正在玩球时，巫师突然出现在他们面前，咕咕哝哝、哼哼唧唧地跟他们说话。看样子，猴子们听懂了他的话，因为他们没有逃回树上，而是在对面的球门处把脑袋凑在一起开始商议。

过了一会儿，一只有威严的中年猴子从猴群中走出来，他爬到树上取回一个带金穗的帽子，上面清晰地写着：旅行者俱乐部。他把帽子戴到脑袋上，在距离姚什恰克几步远的地方谦卑而又有意识地停住脚步。

姚什恰克转向巫师：

"请问他们：想不想踢足球？"

巫师用姚什恰克已经熟悉的哼哼唧唧和咕咕哝哝把问题翻译过去，从前的管家把带金穗的帽子一抬，表示歉意。他把这个提议告诉同伴们，然后用深深的喉音说出唯一一句他还记得起来的英语："Yes, Sir."

管家继续用自己的语言说话。习惯了欧洲球员风格的姚什恰克担心他们把同意踢球与一件事情挂钩：他们能否把附近种植园里那些收成好的椰子树作为他们的居所？当巫师把管家的回答翻译过来后，他如释重负。管家说，猴子们清楚地知道，要享受足球就得付钱，但遗憾的是他们的经济条件不好。管家问姚什恰克是否愿意教他们，他们愿意支付十株蕨类植物和两堆白蚁，最多还能再加九个彩色蜗牛。业余球员能有如此的职业精神，让姚什恰克深受感动，他放弃了酬金，这个我们就不必多言了。

他的工作从此分成了两部分。白天，为了面子上好看，他训练的是默罕迈达尼亚的那些毫无希望的球员，不过他现在经常打发他们去洗澡、去做礼拜。让当地的体育官员们震惊的是，这名资深教练居然习惯了爬树，因为他白天多次爬到树上，亲自检查猴子们的生活是否真的合乎体育运动的标准。这些官员把这个特殊的习惯归因于默罕迈达尼亚潮湿的气候严重损害了这位资深老教练的神经，于是遗憾地告诉他，他们无法延长年底到期的合同，但姚什恰克对此根本不感兴趣。

他真正的生活从月亮升起后开始。猴子们从树上爬下来，听到姚什恰克的哨声后，先在场地上跑上几圈，然后进行热身，他们热身时做的是一套体操动作，世界上任何地方的打分员都会打出最高的十分。

然而，更大的困难是让它们习惯使用合乎规范的足球装备。短袖T恤和短裤他们倒还可以忍受，但带钉的足球鞋却对他们敏感的脚构成极端的折磨。姚什恰克想不惜一切代价把他们打造成一支外表无懈可击的球队，他宁愿放弃几个特别有才华但却皮肤过于敏感的球员，也要坚持让他们穿上球鞋。

在球队的组建过程中，从前的管家给他提供了非常大的帮助，管家在球场上是有攻击性的中场球员，让人想起最好的中场波日克①。不仅如此，他还像乐队指挥那样指挥着他的队友们。他有自律的特点，起先他戴着有金穗的帽子踢球，但在看到这严重干扰顶头球时，就把帽子摘掉。在球场外，他被证明是一个合格的队长，在没有接到任何特殊命令的情况下，每天晚上，他都让来拜访的母猴子们远离年轻队员。

到了年底，合同也到期了，姚什恰克成功地组建起了一支具有战斗力的猴子足球队。甚至，在最好的11名球员身后，每个位置都还有适当的后备队员可供他调遣。只剩下一个困难需要克服：通过什么办法可以把他们带到欧洲去？因为默罕迈达尼亚的法律规定，每人最多允许带11只猴子出境。

把将近两米高的猴子塞进皮箱是可笑的。没有更好的办法，姚什恰克最后接受了巫师的提议，把11名后备队员的名字写到巫师的海关申报单上，因此他随身携带了两大麻袋的魔法工具。巫师在担任翻译之外，还承担了为队员按摩的工作。

196X年5月，一艘用斯坦利·马修斯爵士命名的英国游轮从默罕迈达尼亚首都阿拉赫阿克巴启程前往欧洲。姚什恰克和老巫师呆在甲板上。根据姚什恰克的愿望，猴子们被安置在舱底，关在共用的宽敞的笼子里。这样，球员们就有机会通过酣畅淋漓的个人训练保持自己的状态，甚至他们之间还打了几场小型比赛。

一路上，足球的砰砰声让船员们陷入绝望，一艘艘救生艇处于随时可用状态，因为船员们确信：这个噪音是发动机故障所致，此故障

---

① 波日克，匈牙利"黄金球队"的右中场波日克·尤热夫，1952年奥运会男足冠军队成员。

迟早会引起爆炸。他们做梦都没有想到，原来是 22 名丛林居民——猴子在舱底切磋球技，准备把欧洲的那些顶级球队打个落花流水。

二

早在非洲居住期间，姚什恰克就拿到了"伊布斯对外贸易促进会"①的彩图宣传册，他怀着极大的兴趣将里面的价目表读完。在宣传册的空白处，他立即在"永久住房和小户型建设服务"上做了标记。花一万美元就可以在拉克什乔包②得到一个能满足他各种条件的带花园的独立房屋，但尤其引起他兴趣的是价目表的附件，上面的介绍文字如下：

亲爱的男同胞（女同胞）！为了给客户提供更好的服务，我们把服务项目扩展至行政和法律领域。我们以此希望拉近我们流落异邦的血脉与这个流淌着奶和蜜、葡萄遍地的国家的为过去和未来均已受过惩罚的人民的距离。请您注意我们的低廉价格：

1. 新的名字 9 美元；
2. 新的姓 11 美元；
3. 伯爵头衔（送盾章和家庭墓穴，仅供外国人）200 美元；
……

姚什恰克买下了全部 22 名球员的姓名，总共花了 440 美元。经过长时间的考虑，他用从前自己也效力过的费伦茨城黄金球队的队员

---

① 伊布斯对外贸易促进会，20 世纪五六十年代匈牙利的一个中介机构，通过它，生活在西方的匈牙利人可以给其生活在匈牙利的亲戚和朋友邮寄礼物或汇款。
② 拉克什乔包，布达佩斯 17 区的一个居民点。

名字做他们的名字。在"伊布斯对外贸易促进会"的订购单上，他首先写上了那些后来登上过无数报纸头版的名字：第尔瑙、阿寿、高宝、什德尼茨、姚什恰克（他把自己的名字给了老管家即球队队长）、波德霍拉、希波茨、科赫·盖佐、豪拉斯、沃达斯和毛道拉斯。后备队员则得到了老对手MTK俱乐部队的球员的名字。

当他回到拉克什乔包时，带花园的房屋已经修好了，按照预先讲好的条件，房屋周围竖起了高高的围墙。为了不引起别人的注意，他趁着夜色将笼子运到这里，从远处的商店采购了球员们所需的蔬菜和水果。只有动物园的代理人听说了猴子的事，此人想把这些猴子据为己有，但当这些猴子用从"伊布斯对外贸易促进会"买来的名字逐个做了自我介绍之后，他就只好打了退堂鼓。

姚什恰克从来就不具备特别的外交天赋，他意识到必须得把自己的球队交给别人来管理。于是，他每天都去足球协会，长时间站在走廊上试图找到合适的人选。那是一个星期一（这是球员交易的主要时间，联赛会议就在这天举行，周末的比赛也在这天敲定），姚什恰克遇见了老福尔卡奇·维尔莫什。

福尔卡奇·维尔莫什原本是皮毛和内脏批发商，在他的商店被国有化之后，他被安排在"新生活"棺材手工业合作社做采购员，但实际上他是靠足球生活的。他把自己的儿子出售了四年。由于他的儿子从小右腿就比左腿短，所以他就把儿子培养成了左边锋。每个星期，他都带儿子去不同的球队。在看台上，他叼着雪茄，向儿子的方向又是喷云吐雾，又是大声鼓励。他还用《圣经》里美丽的诅咒谩骂教练，但所有这些都无济于事，儿子一个测试赛也没有通过。这时候，他转做整个球队的买卖。他以合理的价格把客户订购的状态好的门将、站位意识有待加强的中锋或者其他任何商品从外地运来。因为从事这一活动，他蹲过一次监狱。在监狱里，他组建了匈牙利囚犯足球队，在中欧监狱足球比赛中以令人信服的优势获得第一名。

姚什恰克把福尔卡奇拉到走廊的一个角落里："福尔卡奇先生，我有一支球队要卖。"

福尔卡奇挥了挥手，连雪茄也没有从嘴里拔出来："您怎么知道我会对这个感兴趣？这不是有病吗！今天，谁还会去买一支球队啊？就是把尤西比奥卖掉，我也赚不了什么钱。"

"我正是从尤西比奥的老家把他们带来的。"

福尔卡奇的眼睛一亮：

"是黑人？"

"不，是猴子。"

福尔卡奇把雪茄从嘴里拔出来，严肃地看着姚什恰克的脸：

"15年前，您穷得叮当响，当时是我完全免费给您提供了50克黄油，您现在是想通过捉弄我来感激我吗？"

"我向您发誓，福尔卡奇先生，您可以做成您一生中最大的一笔生意。"

"靠踢足球的猴子？"

"是的，靠这些猴子。"

"假如我再次和您说话，就让我的眼睛瞎掉，就让我的孩子们明天早晨之前全部死掉！"

姚什恰克把反抗中的福尔卡奇强行推进一辆出租车，带他去拉克什乔包。在院子里，他和弟子们做了一个即兴表演，把这个老球员经纪人看得目瞪口呆：

"我的天哪！我要是看过这样的表演的话，就让埋葬我母亲的那个地方山崩地裂吧！"

他把一支雪茄递给资深教练，这在他那里意味着最高级别的承认：

"姚什恰克先生，从此刻起，您在我这里就是一个成功人士。现在，我们只需要找一家公司，把球队卖给它即可。我们来组织一场友谊赛，我带几个重量级的人物去看球。"

比赛于一周后的星期三在人民公园的一块场地进行。福尔卡奇给球队请来的对手是"手足情"队。尽管这只是一支丙级队，但在当年的"匈牙利人民共和国杯"比赛中却打败了大名鼎鼎的"钢铁工人"队。当发现将要和猴子对阵时，"手足情"的队员们死活都不愿意出场，是福尔卡奇的诅咒和威胁让他们认清了形势。

赛前没有做任何宣传，只有几名受邀的球队老板、亲属和公园里的流浪汉们站在观众席锈迹斑斑的铁栏杆旁边看球，他们是无敌球队在匈牙利首秀的见证人。

比赛伊始，猴子足球队的打法很难奏效，这是他们首次与外国对手交战，就连最简单的招式也能让困窘中的他们上当。门将第尔瑙用猴子特有的敏捷才把几个危险的射门化解。福尔卡奇在球门后焦急地咀嚼着雪茄："假如我再次跟您谈生意的话，就让我的父亲在坟墓里不得安宁！"

但一刻钟后，场上的局面就完全发生了变化。管家这名中场球员越来越多地用长传球为前锋进攻创造条件。希波茨在跑动中踢出这样的一个球，只见球画出一道弧线向球门飞去，科赫·盖佐直接把球射进球门的左上角。

不管是球场上，还是观众席上，猴子的一球领先引来的都是不可思议和沉默。"手足情"的球员知道，要是输给猴子的话，在今后的好多年里他们在自己的球队都将成为被嘲笑的对象。他们拼命地想把比分扳平，但却被灌进了更多的球。

下半场快要结束时，眼看对手已以八比零领先，几个"手足情"的队员孤注一掷，向对方正在快速跑动的前锋不是踩就是踢，在争头球的过程中甚至用拳头击打对方的后卫。这些粗野的动作让猴子们感到吃惊，姚什恰克没有给他们准备这样的比赛风格，管家赛后摸着流血的胫骨，理由充分地说：

"这样的踢法在我们丛林里是不可能的。"

在成功亮相之后，在现场的球队老板们争先恐后地去找福尔卡奇，这名老球员经纪人一边嚼着雪茄，一边试图确定究竟是哪一个报价的背后隐藏着最多的钱。最后，他与矿工工会中心代表队"瓦茨街矿工"签了合同。

当时，这支球队被球员们抛弃，尽管球队管理层为球员们做了所能做的一切。比如，为了不让他们搬到外地去，就在瓦茨街的一块空地上为他们开了一个矿，但球员们还是转会去了"泰坦"铁鞋头和鞋后跟手工业制造合作社的球队。"泰坦"的老板也观看了猴子同"手足情"的比赛，他向福尔卡奇开出自己的报价，承诺在财政上提供比"瓦茨街矿工"队更大的支持，但这个老头还是站在"瓦茨街矿工"的一边，因为这样一来猴子们马上就可以打甲级联赛，而不必去打低级别联赛。低级别联赛的许多比赛打起来是异常艰苦的。

一辆公共汽车把他们从人民公园的球场直接拉到矿工工会的体育中心。福尔卡奇和姚什恰克被任命为事故预防监督员，老巫师被安置在了宣传科，球员们则以矿工的身份被雇用。他们立即得到第一个月的薪水、带金穗的矿工礼服及其配件。福尔卡奇从来没见过裹脚布，他以为那是毛巾，在回拉克什乔包的路上他一直在生气：为什么上面没有正常的折边？

第二天黎明，恭敬但却坚定的敲门声把姚什恰克从梦中惊醒。这名资深教练尚未完全清醒，只见猴子们已经穿好矿工服，右手拿着矿灯走进他的房间里。巫师把管家的话翻译了过来：

"他问他们应该去哪个矿井上班？"

"他们到底想去矿井干什么？"

"他们昨天的理解是：他们之所以得到薪水，是因为他们将在矿井里工作。"

"不，他们之所以得到薪水，是因为踢足球。"

管家不解地摇摇头，长时间向巫师解释：

"据我们所知，匈牙利的足球太业余了。"

"毫无疑问，尤其是比赛的水平。"

"那么，为什么踢球还给钱呢？"

"不为什么。你们顶多有一份名义上的工作，给你们的津贴已获正式批准，比如营养费和获胜奖金。这就行了。许多地方都有一名聪明的总会计师，他能从别的地方搞来一小笔钱用于这个目的，但这就要靠特殊、偶然的运气了。球迷会自愿捐款，他们会在比赛结束后把钱塞进球员的衣兜里，或者在指定的地方，比如在理发馆把钱扔进专门的钱箱里。对于这个，同样不能太当真。"

"但是，官方承认自己业余吗？"

"我解释的不正是这个吗？我们要是专业的话，怎么会去参加奥运会呢？"

管家摇动毛发灰白的脑袋，用低沉的喉音说：

"这在我们丛林里是不可能的，先生。"

管家朝同伴们挥挥手，一起走出姚什恰克的房间。他们脱下带金穗的衣服，再也不愿意穿上。当然，这也没有改变一个事实，即他们还是以矿工的身份踢球。

一次训练后，福尔卡奇把姚什恰克拉到一边：

"我不喜欢这个左边锋，他要是在十个球中能把两个传好，我今天晚上就去死。"

"那我该怎么办？后备队员速度太慢。"

"我可以推荐一名技术型左边锋。"

"谁？"

"我的儿子。"

"可在这支球队里踢球的全是猴子啊。"

"我的儿子也不是个聪明人。要不，我们从哪个杂技团给他弄一张猴皮来？"

姚什恰克一言不发地离开老球员经纪人。经纪人愤怒地撕扯着他的礼服肩膀上的金穗。

"资深教练？这个人要是懂足球的话，就让我的老婆遭天打雷劈。"

三

联赛以"瓦茨街矿工"新队的完胜而收场。他们领先第二名"费伦茨城"12分。赛季结束后，在一场表面上看是友谊赛但实际意义却更大的比赛中,他们战胜了匈牙利国家队。国家队主教练立即辞职,但后来根据自己的请求重新担任这一职务。

显而易见,猴子们在国内已经没有了合适的对手,于是他们开始出国打比赛。打一场比赛,他们从邀请者获得5万美元。从创汇的角度看,他们在全国已升至第二位,仅次于化学工业,把纪念品买卖和重工业远远抛在身后。猴子们从中每人每日得到20美分,这是两个椰子的世界平均价格。

为了办理外汇事宜,国家银行派出一名收银员、一名科长、两名局长和一名检查员作为球队的随从人员,财务专家的人数越来越多,很快就超过半支球队。

但是,物质利益虽然少了,但球队获胜的宣传意义更大。已经变成加拿大地产经纪人或巴西汽车修理工的前匈牙利官员们和工人们,他们的心早已冷漠,就连《查尔达什女王》[1]甜蜜而又悲伤的咏叹调也无法唤醒他们的民族情感。在猴子们令人赏心悦目的胜利之后,他们终于找到了把自己与祖国联系在一起的纽带。红、白、绿三色[2]眼泪在他们的脸上流淌:

"是的,这些是匈牙利猴子,是我们的猴子。"他们说,"我们不再轻信资产阶级新闻媒体的诽谤。在一个能组建这样一支球队的国家,食品店的售货员不可能偷窃,官员不可能是官僚。"

在国内,猴子们的受欢迎程度也是前所未有。由于无人理睬,"钢铁工人"、MTK、"国防军"等久负盛名的俱乐部队相继解散。"费伦茨城"不死不活地维持着,但其大部分球迷转而支持这支新球队。

---

[1]《查尔达什女王》,匈牙利著名作曲家卡尔曼·伊姆雷(1882—1953)创作的轻歌剧。
[2] 红、白、绿三色,指匈牙利国旗的颜色。

假如某一只猴子穿着球队的独特制服（脚穿没有后跟的圆头鞋，这样能保护他们敏感的脚趾头；身穿宽宽的靴裤和短短的意大利式上衣；头顶浅色的草帽）从大街上走过，片刻之间就会被球迷包围，很长时间都无法摆脱。幸运的是，在赢得欧冠杯之后，每只猴子都被授予采矿业优秀工作者称号，每只猴子都获赠一辆汽车，他们不必再步行了。

球队的技术总监老福尔卡奇是个搞商业的老专家，他清楚地知道："宣传"永远也没有够的时候，因为它的一点一滴都会变成金钱。他倾尽全力，继续提高"瓦茨街矿工"的知名度。

起初，他满足于传统的方式，用发布照片和声明的方式把球员的一些私生活公之于众，而这些东西都是他绞尽脑汁想出来的，因为猴子们几乎没有私生活。很快，福尔卡奇发现这些方法已经过时，只有借助新的点子才能跟上时代的步伐。

多瑙河岸边的"欢乐宫"在战争中遭到轰炸，此后一直处于半废墟状态，资金的缺乏导致重建工作看似遥遥无期，但在福尔卡奇向球队的球迷发出参加社会劳动的号召之后，这些球迷在五个星期之内就把这栋建筑给重建了起来。必须得说，同样是这些泥瓦匠，此前他们修理一个农业生产合作社松动的篱笆墙的柱子居然花了 8 个月的时间。

新剧院开张，举办"瓦茨街矿工"晚会是自然而然的事情。在节目中，除世界著名的艺术家外，球队的队员也登上舞台。在巫师的敲鼓声中，他们表演了恰恰舞《矿工加油》。舞蹈由老巫师亲自设计，准确地说，他抄袭的是一支古老的丛林舞蹈。部落出于安抚发狂的红蚂蚁之目的，通常跳的就是这支舞蹈。

这个曲子数小时之内就流行了起来，全国所有的业余乐队都立即把它列入节目单。唱片工厂停止录制亨德尔的《水上音乐》，把恰恰舞曲《矿工加油》压成了唱片。老巫师宁愿离开球队，也不想去分版权费。他跳槽去了一家出口公司的非洲宣传部，通过他的默罕迈达尼亚语的知识，成就了一番非凡的事业。

第十万张唱片还没售出，福尔卡奇就用一个新的点子让首都狂热了起来。他让一名对足球狂热的雕塑师制作了一个踢足球的猴子。他本想把它放在英雄广场上某个大公所在的大理石立柱之间展览，但有关负责人拒绝了他的建议。然而，福尔卡奇并没有放弃战斗。"瓦茨街矿工"最近一次从国外返回时，球员们在费里海吉机场大楼的外墙上发现了这个雕塑，霓虹灯字母"布达佩斯欢迎你"环绕在雕塑的周围。

还在机场大厅时，管家这个进攻型中场就把姚什恰克拉到一边，请姚什恰克给他几分钟的时间，直至公共汽车来接他们为止。与其他的猴子相反，他的匈语已经说得不错了，可现在他还是难以找到合适的词语：

"伟大的白人父亲和资深教练！"猴子说，（旅行者俱乐部的工作人员总是把重点放在恭敬地称呼客人上。）"我担心，我不能继续担任队长的职务了。"

"为什么不能？"姚什恰克问。

"我担心，我再也不能把球队凝聚在一起了。伟大的白人父亲和资深教练，您应该记得，在我们的南美之行中，控制年轻人是多么困难。当时，赤身裸体的恋爱中的女人成群结队地涌向我们住的旅馆，她们喊出的轻佻话语即使是在我们丛林里也会让椰子树脸红。您也不可能忘记，拒绝那些球员经纪人和广告专家的报价对我们来说是多么大的工作量。回国后，我们的生活才能回归正常的轨道，我们的任务才可以减轻。"

管家瞥了一眼福尔卡奇。此时，福尔卡奇正在大厅的一个角落分发圆珠笔，让人给自己拍照。

"现在，我们得感谢福尔卡奇先生——他属于最强大的部落首领之列，在国内成千上万的诱惑也在包围着我们。伟大的白人父亲和资深教练，考虑到我们的球员是没有经验的丛林居民，我们是否有权利假设：就连比我们更有文化的欧洲球员都会被这些诱惑断送了前程，我们的球员能否抵御得住这些诱惑？！"

"您把事情看得太黑暗了。"

"有可能，但我担心的是，事情本身就太黑暗。伟大的白人父亲和资深教练，您是否知道，上周我们的右边锋希波茨和科赫·盖佐翻墙去参加一个通宵派对，这也造成在海外的巡回赛上我们成绩欠佳。我想说服他们，但却是白费口舌，他们嘲笑我。他们对我最严重的伤害是，他们讽刺我是调度员，甚至讽刺我是金融专家。"

管家从尼龙袋子里掏出悉心保存的雪白的队长袖标，递给姚什恰克，眼里噙满泪水。

"伟大的白人父亲和资深教练，从已发生的事情中恐怕我只能得出这个结论。"

四

事后不难确定，是中锋豪拉斯启动了无敌足球队的解体进程。

豪拉斯长着像羊毛一样的黑色毛发，低低的额头，手臂比腿长了许多，他算得上是猴子中真正的美男子。雕塑师以他为原型创作踢足球的猴子并非偶然。就连年轻的电影导演卡科尼·包尔瑙来到拉克什乔包的房屋拜访时，也不免大吃一惊。他宣布，他有意签约这名中锋出演下一部电影的主角。每个人都相信，这是一部讲述动物故事或者体育题材的电影，但卡科尼否认了这些不实的猜测：

"剧本写的是一个全新的题材，是我从真实的生活中提炼出来的。有一个年迈的匈牙利核科学家，生活在和谐与平衡的婚姻生活中，他突然遇见一个轻浮但又有吸引力的女孩，他爱上了她，因此陷入良心危机。"

"豪拉斯在其中扮演什么角色？"

"当然是核科学家。我让所有的著名演员都试过戏，但说真的，不管是他们的面部表情，还是智力水平，都不能给人以核科学家的印象。豪拉斯良好的球感早就吸引了我的注意力，或许在银幕上他也会如此。他的镜头感不错。他已试镜，我认为他最接近我设想中的人物风格。"

姚什恰克不想让豪拉斯在拍电影期间免除训练，担心这会使球队陷入险境。但福尔卡奇无论如何也想充分利用电影提供的宣传机会，于是去找球队领导层给豪拉斯办理了借调手续。

这个考虑不周的决定带来的后果很快就显现了出来。左中场波德霍拉提出，既然允许豪拉斯去当演员，那么他也有权去当新闻记者，于是他辞去矿工职位，去了一家周报当实习生。他的稿件由一名退休的老记者以半价代写。技术型后卫阿寿想去学习摄影记者专业，其他的猴子也愿意把艰苦的训练工作换成某种舒适的学习，但姚什恰克以辞职相威胁才迫使球队禁止球员从事与足球没有密切关系的活动。

波德霍拉和阿寿还可以召回，但球队却永远失去了中锋。豪拉斯和他的女搭档、一位知名演员的妻子卷入绯闻，一心想报复的丈夫在电影正在拍摄时开枪打死了他。无奈之下，姚什恰克只好安排有才华但却经验欠缺的艾森霍费尔打中锋，这在很大程度上减弱了锋线的打击力。

此外，无数的迹象显示，球队往日无懈可击的体育精神已荡然无存。希波茨和科赫·盖佐现在已经是各种派对的常客，他们整夜饮酒，教姑娘们跳恰恰舞《矿工加油》。早上，他们醉醺醺地来参加训练。要是球场上的工人给边线撒石灰时偶尔把边线撒粗了，希波茨他们就会在上面翻跟头。以前，他们至少还试图隐瞒自己酗酒，但现在他们会躲到门后。要是资深教练来了，他们会突然跳出来，用手心拍着耳朵：

"我在这儿！我在这儿！"

姚什恰克想用减少薪水的办法惩罚他们，但却导致整支球队罢工。无奈之下，他只好撤回惩罚。

不久，第一次公开的丑闻就发生了。"瓦茨街矿工"打完在奥地利的比赛乘巴士返回时，海关人员让巴士靠边停下，他们进行了比平常更仔细的检查——结果令人震惊。

汽车发动机反常的噪音引起一名海关人员的注意。他打开发动机罩，发现发动机旁边安装了一个小型燃气锅炉。聚光灯被换成了石英灯，备用轮胎里装满了轩尼诗白兰地。这之后，谁也不会对这件事感到惊讶：用王水测试的结果显示，汽车牌照是用纯金做成的。

搜身时也搜出了大量的违禁品和外汇：可以变成营地帐篷或鸡蛋打浆机的日本照相机、最新款的法国黑白口红、"无铁"无折痕疝气托和大量先令，以致奥地利国家银行因库存货币告罄而停止一切支付业务长达7日。

巴士按要求直接开到了布达佩斯警察局，11名一线队员被带走接受调查。这时距离联赛下轮比赛还有两天，姚什恰克手上只剩下10名后备队员。现在，福尔卡奇还是推荐自己的儿子以便能凑齐一支完整的球队，但姚什恰克宁愿从动物园借一只年轻的大猩猩。

"瓦茨街矿工"赢了这场比赛。在工会的斡旋下，被带走的球员后来也获释并重新归队，但这一切都是徒然。姚什恰克知道，球队已到了崩溃的边缘。

他们的知名度暂时还在继续攀升。当猴子们将要参军的消息传开后，人们送给他们的军人手提箱就在拉克什乔包的房屋前越堆越多，球迷们把每个箱子都染成紫色和橙色，在侧面还写上了自己喜欢的球员的名字。后来，这则新闻被证明是假新闻。

比赛的上座率也没有下降，即使是不重要的比赛也是满座，就像196X年5月的一个星期三与格陵兰"北极光"足球队进行的友谊赛那样。这个时候，把人民体育场的东看台加高的计划第一次浮出水面。

这场比赛本身并不激烈，"北极光"在国际足坛毫无名气，体育史学家们只在一个简短的记载中见到过这个名字：1913年，"北极光"以1比4败于在格陵兰抛锚的奥地利"玛丽娅·特蕾莎皇后和女王号"战舰的球队。

观众脱得只剩下衬衫，当消防队乐队一边绕着红土球场行进一边演奏时，他们没有表现出特别的兴奋。一直到入场口出现穿紫橙两色队服的本国球员时，看台上才狂热起来。乐队开始奏恰恰舞曲《矿工加油》，疯狂的掌声和鼓励声随着音乐的节奏响了起来。

矿工队球员已经完成热身，在中圈内互相传球，但对手却总也不出场。第一波不耐烦的口哨声和叫喊声响了起来,播音室里再次播放体育进行曲。终于,对手出现了。观众席上一片寂静。"北极光"队由11只海狗组成。它们身穿正常的衬衣和裤子,顶多是代替足球鞋的塑料鳍足鞋看起来不同寻常。它们生硬地高昂着头,迈着鸭步走路,引起看台上的观众哄然大笑。

匈牙利的球迷并不知道,这支球队是世界著名的苏格兰教练亨德森从7万只海狗中挑选出来的(这个故事后来传遍全世界)。他在训练中不仅采用了姚什恰克公布的经验,也采用了足球理论研究的现代成果。亨德森今天晚上想看看两年艰苦而细致的训练会带来什么样的结果。

海狗的第一个动作就让观众安静了下来。只见球从一个脑袋跳跃到另一个脑袋上,那球感就如同马戏团里杂技演员玩气球的那种球感。中锋顶出一记近距离头球,第尔瑙非常灵巧地把球从左上角扑出。

中锋立即转身,用鳍足摇摇晃晃地赶紧往自己的球门方向行进,它用呜呜的高音说了什么,打前锋的伙伴们也跟着效仿。毫无疑问,猴子们踢的是更有技术、更有文化的足球,面对海狗们组织得很好的防线,他们一筹莫展。在反击时,海狗的中场球员会跑上去以确保进攻球员数量上的优势。上半场以零比零踢平,矿工队的球员可能认为这个结果对自己有利。

中场休息时,记者们走进"北极光"的更衣室采访。在海狗的脸上看不出任何情感,它们在温水里一边游来游去,一边开着快活的玩笑互相从对方的头顶跃过。另一个更衣室里的景象却完全相反。猴子们耷拉着脑袋坐在一个个氧气罐前,通过吸氧让自己的机体保持清醒，姚什恰克在用最严厉的语言责备他们。

也许是这个责备起了作用，下半场伊始，"瓦茨街矿工"针对"北极光"的大门发起了绝望的攻势。老管家靠他掌握的技艺向前锋传出了许多绝妙的好球，但在射门的最后时刻，总是伸来一颗颗油光发亮的长着胡子的脑袋。

20次进攻也没能进球，人民体育场的值班警官——他自己也是一个有经验的足球专家——打电话要求增派三个连。他知道这场比赛只可能以丑闻收场。

一刻钟过后，矿工队球员的力气逐渐用尽，违反体育精神的生活方式和训练不系统的影响显现了出来。只有老管家在顽强地拼搏。他撤回到自己的球门前，手脚并用地挫败了海狗们越来越密集的重复性攻击。但在下半场结束前的几分钟，对于一次闪电般的传球，他已经无力进行干预。只见球从做出扑救动作的第尔瑙的身体上方画出一道弧线，海狗的左边锋在距离球门两步远的地方把球射进球门，这对于它来说一点问题也没有。

在矿工队发动了几次没有成效的反攻之后，主裁判吹响了终场哨声，猴子们匆匆走出球场，海狗们则在中圈内互相拥抱，用呜呜的高音唱起球队的进行曲。在球场上，格陵兰驻布达佩斯大使给海狗们颁发了"红色冰山"鱼叉大十字勋章，将其任命为圣爱德华骑士团成员。

预先部署的三个连的警察阻止了体育场内爆发丑闻，但却有一只神秘的手点燃了球迷用劳动翻新的"欢乐宫"大楼，把费里海吉机场大楼外墙上踢足球的猴子塑像也掀翻在地。受失败的影响，观众愤怒地抛弃了这支球队。想当初，当这支球队获胜时，他们是多么热情地将其捧上了天。在"瓦茨街矿工"接下来的一场比赛中，只有几名不知情的外国游客误入球场。

五

从这时起,事情开始急转直下。

南美的球队纷纷取消与"瓦茨街矿工"的比赛计划,这些球队只愿为匈牙利球队的出场支付原先约定价格的一半。这笔收入上的损失打乱了球队的财务计划。人民审计委员会对其进行财务检查,结果发现了各种各样的滥用职权的行为。

审计报告仅提到几个例子:以买椰子的名义,给球员支付巨额费用;福尔卡奇花公款租用专门的轮船去古巴运输雪茄,还给自己的儿子订购了七打左脚穿的矫形鞋。报告指出,不规范的会计账目不计其数。

老球员经纪人被判入狱,其结果是,匈牙利监狱足球队很快重新赢得国际威望。这也是福尔卡奇这次入狱期间取得的个人成就。

更多的逮捕并未发生,但"瓦茨街矿工"的比赛权被无限期暂停,姚什恰克被降为仓库管理员,工会体育科通知猴子们:不再需要他们打比赛了。

无敌足球队就此解体。大多数球员转会去了餐饮行业球队——"和谐"队,这些从前的矿工在承包来的咖啡馆或酒馆里当起了老板。其余球员则被各种各样的手工艺合作社的球队招至麾下。只有老管家把各种各样的报价全部回绝,尽管球探们真正盯上的是他。他宣布将返回祖国默罕迈达尼亚。

姚什恰克把这名从前的弟子送到机场。告别时,这只猴子把姚什恰克的手放到自己的脑袋上，仿佛是想得到他的祝福：

"伟大的白人父亲和仓库管理员！"猴子说，"恐怕我们只能在永恒的足球场上相见了。"

"回去后，你肯定也还会当球员。"

猴子摇摇脑袋：

"不，我不会再和人比赛了。足球是伟大而美好的事物，是上帝的礼物，但在人的世界里，附加给足球的东西，我恐怕不能承受。遗憾的是，我在丛林里所受到的教养让我对此毫无准备。"

扩音器里说飞机快要起飞了，管家突然吻了一下姚什恰克的手，匆忙离去。

在阿拉赫阿克巴机场，人们在等待着这名无敌足球队唯一归国的成员，但他却从庆祝活动现场逃走了。在一个种植园里，这只猴子扔掉衣服和鞋子，只保留了写着"旅行者俱乐部"的带金穗的帽子。

更多的消息就没有了，除非我们把一名英国旅行者所写的游记看成是真实的。此游记的可信性受到多家通讯社的严重质疑。这名旅行者写道，在丛林里度过的一个有月亮的夜晚，他看见了一群踢足球的猴子。他们的球技在欧洲球队里也是难以想象的，但即便如此，带着有金穗的帽子的教练仍然不满意，他多次打断比赛，亲自演示各种踢法。

"遗憾的是，"英国旅行者写道，"我没能长时间欣赏他们的表演，因为当发现有人在看他们踢球时，他们就爬上椰子树，用愤怒的、充满敌意的眼睛俯视着我。"

（1966 年）

私生子

几乎每天晚上，在"小圈子"酒馆下国际象棋的人中都坐着一位身材矮小、红头发已变白的老人。快到六点的时候，他的儿子——一个高大肥胖的锁匠——就会来找他。他们在酒馆里喝上一杯啤酒，然后小伙子就回家去了。老人则在外面的广场上一直呆到吃晚饭才回家。有一次，他问我：

"同志，你对我儿子怎么看？是个不错的孩子，是吧？"

"哦，是的。"我含混地说，"和您挺像的。"

老人笑着摆了摆手。

别客气，我知道我儿子不像我，如同恺撒不像圣母玛利亚。他要是像我的话，那倒奇怪了。

1919年，当我从前线归来的时候，中央委员会派我回故乡——多瑙河西部的N市，组建红色警卫队[①]，让我当指挥官。说实话，我不想去。不仅是因为我刚结婚两个月，还因为N市是一座老的绅士化城市，住满了官员、军官，我知道我的任务艰巨。

[①] 红色警卫队，匈牙利苏维埃共和国时期成立，以代替旧警察和宪兵，其任务是维护国家的内部秩序。

第一个星期，我遭遇三次冷枪袭击，他们搞破坏，建立组织，但我行事果断，不声不响就把一批犯罪分子关进牢房。很快，针对我的诽谤就在城里传开了，神父在秘密传道时羞辱我，女教师用我来吓唬孩子们。我的妻子出门散步，总是哭着回家。

我感到难受，但我没有时间让自己的心灵蒙上一层阴影。让我聊以自慰的是：坏中也有好，至少恐惧会阻止他们采取行动。

霍尔蒂上台后，我不得不逃走。我想把妻子一起带走，但高迪卡不想走，她说她感觉身体太虚弱。必须要承认，在没有路的路上，我穿越森林和群山跑到了奥地利边境。我从维也纳给妻子写信，让她尝试逃出来找我，我等了三个月，她既有没回信，也没有来。

在维也纳我没有找到工作，见有人招募伐木工去挪威，我就报名了。从此，我开始周游世界。我的确是周游世界，因为在挪威之后，我去了丹麦、瑞典、德国和瑞士。有的时候，我是可以定居下来的，但我不想定居。我有祖国：无产阶级的匈牙利。我会返回那里，那里有我的妻子，她在等着我。尽管高迪卡从来没有给我写过一行书信，但我想，肯定是国内的局势使得她没法给我写信。

1932年，我在勒阿弗尔港当装卸工。一天晚上，我在水手酒馆邂逅来自故乡的孩提时代的朋友。他要去美国碰运气。我请他喝了一公升葡萄酒，顺便打探：家里有什么新鲜事？他是否见过我妻子？他的回答含含混混，我发现他在隐瞒什么，我又给他要了一公升葡萄酒，终于把他的嘴给撬开了。

"加博尔！"他说，"你家有小孩了，是个儿子。"

我感到震惊。高迪卡没告诉我她怀上了孩子。

"多大了？"

"10岁。1922年生。"

这就是说,这无论如何也不可能是我的儿子,因为我1919年就离开了匈牙利。至于高迪卡跟谁睡过没跟谁睡过,我的朋友也不知道。他发誓说,孩子随我的姓,名叫彼得洛夫斯基·加博尔,和我的名字一样。

这时我就决定,将来一旦回国,非把这个娘儿们打死不可,把那个胆敢使用我姓名的私生子也要打死。

此后,我去了比利时和荷兰,然后报名参加西班牙内战,再后来又回到法国和荷兰。我获悉,这期间我的妻子去世了。我想,与同我见面相比,这对她来说更好一点。走了这么多国家,疲劳就如同桶里的雨水一样,在我的骨头里聚集了起来。只有一个欲望在支撑着我的生命,这就是我至少得报复那个私生子。

1945年,我乘坐第一列开往家乡的军用列车颠颠簸簸地回到故乡。只有上帝知道是怎么回事,整个城市的人都知道我回来了,大约有一百人在火车站等着我。这些人把一个22岁的小伙子拉到我的面前,用手指戳着他说:"这就是你的儿子,彼得洛夫斯基。"这个小伙子不像我,就如同我不像弗朗茨·约瑟夫[①]。

我望着他们的脸——一张张我的宿敌的苍老的脸,只有镶嵌在皱纹中的眼睛还在散发着活力。他们一副幸灾乐祸的神情,想看我怎样把私生子——我的耻辱的痕迹——打死。在等候我的人群中,他是唯一流露出人性目光的人。我改变了主意——对于所有这一切,他能有什么办法?他对我是那样的期待,就好像我真的是他的父亲。我下

[①] 弗朗茨·约瑟夫(1830—1916),从1848年起担任奥地利皇帝,从1867年起兼任匈牙利国王,一直到去世为止。

定决心,走到他跟前,拥抱他。

"儿子,很高兴见到你,你长成了英俊的小伙子。"

我看也不看那些人一眼就挽起儿子的胳膊一起回家了。我们在一起住,在一起工作。愿每位父亲都有一个像我的儿子这样的孩子。

(1966年)

寡妇维斯·奥斯卡妮

一天晚上，亨利克在酒馆里讲述了这么一个故事。

你们了解我，知道我不习惯对人做出评判。先生们，做评判是件困难的事情，要了解所有的罪孽和所有的借口，每一百年中最多会出现一位真正的裁判官，我会正巧就是这个裁判官吗？每个人都可以发现这是可笑的。因此，假设现在你们问我对跛子瓦尔道伊这个最后一个卑鄙的恶棍有什么看法，我不想直接回答，只想讲两个关于他的插曲。

卢蒙巴[①]被处决后，我非常愤慨，于是对他说："瓦尔道伊先生，您对处决卢蒙巴怎么看？"你们想象不出来他是怎样回答的，他反问："这跟我有什么相干？"先生们，一个伟大的黑人爱国者死了，这跟他有什么相干？！对于他讲的这句话，我不可能说别的，只想说：愿上帝赐予我足够多的唾液，我将全部吐到他身上。

我买了西红柿和一点青椒，这是我的生活必需品——我提到过，我吃素。刚走出商店，就碰上了这个无赖。他说："亨利克先生，您

[①] 卢蒙巴，帕特里斯·卢蒙巴（1925—1961）刚果民主共和国的缔造者之一，民族英雄，刚果民主共和国首任总理。1961年被杀害。

就想象一下吧，多么大的不幸降临到了我的头上，我的母亲去世了！""请接受我诚挚的慰问。"我对他说，"我认识令堂，但愿她安息，假如有来世，她在那里将得到最好的位置。"他耸了一下肩："她在来世得到什么样的位置，这谁会感兴趣？更大的麻烦是，我得买一顶黑礼帽，80福林呢，可一顶黑礼帽将来能派上什么用场呢？顶多在我老婆也去世时才会用到，可我现在没有老婆啊。"关于自己的母亲，他就是这么说的。先生们，我发誓，他就是这么说的："我得买一顶黑礼帽，可它以后是派不上用场的。"

你们不认识他的母亲，那个可怜的维斯·奥斯卡妮，她一生都在这样说："我的上帝，你非常爱我，因为你经常来看望我！"她的丈夫，那个醉醺醺的维斯·奥斯卡与这个跛子无赖相比，没有任何特别之处，没有一个女人和他在一起有安全感，他甚至还和看厕所的阿姨们调情。有一次，他把公司委托他保管的整盒纽扣和发卡送给了其中一人，还是他的妻子把它们要回来的，想象一下，他们还剩下多少钱当伙食费！她买了半根法式面包，因为她的钱不够买整根，她没有买黄油，而是买了发臭的人造奶油，但即使如此，她也舍不得吃，她就是这样把两个儿子养大的。一个儿子叫日高，他总是保护自己的母亲。因此早在第一次世界大战之前，维斯·奥斯卡就把他逐出家门，这个可怜的男孩于是就去了加拿大。维斯·奥斯卡只喜欢这个跛脚的儿子，不管走到哪儿都带着他。

1914年战争爆发时，维斯·奥斯卡也被征召入伍，出发前他问妻子："我这次出远门，你有什么愿望？"妻子说："我的愿望是，第一枚手榴弹就把你给炸飞了，因为是你把日高赶出了家门。"看来，先生们，还是有人记住并实施了这个正义的诅咒，因为在第一个星期维斯·奥斯卡就被手榴弹准确地击中，表链从他的兜里飞了出去，绕在了一个树枝上。于是，家里就只剩下这个女人，或者说这个女人和跛子无赖。当时，这个无赖的日子过得还不错，不满 18 周岁的他就加入了一个团伙，这个团伙从"自由港口"盗窃了一整船的软木，也做了几笔大单生意。你们以为他会给自己的母亲一个菲勒①吗？你们看见他是怎样花钱的，维斯·奥斯卡妮也看见了。他把钱全用在喝酒打扑克上了。

  一天，老妇人收到另一个儿子的来信，叫她去加拿大。她问现在该怎么办，瓦尔道伊说："您只管去吧，妈妈，安心地去吧，再说我也需要您的房间，因为我想结婚。"这孩子就是这样跟自己的母亲说话的！

  这样，可怜的维斯阿姨就去了加拿大，但她每星期都给儿子写信，问他需要什么，要不要寄包裹。这时，跛子瓦尔道伊的经济开始出现问题，老婆也离开了他，叫母亲回国对他来说就足够了。如果你不回来，我就要这样死；如果你不回来，我就要那样死。一位母亲会忍心读到这个吗？维斯·奥斯卡妮抛下好儿子（这儿子对母亲的关心无微不至），回到坏儿子的身边，给他当仆人。我在外面的广场上碰见过她，穿得跟贵妇似的，日高给她买了很多衣服，把她的牙齿也给修补好了，她的手指上戴满戒指："How do you do, Mister Henrik?"② 我对她说，夫人，在这里您将会领教 How do you do 的意思。她叹气道："我有什么办法？亨利克先生，我的这个儿子非常需要我。"

  应该承认，瓦尔道伊跟母亲说话的态度还是不错的，这种状况一

---

① 菲勒，匈牙利货币的辅币。匈牙利货币名称和单位是福林，1 福林等于 100 菲勒。
② 这句话的英文的意思：你好吗，亨利克先生？

直维持到他把母亲带回来的所有东西敲诈干净为止。他卖掉老妇人的衣服和首饰，拿着钱开始干某种不正经的生意。他是走运的（所以，人们说运气是盲目的，因为否则的话，像这样的恶棍，运气离老远就避开他了），当他开上汽车后，行为变得粗暴起来。维斯阿姨吃剩饭不说，还要穿围裙遮蔽衣服上的洞。有了钱，女人来。很快，瓦尔道伊就给自己找了新老婆，现在他没有把母亲赶走，而是自己搬出了家，把身无分文的老妇人独自留在了家里。我给了她买邮票的钱，让她给在加拿大的儿子写信。日高为此回了趟国把她接走了。

第二次世界大战降临到了我们头上，它造成了许多痛苦，但有一件事要记在它的功劳簿上——一枚炸弹击中瓦尔道伊的房子，正如他的父亲在第一个星期就被手榴弹击中一样。他只剩下一件外套，生存成了问题，第二个老婆也抛弃了他。他跛着脚四处奔波，没有地方愿意收留他，最后他决定把母亲再叫回来。迄今，假如你们还不相信的话，先生们，现在你们看见了吧，人的卑鄙没有边界。但也许母爱也没有边界。解放后，火车通车了，维斯阿姨也回来了。

现在，我在外面的广场上再次遇见了她。我本想问她是否把讨饭棍也带了回来，但看到她后我什么也没说。他的儿子现在也没让她空手而归，她穿着漂亮的新衣服，但老妇人已经非常衰弱，两颊已经凹陷，就像想死但却有人不让她死的人。我不想让人讨厌我自己，先生们，我不想讲瓦尔道伊现在是怎样拿走老妇人的所有钱财的，不想讲老妇人身无分文后他是怎样侮辱她的。坦白地说，我希望所有这一切尽可能快地发生，这样至少维斯阿姨可以快一点返回加拿大。她也的确返回了加拿大。

过了若干年，瓦尔道伊变老了，与通常的恶人一样，晚年的他孤独而凄凉。正如吉卜赛人的诅咒所言："很少开门，门槛上长出了草。"除了又一次想起母亲，他还能想起谁呢？他自己不敢写信，就让一个邻居给母亲写信说他病了。

　　你们是不会相信的，先生们，老妇人第三次登上了回国的轮船，尽管已是80多岁高龄，她也知道在家里等待她的不会与以往任何时候不同。维斯·奥斯卡妮的心脏受不了长途旅行，在轮船行驶至大西洋中心时撒手人寰。这里距两个儿子的距离是一样的，但她在临死前还是恳求人们把她运回国埋葬在祖国。跛子瓦尔道伊认为，买顶黑礼帽对他之所以是额外开支，是因为它根本不可能再次派上用场。

（1966年）

双人竞争小提琴和打字机

> "1963年的匈牙利，父母都是知识分子的孩子与非技术工人的孩子相比，前者高中毕业的机会是后者的六倍，前者拿到大学文凭的机会是后者的二十倍。"
>
> ——摘自1966年10月30日《匈牙利民族报》

在丘维克·沙姆埃产科诊所的一个独立房间里躺着两名孕妇：一名是尼赖吉哈齐·贝拉妮博士，她是科舒特奖获得者和大学教授，婚前的姓名叫普朗科·考罗拉；另一名是企业送货员科瓦奇·尤热夫妮。之所以安排这两个女人住在一起，是因为她们在孕期工作（其中一人进行紧张的科学研究工作，另一人经常要爬楼梯）导致健康严重受损，出现病变和并发症，恐怕会出现早产甚至胎儿畸形的情况。

两名孕妇的丈夫：尼赖吉哈齐博士每天来看望三次，还给工作人员塞钱，而科瓦奇只在攒了一大堆脏衬衫后才来，他老婆会偷偷地给他洗衣服。有一次，他带来了礼物，是从他工作的牛奶厂偷来的几包熟奶酪。这一差别并未影响到医院对待孕妇的态度，上至担任主治医生的院长下至门房，他们对待尼赖吉哈齐妮和科瓦奇妮[①]一视同仁。

很快，这两名准妈妈成了朋友，在漫漫长夜里，她们都梦见了自己即将出世的孩子。

"哦，我一点也不害怕生孩子。"尼赖吉哈齐·贝拉妮博士即普朗科·考罗拉博士说，"我和贝拉计划要的这个孩子是严格讲科学的，每一个细节我们都讨论过，比如连是否让我丈夫生孩子都涉及了，但他的盆骨太窄了。"

"我之所以生孩子，是因为我先生是一头蠢猪。他在疯狂地追求在莱海尔市场上卖食品的一个女人——当然，这个女人很有钱——也许这个孩子会把他拴住的。"

"我的是男孩，我希望他有音乐天赋。我要把他培养成小提琴家。站在舞台的射光灯下演奏贝多芬的小提琴协奏曲，那将是多么美好啊！您熟悉贝多芬的小提琴协奏曲吗？"

"不，我的先生听音乐会，但总是带那个女人去。感谢上帝，我女儿的前途已经有了保障，库森道妮同志已经许诺……"

"库森道妮同志是谁？"

科瓦奇妮难以置信地望着她的室友：

"您不认识库森道妮同志？"

"不。"

---

① 尼赖吉哈齐妮和科瓦奇妮，按照匈牙利的传统，妇女婚后一般要改用丈夫的姓名，主要方式：（1）在丈夫的姓名（匈牙利人姓在前名在后）后加后缀 né（译为"妮"，夫人的意思），尼赖吉哈齐·贝拉的妻子婚后姓名为：尼赖吉哈齐·贝拉妮。若妻子愿意保留婚前姓名，也可把姓名加在后面；（2）在妻子的婚前姓名之前直接加上丈夫的姓和后缀 né。在这两种情况下，对妻子的简称都可以是丈夫的姓加后缀 né，如：尼赖吉哈齐妮、科瓦奇妮。但根据法律，妇女婚后完全可以继续使用婚前姓名，而不必改用丈夫的姓名。

"这怎么可能？她是我们的人事主管兼工会主席。她说：'科瓦奇阿姨，不管发生什么，但有一点是肯定的：再过10年，我还是这个单位的人事主管，我一直会给您的女儿留一个打字员的职位。'我的女儿只要坐着就行了，不必爬楼梯，这是多么美好啊！"

跟快生孩子的普通女人一样，她们也是迷信的，相信在生孩子前的最后几个小时里盯着看与其愿望相关的物品，就会给孩子带来好运。尼赖吉哈齐妮把一把小提琴挂在床的上方，科瓦奇妮则去办公室盯着打字机看。

两个女人的产前阵痛同时开始。严重的分娩并发症是预料中的事情，主治医生召集了由大学教授组成的专家小组会诊。就连门房也去问园丁怎样做剖宫产。

科瓦奇妮默默地忍受着痛苦，这激怒了一直尖叫的普朗科·考罗拉博士，因此人们不得不把这名送货员搬离病房。由于没有更好的地方，人们只好把她的床安置在帕特诺斯特电梯①的一个隔间里，每当她的隔间走到一楼和顶楼时，科瓦奇妮都要走出来，等待电梯从地下室或阁楼返回。诊所不可能给她的身边派一个医生或护士，但告诉她：如果电梯每走两层她就宫缩一次，就要立即按响紧急铃。

由于有许多母亲指责说自己的孩子遭调包，于是丘维克·沙姆埃产科诊所实施了一项特别规定：母亲刚一生完孩子，就要用毡头笔把自己的名字写到婴儿的后背上。这样就避免了一切争议。

科舒特奖获得者尼赖吉哈齐·贝拉妮博士即大学教授普朗科·考

---

① 帕特诺斯特电梯，一种乘客电梯，电梯由一连串开放的隔间组成，在梯井里缓慢地不停地上下移动。乘客可以随心在任何楼层走上或走下该电梯。

罗拉博士也把自己的名字写到了新生儿的身上——由于名字太长，最后几个字母都写到了孩子的下身——一个小时后，当她从昏迷中清醒过来重新端详孩子时，她还是不愿意相信自己的签名。

在这个还算发育良好、完全正常的小姑娘的左手上，从手腕那个地方长出了一个微型打字机，畸形的肌腱构成了一个规则的键盘。借助放大镜，在她的小手上还可以读出"爱马仕婴儿"商标。普朗科·考罗拉博士坐起身来，表示抗议：

"依我看，这里发生了不负责任的过失，我的孩子不可能有这样的手，也许是你们把我的孩子和我室友的孩子搞混了，是她想让自己的女儿当打字员。"

可是，护士们坚持自己的观点。为了解决争议，她们叫来笔迹专家鉴定，专家对小女孩后背上的签字进行研究后认为护士们是对的。普朗科·考罗拉博士这才心情沉重地去拥抱孩子。

"哦，小女儿，这下你可当不了小提琴家啦！"

在诊所里，比她更不幸的只有一个人——科瓦奇妮。出乎意料的是，她生下来的不是女儿而是儿子，当她发现小男孩是畸形儿时，眼泪霎时夺眶而出。小男孩的一只手臂长成小提琴形状，另一只手臂看起来阴森恐怖，让人想起琴弓。

"哦，我的上帝，你为什么这样惩罚我？我该怎样抚养这个孩子啊？"

当帕特诺斯特电梯在阁楼和地下室之间来回运行时，小男孩却安静地睡着。睡梦中，他有时会把两只手放在一起——细细的神经束充当了琴弦和弓毛——这时，微弱但却美妙干净的声音充满了诊所的楼梯。

在两个畸形儿中，先是尼赖吉哈齐·拜拉·奥南其奥道离开诊所。尼赖吉哈齐·贝拉博士在位于玫瑰山的别墅大门口迎接母子俩回家，他亲吻孩子的脸蛋，然后转向尼赖吉哈齐·贝拉妮博士即普朗科·考罗拉博士：

"考罗拉，我不必对您特别说明：孩子左手遗憾地出现异常，这丝毫不会改变我们的关系。我们的爱情尽管不缺少性的成分，但也包含短暂的精神交流。A的平方加上B的平方？"他的问话充满热情。

"等于C的平方。我们就像刚谈恋爱一样。"普朗科·考罗拉博士答道，惭愧地垂下眼睛。

早就买下来的斯特拉迪瓦里小提琴被锁进别墅的保险柜里，但尼赖吉哈齐夫妇战胜了失望，尽一切努力让孩子享受完整的教育。他们抛弃过时的、注重经验的教育理念，开发出科学、独特的方法。

例如，他们给孩子喂食的时间是这样确定的：把拜拉·奥南其奥道的体重、身高、脉搏跳动次数、大便的颜色和稀稠度以及其他的重要数据输入一台电脑中，根据所得结果，先算出9与正切阿尔法之商的立方根，再加上3分钟即为小女孩吃母乳的时间，把这个数字的7次方和9次方换算成时间便是吃菠菜泥的时间。

在哺乳之前，尼赖吉哈齐·贝拉妮博士即普朗科·考罗拉博士要给乳房仔细消毒。在哺乳过程中，她阅读能对乳腺产生影响的法国科技杂志，因此孩子汲取的不仅是乳汁，还有法语和有关频谱分析的基础知识。

由于有爱心和科学的照料，小女孩的发育速度超出所有的想象。她胳膊上的肌肉长得太快，常常能把衣服撑开。如果她把拨浪鼓俏皮地摔向儿童床的防护栏，双股铁丝立马就断。她的智力也远远超出她的年龄，刚过一周岁，拜拉·奥南其奥道就把纸放进了左手的小打字机里，敲出了人生中第一行独立的文字："Je voussaluemeschers parents."①。

尼赖吉哈齐夫妇对孩子的体贴感到非常惊讶，因为她通过使用父母这个单词的复数形式，避免了让父亲或者母亲受到伤害。他们喜悦的心情只有在每个星期六晚上听音乐会时才会蒙上一层阴云。这个时候，他们会入迷而且忧伤地盯着那些小提琴手细长的左手手指。

单位人事主管兼工会主席库森道妮来医院看望科瓦奇妮，顺便带来了工会的礼物：赠送 5 年《人民之声报》和一颗酸水果糖。不管母亲如何努力地遮掩，库森道妮最终还是发现了小男孩的小提琴和琴弓形手。她严肃地问道：

"这是怎么回事，科瓦奇妮同志？"

"我无能为力，库森道妮同志。"

"事情不是这么简单，这方面有这个趋势。您是老职工和老工会会员，您可以感觉到单位和工会多多少少把您的孩子当一回事，但我们讲好了让您的女儿当打字员。您是用这样的招数强迫我们把他培养成音乐家吗？"

"库森道妮同志，我知道他当不了音乐家，这得花很多钱。但等他以后长大了，如果您能给安排一个职位……"

"比方说，安排在哪儿？"

"可以在我们位于下道包什的工厂当守夜人。要是小偷来了，他

---

① 这句法语的意思：向我亲爱的父母致敬。

就拉小提琴。"

"假如我们解决了您的这件事，局面就会无法收拾。明天拜尔兹妮生一个手像剪刀的小女孩，要求我们安排她当理发员或美容师。后天迈泽伊妮生一个没有耳朵的孩子，让我们安排他去投诉办公室工作。不，同志，我们不能提供任何支持。"

库森道妮把《人民之声报》订阅收据放到床头柜的边上，冷淡地点了一下头就离开了。

这件事发生之后，科瓦奇妮怀着更加紧张的心情等待着丈夫的到来。她的不祥预感应验了，因为丈夫在看见孩子后把肮脏的盘子摔到了地上。他带盘子来是想让妻子给他洗。

"瞧瞧！这就是你看了那么多烂书和电视的结果！我出去参加比赛，刚输几个福林，你就唠叨个没完没了。现在我无所谓了，我再也不会来了。"

"你上哪儿去？"

"我在莱海尔市场有一个女伴，她也喜欢体育运动，她理解我。"

"那个小贩？"

"她不是小贩，是农民。你要知道，我选择的是她。我让我妈去你那里，你来养活这个老巫婆。再说，你们总是一个鼻孔出气。"

科瓦奇妮孤苦伶仃，只能和孩子相依为命。她得到了500福林生育补助，但其中的大部分都用于给亚诺什卡做小提琴盒，而不是做手套。买不起纸尿裤，她就把《人民之声报》裹到屁股上，但孩子的屁股总是从写着社论的报纸里露出来。

小拜拉·奥南其奥道四岁时就获得国家奖学金，保姆陪着她去了巴黎，在那里研究了 6 个月与老龄化作斗争的现实问题。她把自己的体验写成系列文章，发表在法国专业刊物《老年医学杂志》上，引起极大关注。

这些文章是用自己手上的打字机打出来的，有时整个夜晚都能听见纤细的骨头键盘的敲击声。尼赖吉哈齐夫妇对小姑娘紧张的工作节奏感到焦虑。

"贝拉，你不觉得小拜拉·奥南其奥道工作太拼命了吗？"普朗科·考罗拉博士问道，"每个月交四五篇论文。"

"她抽那么多香烟！每天两盒工人牌香烟，其他的四岁孩子连这个的一半都抽不到。"

"不需要以谨慎的方式警告她吗？"

"您也可能发现了，考罗拉，她不工作的时候老是盯着左手哭泣。"

"是的，我也发现了。"

"遗憾的是，她继承了您让她当小提琴家的心愿。上次，她用小小的右手把保险柜的门撬开，把斯特拉迪瓦里小提琴拨弄了整整一个晚上。"

普朗科·考罗拉博士长叹一声：

"您知道让我伤心的是什么吗，贝拉？我也给不了她建议，因为即使今天我也无法放弃我的这个幻想。"

"我们该怎么办，考罗拉？"

"明天，我带拜拉·奥南其奥道再去一趟丘维克·沙姆埃诊所，骨科现在有一名意大利外科医生，我让他给检查一下。"

意大利医生对于如何把小女孩的左手治好毫无办法，甚至建议说，如果不想让她最终变成残疾人，任何手术都不要做。然而，普朗科·考罗拉却不想在已经开始的道路上停下来。小提琴她倒是放弃了，她要研究的是，有没有别的乐器可供女儿演奏。

经过试验，拜拉·奥南其奥道无法摆弄金属和木制的吹奏乐器，显然更不用提弹拨乐器了。于是，普朗科·考罗拉博士与音乐教师和技术人员商议给小女孩制作一种全新的乐器。

科瓦奇妮用当送货员的收入无法养活婆婆和小儿子，她不得不寻找各种各样的兼职工作。大房间是家里最明亮和最干燥的地方，她在这里种上了蘑菇。在冷一点的房间里，她教小狼崽子嚎叫，这是她从动物园得到的一份差事。

老科瓦奇妮在一家合作社工作，她的任务是用舌头把胶从用过的胶带上舔下来。她把已经没胶的带子卷起来，把胶吐进一个专门的罐子里。老妇人每舔一公里长的胶带得到一个福林，要是想多挣钱，就连在吃饭的时候也得工作，于是小勺子和咖啡杯就粘在了她那黏糊糊的嘴边，然后就垂挂在了那儿。

在这样的环境下，让科瓦奇·亚诺什卡非常早地开始工作也就可以理解了。一岁的时候，他就已经用琴弓形的手帮母亲给菌种钻孔，或者抓住缠结在一起的纸卷的一端一直跑到格德勒①。

每天晚上，坐在板凳上的两个疲倦的妇人靠着墙就睡着了。亚诺什卡还没有睡意，他会去旁边的小房间里拉小提琴。在听到他的演奏后，牙齿格格作响的小狼崽子们会安静下来，松开对方的耳朵。为了

---

① 格德勒，布达佩斯东北30公里处的一座小城。

博得小男孩的好感，它们会用舌头去舔他的手。它们信誓旦旦地说，将支持比它们更弱的手无寸铁的动物，一直到死。

每个月的第二个和第四个星期二，年迈的打字机修理工杜鲍·巴林特都来尼赖吉哈齐博士家里一趟。他来护理拜拉·奥南其奥道的左手，清洗她那纤细的骨键盘，给滚轴上油。修理工知道尼赖吉哈齐夫妇在尝试为小女孩寻找合适的乐器，但却没有进行干预。直到后来有一天，他对小女孩的父亲说：

"您看，博士先生，我不懂音乐，但我的观点是，不是应该给手制作乐器，而是要把手开发成乐器。"

"您是怎么想的，巴林特叔叔？"

"我们给拜拉卡①的左手安上几个带阀门的口哨，再配上风箱。如果她敲击手上的一个键，就会把空气送进适当的哨子里，这样就可以根据自己的喜好演奏旋律。整个效果会像一架小钢琴或管风琴。"

"您会做吗？"

"我们可以试试，但也许成功不了。"

鉴于尼赖吉哈齐夫妇的贡献，匈牙利科学院、音乐基金会、波绍·久拉地球生物协会、"红余弦"国际反法西斯科学家联合会以及20多个社会组织都把这项试验看作是自己的事情，并且承担了试验费用。

杜鲍把薄塑料熔化后铸成哨子，为的是让拜拉·奥南其奥道的手腕承受尽可能轻的重量。他把大功率的风箱放在一个架子上，用各种

---

① 拜拉卡，拜拉·奥南其奥道的昵称。

各样的电线和管道把风箱和键连接起来，而电子放大器也构成独立的块状物。

第一次尝试以失败告终，拜拉·奥南其奥道也多次遭到电击。他们给小女孩缝制了石棉尼龙绝缘服，让哨子成功地产生恰当的共振也花了好长时间。从开始做试验算起花了将近两年的时间，新的乐器终于大功告成。为了向发明人和被关照者表达敬意，乐器被命名为杜鲍奥南其风琴。

在试用的时候，小女孩胆怯地按下键，大厅里顿时充满低沉、响亮的声音，她高兴地尖叫起来。

五岁的时候，亚诺什卡就能把从收音机里听来的任何一首曲子用畸形的双手完美地演奏出来，这其中包括几首华美的杰作，如帕格尼尼的《无穷动》，甚至还能创作出新的旋律。当然，请人给他教琴依然不可能，但这个小男孩突然得到了幸运之神的眷顾。

这年的冬天比往年寒冷，种在大房间里的所有蘑菇都变蓝了，科瓦奇妮提心吊胆地带着蘑菇去名叫"沃斯克"的机构寻求帮助，她确信自己会被一脚踹出来。让她非常诧异的是，她居然成功地培养出了一种新的、迄今不了解的蘑菇品种。后来，在斯德哥尔摩世博会上，它以"蓝月亮"的名字获得大奖。一公斤"蓝月亮"的世界市场价格达到两美元，科瓦奇妮在扣除各种费用之后得到 86 菲勒，比此前的利润多出 18 菲勒。她决定把多赚的钱用于小男孩的教育。她用《人民之声报》刊登加勒比海危机的国际专栏给他缝了一件漂亮的衣服，用中央统计局的年度报告做胸前褶皱装饰。

由于亚诺什卡还没到入学年龄，于是她就带他去音乐幼儿园报名。小男孩自然没有被录取，原来所有的位置在几年前就被占完了。假如有谁万一不想上了，某一位野心勃勃的妈妈就会立刻填补这个位置，她会算计好生孩子的时间。再说，亚诺什卡也没有通过幼儿园的入园考试。这个幼儿园要求孩子至少精通两门外语。此外，还要求了解音乐史，通过哲学和经济学基本考试，采用腹滚式从一米七高的竹竿上跳过去。

科瓦奇妮主要是对最后一项表示怀疑。

"让五岁的孩子跳一米七？你们亲眼看见过吗？"

"没有，也没有必要看见。只要你们能从国家储蓄银行和市政厅开来一纸证明就行。有了这个证明，你们的政治可靠性和经济状况将能为你们提供保障：只要你们想跳，就一定能跳过这一高度。"

在前厅，科瓦奇妮遇见了从前的室友尼赖吉哈齐·贝拉妮博士即普朗科·考罗拉博士，正巧她也把自己的女儿带来了。

"啊，亲爱的科瓦奇妮！这是您的小儿子？"

"是的。我带他来幼儿园，本以为能录取上呢。"

"他对音乐有天赋吗？"

"我不知道，有一次他拉《老吉卜赛人》，我感觉心都要碎了，尤其是拉到'树枝绿了，快乐的春天来了'那个地方的时候。"

"假如没有乐感，不是天生的那块料，就不允许强迫孩子。那是对孩子犯罪。您别生气，现在我们得走了，因为拜拉·奥南其奥道要准备音乐会。"

科瓦奇妮去找市政厅，万一她搞到了一纸证明，亚诺什卡就可以凭政治可靠性跳过一米七的高度，如果他想的话。然而，社会政策科科长维洛·维尔莫什却拒绝了她的请求。

"我们不愿意放弃一个有才华的工人子弟，一旦他和医生、工程师、官员、私人钢笔维修工的孩子呆在一起，他们就会破坏他健康的阶级本能。"

"但为什么只有他们的孩子可以继续学习？"

"您让我感到惊讶，科瓦奇妮，作为有觉悟的工人，您居然不懂这个道理。领导同志的思路是，要强迫富人的孩子去上大学和学院，关闭他们从事体力劳动的大门，为的是把包括机器和铲子在内的所有最重要的劳动岗位继续掌握在工人阶级手中。我不会改变这个政策，更不会出具不负责任的证明。"

国家储蓄银行的人根本就不理睬科瓦奇妮，他们的手朝墙上的一块黑板指去。妇人费力地阅读着小小的文字：

财政部长第 18712/D/+/T/1967 号法令确定的可靠性类别如下：

1. 每年 100 万福林以上收入者，可获得任何职位的提名，在边境线上免遭逮捕，可批评除领导同志以外的任何人，每年允许开车轧死人两次，践踏百合花一次。在新闻媒体上不可以受到攻击。不可以吃人肉。

2. 每年 100 万福林收入者，孩子无须入学考试便可进入高等教育机构，艺术学院除外。可批评包括司长在内的人，允许拉黑活，允许做黑弥撒。不可以反骑自行车，不可用鼻子去蹭金丝雀。每年贪污不足 500 福林免税……

科瓦奇妮没找到与其收入相符的分类，国家储蓄银行的工作人员露出有礼貌的微笑，告诉她：

"对于每年收入 15 万福林以下者，我们没有可靠性类别。"

此后，科瓦奇妮去拉伊科乐团碰运气，亚诺什卡在这里也没有被录取。尽管面试过关，但却不能令人信服地证明自己是吉卜赛人。他的脸是那种不健康的白色，要是在国外巡演的话，可能会破坏匈牙利人源自于印第安人的幻觉。不幸中的幸运之处在于，好心的乐团团长对亚诺什卡伸出了援手：

"夫人，如果您愿意，我可以安排您的儿子提前被音乐学院录取。"

科瓦奇妮的脸上泛起幸福的光芒。

"谢谢，非常感谢。什么专业？"

"怎么能问出这种问题？他只能在办公室打杂。"

后来，在工作中发现，亚诺什卡的小提琴形状的手对垃圾铲发挥了令人吃惊的、非常好的补充作用，他用弓形手则能轻而易举地叉住散落在走廊上的纸片并把它们捡起来。

（1966 年）

为和平上二十菲勒保险

一辆漂亮的外交牌照小轿车停在于勒伊路的正中间，车头在小佩斯①的克劳普考街，车尾在鹰山的红玫瑰广场。片刻之间，好奇的人们就将乘车人团团围住——一位戴眼镜的皮肤黝黑的中年人和他的随从几乎无法从人群中突围出来。

他们花了少许时间搞清方向，然后迈进国家保险公司的大楼，他们要找的是总经理。总经理在办公桌后惊讶地站起身来。

"请问您是？"

客人没有吭声，他的随从回答道：

"吴丹先生想和您谈谈。"

"联合国秘书长？和我？也许你们走错大楼了，国会大厦在我们的左边。"

"不，吴丹先生就是想和国家保险公司谈谈，这就是他来布达佩斯的目的。"

总经理把女秘书叫来。

---

① 小佩斯，布达佩斯第19区的别称。

"毛利卡，请煮三杯咖啡，从我们的宣传用品中给吴丹先生拿一个文具盒来。"

他转过身来，面对客人：

"请允许我问一句，您为什么正好选择了我们？"

"关于你们，吴丹先生获得了非常好的参考资料。他高度评价你们的道德严肃性，比如他获悉：你们没有开展给女演员的胸部上保险之类的轻浮业务。"

"吴丹先生高估了事实，显然他还没有看见我们的女演员。"

"吴丹先生想提议一项保险业务。"

"想给什么上保险？土地、房子、家产？至于大象嘛，考虑到它们的价值，我们承诺按家禽的保险价格计算。"

"吴丹先生对自己的不动产的命运不感兴趣。"

"莫非是要在我们这里给联合国的外交官集体上寿险？"

"吴丹先生觉得这个主意有意思，但他认为，对于国家保险公司而言，这桩生意太冒险了。"

"那么，他想给什么东西上保险？"

"世界和平。"

总经理震惊地望着翻译。"世界和平？"

"吴丹先生看到了你们的广告语：'保险等于安全。'他经过思考后认为，没有东西能够保障世界和平，于是就想用保险来尝试。如果我没记错的话，你们以前也做过类似的尝试。难道和平贷款不也是为这一目的服务的吗？"

"不完全是。吴丹先生的想法是什么？以何种形式？"

"形式尽可能简单。国家保险公司承诺世界和平，一旦发生世界大战，就要支付赔偿金。"

"给谁支付？"

"给人类。我们会把赔偿金用于修建医院和其他的慈善设施。"

"亲爱的先生们！"总经理摊开双臂，"不管是多么不好意思，我都要告诉你们，国家保险公司不仅是慈善团体，而且还是必须缴纳利润税的企业。只有在收到保险费用之后，我们才能为世界和平上保险。"

"吴丹先生可不是现在才从挂在墙上的蜡染布画上走下来的，他知道即使是佛的棺材也无人免费为其投保。至于筹集保险费的任务嘛，他想交给侠肝义胆的匈牙利人民。"

这一提议尽管报纸没有刊登，电台也没有播放，但却在一瞬间传遍匈牙利首都。工人们自发地停止工作，走上街头。他们高举标语："我们是吴丹倡导的和平保险毫不动摇的信徒！"有人把这个保险费称为吴丹费。

在人民的压力之下，国家保险公司的大会召开得要比往常快许多，这次大会注定要起草世界和平保险草案。后来，这一草案以通知的形式作为海报出现，内容如下：

  在困境中，保险撑起"保护伞"！别跳上运行中的有轨电车！

  保险等于安全！

  我国的公民们！和平的信徒和保护者们！

  我们向你们发出呼吁，如果你们已经年满十六周岁且有独立的收入，请为和平而斗争，请上世界和平保险。

1. 世界和平保险是自愿的。保险费既不可以从工资里扣，也不可以从收入里扣，每个人亲自向国家保险公司的账户汇款。

2. 世界和平保险费每人每月 20 菲勒。严格禁止超额汇款，否则将危及保险的象征性特点。

3. 作为对保险费的回报，国家保险公司责成自己，一旦世界大战爆发，将为吴丹秘书长支付一亿福林，只要届时名叫福林的货币还存在，否则就要把五千万枚鸡蛋按世界市场价格折算后款项送到吴丹手中。

如果各民族把和平的保险事务攥在自己手中，永远维护它，和平将持久地存在下去！

请不要用湿漉漉的手去碰家用电器！保险等于安全！

不知道是崇高的目标还是低廉的价格在起作用，为世界和平保险而发行的债券几个小时内即告售罄。在宣传活动结束时，不少于 600 万人承诺：每月将向国家保险公司汇款 20 菲勒。

保险公司的人对收到的款项进行财务处理，他们将其视为慈善工作。两名志愿者监督员对他们进行监督，但即使这样也无法阻止收银员们把自己的捐款偷偷放进去。第一个月，有近 150 万福林进入用毕加索的鸽子做装饰的口袋里。

如何使用这笔钱，同时还要继续保持其象征性的特点，这引起国家保险公司领导层的严重关切。最后，国家保险公司把这笔钱用于赔偿快乐谷"和平农业合作社"的经济损失，该合作社提出的赔偿理由是，合作社错把粒粒面[①]当成大米种进了地里。

---

① 粒粒面，匈牙利的一种用面粉和鸡蛋制成的面食，大小如同大米粒。

世界和平保险债券发行不到3个月，就发生了一件令所有人都震惊的事情：一名债券持有者没有把钱寄来，而是寄来了一枚尚未使用过的20菲勒面值的邮票。他附了一封短信，说鉴于经济拮据只能以这样的形式履行自己的义务。

各个报纸刊登长文揭露此人，证明他是一个富裕的个体户鞋匠，最近通过精湛的手术才把他的阑尾切除，因为他的皮肤下面生长出了一层20厘米厚的金钱。

遗憾的是，这些文章导致了人们的误解。关于这些文章的内容，多数人获得的都是第二手或第三手资料。人们以讹传讹，说从此以后必须通过邮票来支付保险费。此后的一个月，匈牙利铁路公司在西火车站和于勒伊路之间铺设了一条专用铁轨，专供运送邮票的列车使用。

然而，这却为各种猜测提供了基础。在机关和车间，人们围绕这样一个问题就能争论好几个小时：国家保险公司为什么需要这么多邮票？公共舆论宁愿倾向于这样一个假设：保险公司勾结邮政局，想联手制造人为的邮票短缺现象，一旦他们的目的得逞，就会随意收取信件的邮资。

人群涌向邮政局，将其洗劫一空，数以百万计的邮票小型张就这样销售了出去。尽管在印刷厂的有效帮助下，邮政局顶住了围攻，但整个事情对于世界和平保险的声誉和知名度仍然造成了很大伤害。

国家保险公司收到越来越多的愤怒的信件，而不是汇款。

债券持有者们对于继续缴纳保险费提出各种各样的条件：要求把公共汽车站设在他们的家门口；在商店里享受优待服务；减少工作时

间，要求得到西方护照。

在这些信中也出现了越来越多的问责的声音。"我没有成家，我放弃了购买书籍和唱片的精神爱好，以承受世界和平保险压在我肩上的负担，而你们却在用我的钱从事商业投机。你们得为一个被毁掉的生命负责。"这个人实际上总共才交了60菲勒的保险费，他把这封信写在了白兰地酒瓶标签的背面。

将丑闻推向高潮的是布达佩斯的基什绍雷特洛姆街发生的一起案件，它类似于佛教僧侣汽油纵火自杀案件，微不足道的区别是，犯案者焚烧的不是自己，而是自己的合租伙伴。他在警察局声称，他想以此抗议国家保险公司的腐败。

这一案件引发全国性的无法遏制的愤怒。世界和平保险推出不足一年，就只剩下唯一的一个人还在缴纳保险费。这个人是一个完全变傻的老人，他曾经是兵工厂的老板。

保险公司努力用五花八门的宣传点子安抚公众情绪。在每200个债券持有者中，公司让其中一人的丈母娘免费度假。小学生们则得到好玩的彩票，上面有下列类型的问题：

"酸糖（1）、和平（√）和战争（2），哪个更好？"

他们把大街上的鸽子捉住，给它们的脖子挂上小牌子，把宣传世界和平保险的文字写到上面。鸽子们日夜不停地扑棱棱地飞着，但这个令人绝望的努力最终也没有带来任何好的变化。

在绍尔戈陶尔扬[①]的群众集会上，一名发言者恰如其分地表达出了人们的普遍意见。

---

① 绍尔戈陶尔扬，匈牙利北部城市。

"我们不允许敲诈。宁愿发生战争！"

"同事们！我们得修改一下世界和平保险的条款。"总经理说。

专家们耸了耸肩膀。

"怎么修改？到目前为止，仅仅是汇款单和行政费用就超过了20菲勒。"

"这个保险有巨大的人道主义意义，所以我们得把它维持下去。干脆从现在起完全免费。"

"我们拿什么支付？"

"拿储备基金支付。"

总经理叹了口气，试图安慰他的同事们。

"我们设想一下，同事们，权当是在什么地方组建了一个新的农业合作社。也许这不会花多少钱的。"

就在这时，女秘书推门进来了。

"对不起，总经理同志，来了一封电报。"

"请念。"

"我们获悉新的保险条款，我们不支持这一恶作剧。古纽·温代尔、拉玛斯德尔·西尔维斯特、豪拉尔·德奈什等一万人签名。"

一年之后，世界和平保险才有了最终的、迄今依然有效的条款。保险公司每月向每一位债券持有者支付一定金额，理由是他们维持了自己的保险，但该金额只有在特殊情况下才可以超过债券持有者总收入的33%。

(1967年)

参加过战争的大象

195X 年秋天，橡胶海岸①的起义者面对卢森堡殖民者的优势兵力，亡命天涯，陷入绝境。

在丛林的最深处，起义者仅有的三辆机动车抛锚。这里距离拉格什传教士峰不足两海里——之所以用海里计算距离，是因为起义者由一名安道尔海军军官率领，他不熟悉陆地上的长度单位。有一个危险在威胁着他们：假如几天之内不把这些车辆及其牵引的大炮拖到山的另一边，随着雨季的到来，它们会最终陷入泥淖，落入卢森堡殖民者的手中。

这个损失会最终决定起义的结局，尤其是那门现代化的 36 毫米迫击炮将会证明自己具有不可替代的作用，起义者习惯用它向被俘的卢森堡人猛烈开火。

起义者用绳子和木棍尝试，但沉重的车辆纹丝不动，而卢森堡人的枪炮声却越来越逼近。担任指挥官的安道尔海军军官已做最后的打算：他从包里掏出安道尔护照，正要分发给士兵们。这时，一头大象

---

① 橡胶海岸，作者虚构的一个国家。

忽然从丛林中走出来，站到空地上。

起义者被吓坏了。在战斗中，动物通常会表现出敌意，仿佛是由于自己宁静的生活受到干扰后想实施报复，尤其是大象会对行进中的队伍造成巨大损失。当机枪已经对准这个庞然大物时，大象友好地用鼻子发出喇叭声，示意他们没有必要害怕他。

这头大象后来以德劳奇-梅劳奇（意为"逃生助手"）的名字被载入橡胶海岸的史册。只见他的鼻子指向脊背，起义者恐惧地发现他的皮肤上有重负造成的伤口。原来，这头大象在一个卢森堡人开的铅矿里劳动过。他与橡胶海岸的工人一样，也生活在贫困和屈辱的环境之中。起义爆发后，他把哨兵撞倒后逃了出来。从此，浪迹丛林。现在，共同的命运使他产生同情心，他说服自己加入陷入困境的起义者的队伍。

大象把牵引用的马尼拉绳拴在自己身上，把车辆和大炮逐一拖到山的另一边。这次逃亡成为起义的转折点。后来，橡胶海岸的宣传部围绕这一题材请人写了无数的民歌。在拉格什传教士峰的后面，大量的武器弹药和安道尔法郎在等待着战士们。

然而，要获得胜利还有漫长的路要走。德劳奇-梅劳奇这头勇敢的大象在无数的战斗中让卢森堡殖民者心惊肉跳。冲锋时，他用自己的身躯去堵碉堡的射击口；一条名叫波格的河发洪水，他就用伸长的鼻子搭成浮桥，只要最后一名士兵没有通过，他就不把鼻子收回来。

战功赫赫的大象先被授予中尉军衔，后被授予上尉军衔，但他拒绝一切殊荣。当人们把"伟大的战斗金质奖章"系到他的尾巴上时，他把尾巴甩来甩去，直到甩出去的奖章挂到了一个树枝上才罢休。

有一次，他掉进卢森堡人的陷阱里。那些为了甘蔗而背叛祖国的大象折磨他，审问他，但德劳奇-梅劳奇对于起义者的战术一个字也没有往外吐。由于没有办法逃走，他就在夜里咬断夹进陷阱里的左后腿，然后四处寻找起义者的营地。所到之处，血流遍地，沙漠里枯萎的灌木因而得以复苏。但即使只有三条腿，他依然是原来的那个让敌人闻风丧胆的战士。

后来有一天，战争结束了。

为了让德劳奇-梅劳奇参加胜利大游行，人们给他在安道尔制作了一条崭新的白色假腿。事实证明，这头大象的确给游行活动锦上添花。即使是现在，他也不能忍受给自己的身上装饰任何东西，只披一条简单的卡其色军毯就去参加游行了。他把鼻子竖起，指向前方，用这种方式接受人民的问候。

橡胶海岸的新议会在胜利大游行的当晚召开会议，就许多具有历史意义的问题做出决定。首先要决定的是橡胶海岸的新的国体问题。这一问题比决定举行一时冲动的全民公决要肩负更大的责任——它决定的是橡胶海岸人的子孙后代的命运，人们选择了传统的"让上帝来裁判！"的程序。

人们把可供选择的国体分别写到纸片上，再把这些纸片分别包进一张张蜂蜜煎饼里，由德高望重的长者、抗击卢森堡人的老战士、参议院议长吃掉。哪张纸片首先被议长排泄出来，写在上面的那个国体就将胜出。由于议长的胃酸太多，连纸片都给溶解掉了，所以这个过程不得不重复三次，直至宣布橡胶海岸成为立宪共和国为止。

接下来的是整个会议最重要的环节：分配职位。在担任政要职位方面，首先要考虑的是在战斗中杀死了几个卢森堡殖民者。数字由每个人自报，结果仅前十名议员杀死的人数就是卢森堡全国总人口的八倍。

当最后一名起义者也得到属于自己的职位后，全体人员唱国歌。正当议长要宣布闭会时，有人用不响亮的声音问道：

"德劳奇-梅劳奇怎么办？"

议员们在震惊之余坐回到自己的座位上，他们感到有点惭愧，居然把始终坚守岗位甚至甘愿为橡胶海岸独立而不惜牺牲自己生命的勇敢的大象给忘记了。

所有人都知道，德劳奇-梅劳奇最愿意留在部队里，但遗憾的是，他们不可能满足他的这个愿望。

原因是：橡胶海岸有两支部队，一支用于作战，一支用于和平时期。只有那些身高超过两米、蓄着小黑唇髭、声音悦耳的人才能进入"和平"部队，他们要参加威武壮观的阅兵仪式，其中一些人还要充当来访的外国政要的女性亲戚的正式情人。德劳奇-梅劳奇无论如何也满足不了这些要求。出于公正，不能安排他去正常的"战争"部队，因为只要不发生新的战争，士兵们就会被暂时安排到铅矿去劳动。

当局试图给大象安排一份文职工作，最后任命他为新开的瓷器店的总经理。德劳奇-梅劳奇竭尽全力，希望能完成交给他的任务，但他在检查店铺时，尽管也采取了一切预防措施，但还是撞碎了许多盘子、花瓶和小摆设。不仅花光了为此而设立的总经理基金，而且使瓷器店出现了严重的赤字。

错误归错误，他依然可以在总经理的位置上呆到死。然而，他却犯了一个不得体的错误，而且不可以原谅。有一次，德劳奇-梅劳奇质疑道："为什么出口到安道尔的瓷器按半价计算？"安道尔大使要求免去德劳奇-梅劳奇的职务。

此后，又把他安排到很多岗位上，但他在文化战线上同在生产领域一样，也以失败告终。所有的可能性都让他尝试了一遍，毫无成果。别无良策，就授予他"民族之象"的称号。鉴于他缺左腿，就让他病退。需要赞美办事机构的是，给他的退休金接近最高数额。

大象被迫过起无所事事的日子，为了打发时光，他开始周游整个橡胶海岸。当然，让他徒步旅行绝无可能，这有违高级别国家奖励的尊严。他站在为其特制的火车车厢的窗户旁边，把鼻子伸向稍纵即逝的景色，或者忧郁地忍受着700名衣衫褴褛的搬运工把他抬到轿子上。

所到之处，他都发现了贫穷和苦难。他从前的同事们，也就是铅矿的工人们依然在用过去的原始方式加工矿石，他们把矿石嚼碎，吐进一口大锅里。唯一的变化是，做好的铅棒上不再是卢森堡的标志，而是换成了安道尔的标志。食品供应也出现问题，一名骑手带着一只羚羊腿偶尔会穿行在各个村庄里，为的就是让农民们别完全忘记肉长什么样。

大象心情忧郁地结束全国巡游。他想在众议院为民请命，但从前的起义伙伴们说服他不要这样做。悲伤之中，他染上了酒瘾。在棕榈树下的那些肮脏的小酒馆里，他把心里话全吐了出来。

很快，国家领导人获悉德劳奇-梅劳奇酒后胡言乱语，尽管他们觉得大象这样做不好，但鉴于他劳苦功高，就暂时没有采取措施，觉得警告一下就足够了。然而，德劳奇-梅劳奇还是继续去常去的那些酒馆，他发泄的不满和批评性言论在越来越多的橡胶海岸公民中流传开来。于是，当局决定采取更加有力的手段对付他。

一天晚上，德劳奇-梅劳奇从酒馆里出来后跌跌撞撞地往家里走。突然，有人把一支巨大的注射针插进他的背部，他回头甩自己的鼻子,但针剂很快使他失去知觉。大象睡意蒙眬地跌倒在铺着厚厚一层落叶的小路上。

德劳奇-梅劳奇是在动物园里醒过来的,他头晕得抬不起来。这时,一份声明摆到他的面前,上面写着:"鉴于健康状况恶化,自愿退出一切公共活动。"

大象不想在上面签字,甚至开始绝食,因为他认为逮捕他是不公正的。这让当局大为头痛。动物园大门口聚满了人群,等待着大象的消息。如果德劳奇-梅劳奇发生不测,后果不堪设想。

在这个艰难时刻,当局去求助全国最狡猾的老人,也就是参议院议长。"我们所有人都很清楚,"这个狡猾的老人说,"即使是最高的棕榈树,要砍断它,蜂蜜比钢刀更快,这就好比顺着骑苍蝇比倒着骑马更容易。总之,我的意思是,你们要给德劳奇-梅劳奇弄一头母象来。"

政府把正在橡胶海岸访问演出的瑞典奥林匹亚马戏团的一头年轻母象买了下来,在做了简短的原则性指导之后,就将其放进关着德劳奇-梅劳奇的笼子里。瑞典母象的狡猾与她的年龄极不相称,她很快就把久经沙场但又对感情一窍不通的老象给搞定了。不到两天,干草就从笼子的铁栏杆前消失了,这说明德劳奇-梅劳奇放弃了绝食。不久,他叫来医生,把两根獠牙拔掉,同时植入搪瓷义齿,就连耳朵也给剪成了时髦的短耳朵。

随着时间的推移,安道尔越来越明目张胆地继承了卢森堡的遗产。当安道尔还只是把矿产和种植园的产品据为己有时,议会并没有表示出任何的反抗。"他们之所以养着我们,"老奸巨猾的议长说,

"就是不让我们插手自己的事务。"但当安道尔开始把自己的人安插到各种领导岗位上时,公开的冲突终于爆发。

议员们和部长们重新进入丛林,他们带着血染的起义回旋镖走遍全国,但却要在比抗击卢森堡时更艰难的环境下展开战斗。安道尔早就提防着,不让他们拥有武器和运输工具。

起义者接二连三地输掉战斗,不得不逃亡。最后,历史又重演了:起义者仅有的车辆和大炮又搁浅在了拉格什传教士峰的附近。

山穷水尽之时,他们向德劳奇-梅劳奇求助。

一天夜里,起义者的秘密代表团潜入动物园,敲响大象笼子的大门。德劳奇-梅劳奇打开窥视孔,即便如此,也能看见他穿一件用高级英国布料做的家居服。

"有事吗?"他问道。

"我们需要你,哦,逃生助手,如果你不挽救我们的大炮,我们就完蛋了。"

"别生气,先生们,现在我不能听你们的盼咐,"大象快活地挤了挤眼,"因为有一伙朋友正在我这儿聚会,我搞到了几张新唱片,我们正在跳舞呢。"

大象优雅地鞠了一躬,把起义者晾在了外面。他一边往回走,一边低声哼着歌谣:

"跟我来吧,夫人,跳支希米舞①,我的脚底痒了,等不了……"

安道尔的雇佣兵越来越靠近起义者的最后几门大炮。

(1967 年)

---

① 希米舞,一种舞蹈,舞者在跳这种舞蹈时摇动全身。

匈牙利的原子弹

我谨通知你们，我终于成功地清除了笼罩在人类头顶上的核战争幽灵。我的方法简单而又奇妙：我说服了各大国的代表，从现在起原子弹将由匈牙利企业在匈牙利制造。

由于是厉行节约年，无法进行新的投资，匈牙利核弹厂就只好安置在鲁姆巴赫·谢拜什金街44号C栋的地下室，这里曾是一个烤姜饼的师傅的作坊。为了不让爆炸试验引起人们的注意，就让这里的住户搬走，然后让聋哑学校的学员搬进来住。

工作在最大限度保密的情况下开始了。一块写着"禁止驾车人减速"的牌子放在地下室窗户的前面，它引来的后果是，好几千人挤到了房子前面，而其实这是一块连狗都发现不了的牌子。很快，伊布斯旅行社就组团前往鲁姆巴赫·谢拜什金街。

核秘密的保护工作也包括：不是把写有各种算式的纸锁进保险柜，因为间谍会在那里轻而易举地找到它们，而是按重量卖给副产品和废物收集企业。副产品和废物收集企业再把它们转卖给街上的水果销售商，从此李子就被包进了写着核秘密的纸里。当然，时至今日，还有一些人表示不满，他们抱怨说，他们的漏斗形纸袋上只有火箭发射装置的设计草图。销售商们对此有权大声嚷嚷：您想拿两个半福林买到什么？买到核动力破冰船吗？

假如有谁想笼统地了解原子弹的制造，那么到 EMKE[①] 咖啡馆里坐上一小时也就够了，匈牙利的专家们就在这里讨论比较重要的原则问题。女招待把半杯白兰地放到桌子上，亲密地拍了拍总工程师的肩膀："吉佐卡，要是有什么好玩的小爆炸，也请告诉我一声。"

为了加快工作进度，我们派了几个科学家去外国面临清算的核弹厂进行考察。然而，代表团中的年轻成员考察的却不是法国的氢弹，而是性感女郎，这导致工作进度放慢。

第一个实际问题出在重水的制造方面。原来，布达佩斯的氯化水太轻，不适合生产重水。每年夏天，五楼居民常因水压不足而缺水，后来就把他们渴望解决困难的所有力气都添加了进去，终于起到了帮助作用。

当非常艰难地把所需数量的重水凑齐时，才发现仓库里有两根铀棒失窃。这贼也真够肆无忌惮的，铀棒上的大字"禁止偷盗"也没能阻止他们。一根铀棒在一个乡村个体户面包师那里被找到，他把铀棒扔进烤炉以代替木块。在周边地区，消费者吃了好几个礼拜带有放射性的开花圆面包。

另一根铀棒被塞进新公寓楼集中供暖系统的一个坏锅炉里，居民们尽管知道放射的危害，但还是自愿承担责任，为的就是能够洗个热水澡。

随着试验的推进，核弹厂订购了新的裂变材料，但材料供应机构

---

① EMKE，"埃尔代伊匈牙利人文化协会"的缩写。

给他们送来的却是桌面板。接收者惊讶地说："可这些不是裂变材料啊！""不是？"仓库管理员问道，"那您就把胳膊肘支在上面吧。"

国家的原子弹还处于起步阶段，香烟店的橱窗里就已经出现了个体户小手工业者制作的原子弹。他们把费伦茨城和"钢铁工人"足球俱乐部球员的照片装饰在原子弹的外壳上，爆炸时播放着披头士一首流行歌曲的第一个小节。

过了一段时间，个体户制作的原子弹的威力都变小了，连一栋五层楼都无法炸毁。国家质量检测中心下令进行调查。原来，小手工业者们为了节省铀，就用杏酱和瘙痒粉代替铀。骗子们都进了监狱，只有一个诚实的制作者获得自由，因为他能够证实：他用价格相当的斑豆对铀的缺失进行了补偿。

最后，在计划中的截止期限到来前的最后一秒钟——在奖金扣发令撤销之前——国家的原子弹造好了。本来想找一个荒无人烟的地方进行爆炸试验，但由于我们没有沙漠，就只好把地点选在布达佩斯地方史展览馆的大厅里。

在原子弹的重压之下，楼梯差点坍塌，多亏把佐吉沃桥[①]拉来，放置在地下室窗户旁边。此后，没了佐吉沃桥，老农夫们无桥可过，于是便互相打听：告诉我，伙计，佩斯[②]这是干什么呢，是造原子弹还是造地铁？

原子弹应该在首席计算师发令后爆炸，但事实是，首席计算师是他的姐夫即首席会计师走后门安排进来的，连十都数不到。一个守夜

[①] 佐吉沃桥，1963年，布达佩斯第一个地下通道在交通枢纽奥斯托里亚开工修建，由于地面被掀开后出现一个大坑，蒂萨河支流佐吉沃河上一座废弃的桥被运来放置在大坑之上，大大缓解了交通。

[②] 佩斯，多瑙河把布达佩斯分成两部分，西岸是布达，东岸是佩斯。

人八岁的儿子代替他完成了发令。

原子弹爆炸了,但对建筑物却没有造成损害,甚至在爆炸的地方,还从地底下冒出来一栋新房子。后来发现,原来是技术员把各种设计图纸给看反了,各种零件也给安反了。就这样,匈牙利的原子弹成了一项世界建筑业专利。

(1967年)

被诅咒的单位

在了解被诅咒的单位的秘密的人当中，就只剩下我一个人了。我觉得时机已到，该向世人揭露是哪些事情造成了这个单位可怕的命运。

我们单位和其他单位没什么区别，顶多就是我们的经理布兰特·尤热夫想得到比别人更多的尊重罢了。在单位的前厅，立着他的真人般大小的塑像，这是他60岁生日那年，评审委员会从公司业余雕塑比赛的700件应征作品中挑选出的最佳作品——他的一只手的指头威胁性地指向进来的人，另一只手指向墙上挂的牌子："今天你做了什么让我对你感到满意的事情？"他让人在厕所里也挂上他的肖像，说明文字是："别躲在这儿，你想想，连我也能把烟戒掉！"

布兰特经理把自己的办公室布置在一个经过改装的铁皮保险柜里，对办事程序也进行了巧妙简化：任何时候，任何人，任何事情，一概不予接待。例外只有一个：假如有人想来举报我们公司的某个职工发表了对经理轻蔑或者不敬的言论。这时，举报者把铁皮保险柜外的锁拧到"敌人"那一格，门就会在他面前打开，这样他就可以进去陈述详情。如果举报属实，诽谤者就得从公司滚蛋，但即使不属实，他也得滚蛋，因为别人不会无缘无故地把那些损害经理威望的言论安在他的身上。

布兰特在我们公司当了六年领导，这期间他身边的人换了十二茬。在第六年的年末，布兰特突然死亡。尽管他曾批准两名高级工作人员上教堂，条件是必要时为他做弥撒，但看来没起什么作用。

在他死后的第二天，员工们来到公司文化馆，在缠绕着黑纱的遗像前悼念他。根据他的遗愿，遗像下方钉上了一行文字："物质永存，它只不过是在转换而已，我在这里注视着你们！"新任命的公司领导还未到任，副经理契本托在追悼会上致悼词。

他背对大厅，面对遗像致悼词。在致悼词的过程中，那些站在前几排的人据说发现遗像有时会赞许地点头，在不满意时会生气地把眉头皱起来。致悼词从早上八点开始，到次日下午六点半才结束。契本托把最后一页纸放到桌上，要求现场所有人为已故同事布兰特默哀一分钟以示哀悼。单位的命运就此决定，"被诅咒的"这一定语出现在它的前边就显得合情合理。

所有的人都默默地站立着，为了隐藏自己的悲痛，或者至少要弄出压抑自己情感的表情，他们把手扶在前面椅子的靠背上。默哀刚开始，克凯尼的身子就动了一下（他的腿经常抽筋），看到契本托严厉的目光后，他重新一动不动地直挺挺地站立着。他知道副经理不喜欢下属对已故上司不敬。

大家就那样站着，每个人都期待有人弄出点动静、咳嗽一声或者用其他任何方式提示：一分钟已到。但是，没有人吭声。

尽管越来越明显的是，一分钟早就过去了，但谁也不觉得自己有资格做出这一判断。就连相对来说最有资格的契本托也不敢瞧一眼钟表，他怕自己丢官——由他这个副经理打破这庄严的气氛，合适吗？其他人的眼睛望着缠绕着黑纱的遗像，心里想着自己的职位，没有人怀疑：布兰特并非用物质永存的理论在盲目威胁，在向他表达敬意的这最后 60 秒中，如果谁胆敢少一秒，他就会从坟墓里出来实施报复。与此同时，大家都抑制不住心中的窃喜，想着那个将要打破这宁静的不幸的糊涂蛋将如何被公司踢走。许多人心里在想：自己破例提拔的机会来了。

比悲剧更悲的是，挂在墙上的钟表——也许是为了表达哀悼之意——停了。这样，不管是谁，在不失礼的情况下，都再也没有办法去断定一分钟已经过去了。

天亮了，然后又黑了，但一分钟的默哀还在继续。新的公司领导上任后，请求他们坐下或者回家，好好休息休息，但这也没能让默哀终止。没有人搭理他说的话，尽管他们愿意停止默哀，但每个人都害怕别人说：他是第一个坐下来的人。

两周后——由于要使用文化馆——新经理让人把一动不动地站在那里的人装上卡车，送往医院（他们还是一动不动地站着，这样的姿势完全可以实施手术）。因为医院不接收他们，于是就把他们送进最新时期的历史博物馆的一个展厅。

从此，被诅咒的单位的全体人员就在那儿站着，红色的绳子绕在他们的周围。他们的手扶在椅子的靠背上，眼睛僵直地盯着墙，尽管墙上布兰特的肖像早已不知去向。守夜人说，每天夜里，他们都发出叹息声，脚也弄出窸窣的响声，似乎是想挪动一下，但他们用眼睛的余光互视之后，就继续僵硬地、一动不动地继续站着。

(1967 年)

国会大厦易主

国会大厦的大厅看管员拜尤·维尔莫什退休时,国会大厦的大管家陷入前所未有的两难境地。维利①叔叔不仅兢兢业业地工作了50年,而且在抵抗运动中也立下赫赫功勋:当着证人的面,他对圣母无原罪表示怀疑;有一次,在给德国大使开门时,他把门开得很慢很慢,结果德国大使在吹着过堂风的前厅里患上了感冒。人们一致认为,如此大胆的大厅看管员不多见。

很清楚的一点是,无论如何也不能把这位年迈的大厅看管员逐出公家宿舍,而一个大厅看管员的工资只有1654福林,不提供公家宿舍是找不到新的大厅看管员的。

没有别的办法,人们就把旗帜储藏室腾出来当住房用。可这些旗帜也没地方放啊,于是人们就把它们装上卡车,让卡车鏊天在市里转悠。如果司机在无聊时想喝一杯汽酒的话,他就把车子开到远离市区的地方,把旗帜插起来,宣布说有外国代表团来访。感谢活跃的外交生活,总是有人来访。只不过在小佩斯这个地方,人们等了半天也没

---
① 维利,维尔莫什的昵称。

等来波斯王储，小佩斯与波斯兄弟般传统友谊的恶化就是从这个时候算起的。

遗憾的是，问题越来越多，平均年龄偏大的大厅看管员们几乎一下子都到了退休的年龄线。与维利叔叔相似，他们也有权期待继续住在公家宿舍里。他们的理由很难无视，他们非常关注正在发言的国会议员的讲话，就连他们的马夹兜里都装满了人文主义精神和对老专家的崇敬。

由于公家宿舍短缺，于是就尝试让第二职业者和别的领域的专业人士来承担大厅看管员的职能。一名数学教师看见任何东西都要计算一番，第三天的时候，他就被人穿上"约束衣"① 给带走了，在下楼梯的时候他大喊大叫："三加九等于六十二，零加零等于一项新的投资。"一名高空杂技演员认为，这名教师说话的胆子太大，简直就是悬崖上翻跟头——送死。

作为最后一招，大管家去找鲍尔劳格哈特的"无缝隙"农业生产合作社。除了动物保护联盟委托他们照看的那几只野猫之外，这个合作社早就不从事过时的植物种植和畜牧业了。作为副业，合作社开办了钻石打磨车间、脑外科诊所和天文观测站。天文观测者们在这里发现了一颗超新星，它的位置比任何星球都高。在总会计师的提议下，这颗星星被命名为"成本"。

这家合作社把自己的人员租借出去，以满足客户各种各样的目的，比如租借给亏损企业当替罪羊，给匈牙利电影厂当群众演员——合作社只有在得到高额费用的情况下才承担这样的活儿。由于

---

① 约束衣，用于精神病患者或有自伤或伤人倾向的人，主要是限制双手活动范围，以防止他们伤害自己或其他人。

修建的房屋过多，导致蒂豪尼①的回声消失，他们就代替回声。如果有谁大喊的话，他们就把脑袋伸进二十公升大小的罐子里回应。遇到外国游客大喊时，他们要加收语言补贴费。

这家农业生产合作社把国会大厦大厅的看护工作也承担了下来，条件是：让它把年度总结大会放在国会大厦的穹顶之下召开，还要获得在国会大厦小卖部出售猪头肉和油炸蒜蓉面包的特许权。

新来的大厅看管员们得到的临时住所位于阿尔帕德王朝各个国王的塑像下面。工会斗争的结果是，让每个人睡到与自己名字相对应的国王那里。这样，在瞎子贝拉②的下面就有三个叫贝拉的人睡在了一起。另外，一个叫山多尔的人也睡在那里，因为最近一段时间以来，他的视力严重恶化。

有好几个月的时间，这帮大厅看管员无懈可击地完成了自己的任务，只有以前承担蒂豪尼回声任务的一名合作社成员重拾以前的角色，继续忠实地为正在发言的国会议员做回声，导致每个人都以为已经是下一位国会议员在发表讲话了。这种情况人们没有忍受很久，因为没过多久他就被安排去了一家大型企业的劳动保护科。

然而，在熟悉了情况之后，大厅看管员们就开始为自己争取权利。作为合作社成员，他们是有后院自留地的，于是他们坚持要在国会大厦附近给自己解决自留地问题，因为他们无法回鲍尔劳格哈特去打理自己的自留地。他们想得到国会大厦前的科舒特·拉约什广场，

---

① 蒂豪尼，匈牙利西部巴拉顿湖北岸的半岛，以其自然风光和历史遗迹闻名。蒂豪尼回声是这里最著名的自然现象，自18世纪蒂豪尼修道院建成后，站在不远处的回声山上大喊，便会听到300米外的修道院北墙反射回来的声音。
② 瞎子贝拉，12世纪初在位的匈牙利国王，又名贝拉二世。相传，在他年幼时，其父阿尔莫什王子为了争夺王位，导致卡尔曼国王下令将他们父子的眼睛弄瞎。

认为这块地方非常适合种西瓜。在经过长时间的扯皮之后，他们最终把一块叫"血田"的地方拿到了手。

他们宁愿在"血田"种上圆白菜，为的就是做腌酸菜。他们在地里捡到几块大石头，拿它们来压腌酸菜的大桶是最合适不过了。尽管石头上刻有各种各样的名字，如马蒂诺维奇·伊格纳茨、什格劳伊·姚考布和自由、平等、博爱，但丝毫不影响对它们的使用。

起初，只有几名妇女随丈夫来到首都，丈夫们还可以把她们安置在阿尔帕德王朝的圣毛尔吉特和玛利亚·特蕾西亚的塑像下面。但突然有一天，整个鲍尔劳格哈特村的人都启程来首都了。

他们不想公开地接近国会大厦，于是就想出了一个计策。在广场上的科舒特塑像的基座上，穿靴子、拿包袱的农民形象的人物越来越多。一些人手里拿的不是直镰刀，而是举了一把雨伞。鲍尔劳格哈特村的人通过这种伪装在这里度过了头几天。后来，村里的煤气罐换气站站长也站到了科舒特塑像的旁边。

有四户人家住进了国会大厦前的电话亭子里，尽管有点拥挤。那里的电话总是显示占线，因为由于地方狭小，他们就把爷爷用其裤子的背带挂到电话听筒的挂钩上。为了让他们搬走，人们给他们提供了房子，但他们不接受，因为虽然这些房子里面有洗澡间和空调设备却没有电话，这与电话亭相比意味着严重的生活水准下降。

在总理府，这个合作社的人给自己摆了一张小桌子，合作社社长就坐在小桌子旁边处理事务。印章和文件经常弄混，于是就发生了"无缝隙"农业生产合作社与某国断绝外交关系的事情，以及匈牙利人民共和国向合作社社员发出最后警告说，如果劳动纪律继续涣散的话，企业就无法维持下去。

总理府办公室主任提议，为了简化办事程序，应该把匈牙利人民共和国和"无缝隙"农业生产合作社进行合并，但合作社社长以财政困难为由礼貌地回绝了这一提议。

形势进一步恶化，当议员们在蒙卡奇大厅发现这些鲍尔劳格哈特人耕种自留地的牛时十分震惊。当时，它们刚从墙壁上的挂毯里吃完百合花回来。对于指责，大厅看管员们冷漠地回答道：

"它们并不是第一拨来到这个大厅的牛！道拉尼·伊格纳茨、拉克西·耶诺和佩克·久洛这些蠢得像牛的人早就来过这里了。"

费了好大的劲儿，人们才把这些动物赶进与其特点相吻合的狩猎大厅，但即便如此，也得用炸药才能把它们的粪便从蒙卡奇大厅的大理石地面上清除干净。

此后，事情变得一发而不可收拾。农业生产合作社的人把接待大厅改造成了餐厅，取名为"匈牙利历史悠久的酒馆"。为了与这里的气氛相契合，他们提供的食物不仅历史悠久而且选择范围很广：特勒克·巴林特式黑汤①、大平原维尔博茨②式宝座上烤的农家肉，美味还有德国曼陀罗和土耳其鸦片。但没有免费的晚餐，哪位客人要是想不付账揣着兜里的钱就溜走，没门。

不久，客房就被改造成了农业合作社老人的日托所。如果匈牙利代表团出国访问的话，按照外交惯例就得邀请主人回访，这个时候代表团团长就会这样说：

---

① 黑汤，在匈牙利日常用语中指留在后面的或突然发生的令人不愉快的事情。根据民间传说，16世纪入侵匈牙利的土耳其人邀请匈牙利贵族特勒克·巴林特共进午餐，土耳其士兵在听到"还剩黑汤没有上"的暗号时将特勒克·巴林特俘获。暗号里的"黑汤"指土耳其人午餐后饮的咖啡。
② 维尔博茨，即维尔博茨·伊什特万（1458—1541），匈牙利历史上著名的法学家，曾担任王室法官。他曾参与镇压1514年多热·捷尔吉领导的农民起义。据传说，多热·捷尔吉被烧死在铁做的宝座上。

"我想邀请您访问,总统先生,但国会里没住的地方。您知道吗?如果去佩斯,就请来劳诺尔德街找我,我妻子做的猪肚非常好吃。"

公众人物的门铃频繁响起,里面的人通过窥视孔向外一看,立刻笑容满面:

"啊,尼克松先生!我们是签署一项协议呢,还是您只对《蓝光》①感兴趣?"

终于,"无缝隙"农业合作社社长与国会领导人坐在一起举行磋商,从而使混乱达到顶点。

"你们看,我的先生们!"社长说,"'无缝隙'愿意签字接管这栋建筑物。这并不是多么漂亮的房子,只是位于市中心而已。"

"那我们上哪儿去?"

"如此小的国家,要这么大的国会大厦干什么?你们去鲍尔劳格哈特吧,国家储蓄银行的支行足够容纳下你们。"

"我们不去。"

"那也行。"

社长把一张纸放到桌子上。

"就这件事,我宣布:我们农业合作社的成员们要求得到国会大厦,就如同以前我们要求得到不足十六套住房的公寓楼一样。"

此后,凡是去国会大厦附近的人都可以觉察到变化。后院的自留地里已经种上了玉米,被拿来当稻草人使用的国王塑像熠熠生辉。在国会大厦的顶端,宫殿的新标志——一枚被照亮的一福林硬币在静静地旋转着。

(1967年)

---

① 蓝光,匈牙利国家电视台报道刑事案件的杂志性栏目。

罗腾比莱尔街93号A栋立宪共和国

请允许我做自我介绍：我是退休律师卡洛·迈达尔德博士，罗腾比莱尔街 93 号 A 栋居民委员会主席。我们的房子是佩斯最破旧的公寓楼之一，物业管理公司以"阿尔帕德王朝"的别名对其进行登记，因为它的最后一次修缮是在安德烈二世[①]在位时进行的。此后，只有鞑靼人[②]做过小打小闹式的维修。

如果哪一位居民想在白天咳嗽，那么他必须最晚于早上六点前到我这里来报告，这样租客才能有足够的时间用柱子撑住天花板。即便如此，也曾发生过这样的事情：房主拿着捕蝶网去追一扇扇飞出去的门，结果一直追到了韦赖谢吉哈兹[③]。

但与我们的房顶的状况比起来，所有这一切都相形见绌。1792 年不寻常的严冬对瓦片造成的破坏至今没有修复，致使阁楼里形成巨大的湖泊。我向相关负责人做过多次汇报，他们也认为不能再这样继续下去了，但他们还是在湖中养了几条金鱼。

[①] 安德烈二世，匈牙利历史上第一个封建王朝阿尔帕德王朝的国王，1205—1235 年在位。
[②] 鞑靼人，指 13 世纪入侵欧洲的蒙古人。
[③] 韦赖谢吉哈兹，匈牙利佩斯州的一个小城镇，位于布达佩斯东北 25 公里处。

遗憾的是，没人给鱼喂食，鱼就只好把挂出来晾晒的内衣当食物了。当这些贪婪的动物吃掉我唯一的一件质量上乘的耶格尔毛料裤时，我又一次跑去找物业管理公司。

我威胁说要告他们，但他们看着我的眼睛笑了起来。"你要知道，"他们说，"我们是国有企业，告我们就等于是告国家。"我能怎么办？我只好去告国家了。

法院审理我的诉状用了好长的时间，最后做出如下判决：

> 关于原告布达佩斯第八区罗腾比莱尔街93号A栋居民卡洛·迈达尔德博士与位于太阳系、中欧稍靠左的被告匈牙利人民共和国的判决：尽管原告的诉求从多个角度讲被证明是有根据的，但鉴于被告匈牙利人民共和国有财政困难，原告就屋顶一事提出的诉求，我们认为无法满足。

我当然不接受这个理由，既然被告有钱借给那么多国家，就应该有钱给我们修屋顶。但对于我的诉求，法院仅仅回答说："如果罗腾比莱尔街93号A栋不喜欢这个国家，那就去给自己另找一个国家吧！"

这为我们做出最终决定提供了一个理由：国家对我们没有履行自己的义务，所以我们也将终止履行对它的义务。居民委员会决定：我们的房子脱离匈牙利人民共和国的管辖并立即生效，同时以罗腾比莱尔街93号A栋的名称成立立宪共和国。

我们强调，我们对租赁合同是满意的，因为这终止了居民对居民的压迫，只因物业管理公司的不公正才迫使我们脱离出去。

作为曾经的律师，我起草了新宪法的基本原则。我们的边界往东是罗腾比莱尔街 93 号,往西是罗腾比莱尔街 93 号 B 栋和沃朗恰克大叔的蔬菜亭。往南和往北都是坚实和永恒的自然边界——水渠保卫着我们的共和国。

我们在悬空走廊选举领导机构,用的是呼喊的方式,住在高层的人朝下呼喊。我们任命永远都唯我独尊的什内维斯大叔为共和国总统,我们想以此确保他不干涉任何事务。我们把住在房子里的少数民族代表、贝斯手科兰帕尔·费尔第南也选进执政委员会。

我们的经济基础是在底层运作的凝乳生产合作社。我们创立了自己的货币,合作社的生产为其提供后援,因此我们就将我们的货币命名为凝乳。在国际市场上,凝乳与福林价值相当。

我们的军队由住在三楼的财务稽查员毛奇卡希·拉约什一人构成。他与政府达成一致意见后宣布,他无意退出罗腾比莱尔街的防务协议。有人承诺把胡尼奥迪广场的一家生意不错的香烟店给他,但这也没能让他产生动摇。

那些住在罗腾比莱尔街 93 号和勒沃尔代广场 46 号的居民听说我们变成独立国家后都表现出敌意。他们私下害怕我们收回地下室的洗衣房,这个洗衣房原本就属于我们,但他们在战争中将其据为己有。我们赶紧宣布,我们没有领土要求,但他们却对我们发起了嘲讽战。比如,他们散布谣言说,我们国家改了电话号码,新号码是:457120。

但这些诽谤没有阻止我们的进步,邮局送来了一封封电报,各种各样的国家都承认了我们的共和国。最后一封电报来自阿拉伯联合共和国,也许是因我们的国名源自罗腾比莱尔·里波特[①],阿拉伯联合

---

① 罗腾比莱尔·里波特(1806—1870),德意志血统,1848 年至 1867 年间三度担任佩斯市长。

共和国因他的出身而对我们持保留态度。

我们受邀参加下届联合国大会，我们觉得这没什么特别的。代表团由我率领，成员有元首什内维斯·拜奈代克、国际卧铺车检票员兼外长奈莫道·布达（与匈牙利外交部长不同的是，他好几门外语都说得呱呱叫）和博尔博拉阿姨，她的旅费由其流亡国外的女儿支付。

我们在大会期间采用的策略简单但却非常有效。我们认为，对一个小国家来说，经常性地表示赞同会对其威望造成极大的损害，因此不管是谁递交任何决议草案，我们的代表团都立即表示抗议。

扩音喇叭有好几次宣布说，罗腾比莱尔街93号A栋的外交部长奈莫道·布达教授是下一个发言者，只见奈莫道手拿车票打孔机走上讲台，暴风雨般的掌声响了起来，代表们却已经往前翻到下一项决议草案了。

在这次会议上一项决议也没有诞生，但历史至今将其视为联合国最成功的一个篇章。

无数迹象显示，我们的共和国的威望在这次会议上得到了加强。世界媒体把"毫不动摇的不动产"的名称送给我们，作为对我们的行为的肯定。我们成功地拿到了大额国际贷款，给博尔博拉阿姨买了耳环，用这笔钱把凝乳发展成了可兑换货币，更名为新凝乳，也叫诺斯洛皮凝乳。从此，博尔博拉阿姨去杂货店买萨拉米腊肠时总是告诉店员：给我切中间的部分，我付我们的货币，把腊肠的两头卖给别人时你收福林吧。

我们知道，通向繁荣之路必须在旅游以及我们房子的自然和历史景观中去寻找。在楼梯里，我们展出了价值无与伦比的霉菌藏品。此外，让我们感到自豪的还有欧洲最古老的自来水管道，编年史学家无名氏①就提起过它首次堵塞时的情况。

在遥远的克劳乌扎广场，居民们花了一星期的时间来筹款，目的就是来罗腾比莱尔街换换空气。在我们的边境站，尤其是星期五下午排队的人很多，因为周围地区都在这个时间举行防空演习。

遗憾的是，来我们这儿的人比离开的人多得多，在整个城市有一种现象变成了常态：谁要是把薪水都喝光的话，为了躲避老婆就来我们这儿申请政治避难。匈牙利回旋镖国家队在奥运会上表现不佳，吓得不敢回国，于是径直来到了我们这儿。匈牙利国家足球队的后卫也来了，我们给他安排了打扫我们国家的楼梯的任务。

罗腾比莱尔街93号A栋曾以最郑重的形式提出举办1980年奥运会。艾弗里·布伦戴奇②先生尤其对计划中的游泳比赛场地（这是世界上最高的湖泊）和阁楼着迷。

以我们的住宿条件，我们很难承受游客数量的激增，就连晾衣服的铁丝上都睡着用衣服夹子固定在上面的客人。我们无法在宽度上向外扩展，所以不得不向上突破，建造充气式浮动酒店。这一空中楼阁的设计由这个领域的权威匈牙利经济学专家完成。

遗憾的是，空中楼阁没有伸向天空，起初看似天才般的主意却导致我们的共和国走向完全的毁灭。

我们从这样一个原则出发：工厂是工人的，我们的居民在形形色色的匈牙利大工厂工作，这样我们也就成了这些大工厂的共同所有者。我们通知匈牙利，我们放弃理应属于我们的国民的那部分资产，请匈牙利将等值的金钱汇往我们的金库。

---

① 无名氏，生活在公元12世纪末13世纪初的匈牙利编年史学家，没有留下姓名。
② 艾弗里·布伦戴奇，美国人，在1952年至1972年担任国际奥林匹克委员会主席。

我们并没指望获得一大笔资金，按照我们的计划，我们从自己的兜里再往外掏点钱，这样就可以给什内维斯大叔买一顶崭新的瑞士帽，但匈牙利政府支付给我们的却不是现金，而是把物业管理公司作价给了我们。

这是一个大国对一个小国的最卑鄙的攻击。我们不得不动用收上来的租金修复罗腾比莱尔街所有漏水的屋顶和滴水的水龙头。顷刻之间，我们就破产了，就连我们的当票也给了当铺，整个共和国的居民一顿晚餐总共才吃了一条鲱鱼。

我们还能维持一阵子，因为有几个西方国家用大额贷款支持我们，但勒沃代广场自来水管破裂所需的维修资金最终动摇了美国的财政根基。

(1973 年)

会说话的猪

一

晚上十点半,费盖特泰莱克国营农场的饲养员凯莱凯什给猪喂完最后一次食,关上九号猪舍的电灯,好让猪崽们安安稳稳地睡上一觉。在宽敞得可以做体育馆用的猪舍里,他又一次从这头走到那头,检查温度,查看自动饮水槽里是否有足够的水,他发现一切正常。当他走到猪舍尽头的时候,有人在他的背后突然说:

"尤日①,你这个婊子养的!"

他姓凯莱凯什,名叫拉约什。他朝这个声音的方向转过身去。他以为是哪个饲养员同事喝醉酒后蜷缩在猪舍的角落里咕哝,但无论怎么观察也没看见一个人影。虽然他有点犹疑,但还是决定不再去想这件事。他对自己解释说,也许是有人在猪舍外面骂人,或者也有可能是自己耳鸣了。

"哪天我得去看医生,清洗一下耳朵。"他喃喃自语道。

---

① 尤日,匈牙利男子名"尤热夫"的昵称。

凯莱凯什扶起门上的铁闩，正要把它插上时，刚才那个尖利刺耳的声音再次响起：

"尤日，你这个婊子养的！"

现在，可以排除一切怀疑并做出判断，说话者就在猪舍里，甚至连声音的方向也可以确定：声音来自四号猪栏。这里养的是国营农场从个体养殖户手中收购来的猪崽。最近的传染病导致国营农场的一些猪相继死亡，这些猪崽就是补充的新猪。

凯莱凯什走近四号猪栏。这天夜里，有九只猪崽躺在这个猪栏里，它们的睡姿有些特别：八只猪崽挤在一起，看上去乱七八糟的，即使是熟练的屠夫也无法辨别出哪个脑袋或蹄子是哪只猪的，而猪栏的大部分地盘却被一只伸开四肢睡觉的公猪崽霸占着。看样子，这只盛气凌人的猪崽为了这一优势局面可能进行过一番激烈的战斗，因为当凯莱凯什用手电筒照他时，发现他的耳朵上有红红的伤口，脖子上带血的猪毛黏成一撮一撮的，显得脏兮兮的。

饲养员把胳膊肘支在栅栏上看了几分钟，等待着那个声音再次出现。有一阵子，只听到挤成一堆的那些猪崽发出此起彼伏的呼噜声。这时，一只猪崽挪动身子，打搅了其他猪崽的美梦。忽然，单独睡觉的那只猪崽开口说话了：

"尤日，你这个婊子养的！"

凯莱凯什打了一个寒战，过了好长时间，他才振作起精神离开猪栏，可他的膝盖还一直在颤抖。他一边走，一边不住地回头张望。到了外面后，他站在猪舍的前面，用团在手心里的手绢擦干额头上的汗水。他知道，他必须得把这一新发现立即报告给上级。

时间这么晚了，国营农场的女经理鲍尔陶·艾迪特还在给一家农业杂志写文章。她正在词典里查"收获"一词的意思，这时凯莱凯什敲门进来，气喘吁吁地告诉她，有一只猪崽会说人话。女经理扶了扶眼镜：

"您听着，凯莱凯什，上次您喝醉酒后大吃了一顿鱼粉，然后用您的鼻子去摁自动饮水器，这我还能够原谅您，但是如果您由此得出这样一个结论：您可以为所欲为，而且大半夜的竟用这样的胡言乱语来打搅我，我就解雇您！"

饲养员对天发誓说，他说的是真话。他央求着说服女经理随他去一趟猪舍。

当他们来到四号猪栏时，已过午夜时分。九只猪崽中的八只现在还在睡大觉，在手电筒发出的光束中，单独睡觉的那只猪崽现在四蹄着地站起身来，嘴上挂着厚厚的白沫，红红的眼睛怀疑地望着来访者。

"这只猪崽马上就会开口说话。"凯莱凯什满怀希望地说，同时把身子探过栅栏，"尤日，你这个婊子养的！"

"当着我的面，您怎么可以这样讲话？！"

"请经理不要生气，这句话我是从这只猪崽口里听来的，也许他不会说别的。你快说：'尤日，你这个婊子养的！'"他挠了挠猪崽的背鼓励道。

猪崽没有说话，左右摇晃着脑袋。忽然，他阴险地朝养猪员的手狠狠地咬了一口，连他牙齿下面的骨头都格格作响。

鲍尔陶·艾迪特博士触目惊心地望着因疼痛而一只脚跳起来的饲养员：

"恭喜您！请您明天来我办公室把您的《劳动手册》取走，凯莱凯什。以后您再也不必拿我寻开心了！"

凯莱凯什废了半天的劲儿才把手清洗包扎好，猪崽尖尖的牙齿在他的手上留下了血印。他操起一把菜刀，决定去砍断这只让他蒙羞的猪崽的脖子。

这只猪崽仿佛预感到凯莱凯什会返回来似的，一直醒着等他。凯莱凯什一回来，他就开始尖叫着跑向正在熟睡的同伙。那些猪崽被惊醒后发出巨大的嚎叫声，打破了整个猪舍的宁静。这嚎叫声传到了在其他猪舍里值班的饲养员的耳朵里，就连守夜人也跑了过来。凯莱凯什的时间只够把这只四蹄乱蹬的猪崽从猪栏里抱出来，他把猪崽藏到大褂子下面，仓皇而逃。

他跑进饲料搅拌仓库，把猪崽放下来。夜晚，这里没人工作，装得鼓囊囊的纸袋堆积如山，这倒是起到了消音的作用。凯莱凯什正要手起刀落，夹在他胳肢窝下的猪崽突然开口说话了。

"亲爱的拉约什大哥——我不知道是不是可以这样称呼您——咱们之间一定有误会。"

凯莱凯什对猪崽说人话已经不再感到震惊，他咆哮着挥动右手里的那把菜刀：

"你让我在经理面前出丑，你这个垃圾！我刚才问你的时候，你为什么不说话？！"

"从战术上讲，不合时宜啊。您要是把我捉住带离猪舍的话，我倒是愿意悉听尊便，可是您想想，拉约什大哥，我要是在猪舍里哪怕说出一个字来，所有的猪崽都会晓得我会说人话，我们无论如何都要把这个秘密保守住啊。"

"为什么？"

"您别生气,拉约什大哥,这是我自己的私事。"

凯莱凯什被猪崽咬过的右手一阵剧痛,他的怒火再次涌上心头:

"明明怪你,你居然还这般无礼?!你毁了我,我因为你而遭到解雇,你不知道羞耻吗?!你死定了,你这个恶棍!"

猪崽的脸上露出不悦的神情,好像是对必须多次解释同一件事情已感到厌倦:

"您别这样固执嘛,拉约什大哥!我愿意陪您一起去见女经理,我将把整个事情的来龙去脉解释给她听。我保证,她会重新雇佣您的。"

凯莱凯什拿不定主意:

"你要是欺骗我的话,我当场就宰了你。"

"我会和您作对吗?!刀在您的手上,拉约什大哥。"

早就过了午夜时分,他们的敲门声把鲍尔陶·艾迪特博士从深沉的睡梦中惊醒。女经理打开门,看见凯莱凯什胳肢窝里夹着那只猪崽,于是勃然大怒:

"给我从这里滚出去!"

受到惊吓的凯莱凯什本想转身离去,但猪崽用嘴轻触了他一下:

"请您把我放到地板上!"

尤日站到女经理的面前,毕恭毕敬地清了清嗓子:

"请原谅我插嘴,但我必须保护拉约什大哥。他的确听到我在睡梦中说话——我在醒的时候从来不这样——我确实说了这句话:'尤日,你这个婊子养的!'恕我直言。"

女经理惊讶得说不出话来,她扶了扶眼镜,只能问出这么一个问题:

"尤日是谁?"

"是我。要知道，申凯伊大叔……"

"从前的镇长？"

"是的，他是我的老主人，国营农场就是从他手中把我买走的。总之，申凯伊大叔叫我尤热夫，他总是骂我，因为我爱乱跑。"

"但您是怎么学会说话的？"

"我是一只与选举有关的猪崽。要知道，人们没有重新选举他当镇长，而是让他退休。他独自一个人生活，孩子们都去了佩斯，老婆也过世了，他总得干点什么吧。他每天都围着猪圈忙活，跟我说话，一开始我只能听懂一两个词，后来慢慢地我全都懂了。"

"您的主人想到了您能学会说话吗？"

"不，恕我直言，申凯伊大叔的耳朵聋得什么也听不见，而我也是小心谨慎地不暴露自己，因为要是让他知道的话，也许他会失去对我的信任。申凯伊大叔去世后，他的儿子们回来把所有的东西都给卖了。家庭养猪也走到了尽头，这样我就由落后的私人生产部门进入你们这个发达的社会主义农业大企业。"

鲍尔陶·艾迪特博士听着尤日的叙述，几乎无法从震惊中回过神来：

"但是，您是从哪儿学会这些话的？"

猪崽带着谦卑的微笑低下头：

"谁用心，谁就学得快。绝大多数话我是从申凯伊大叔那儿学来的，我可以把他称为我的楷模。让我特别感激的是，他把《匈牙利公报》①垫在我的身子底下。此外，我还努力自学。现在，我们猪

---

① 《匈牙利公报》，匈牙利政府刊登法律法规的刊物。

舍大门前就挂着镇里的高音喇叭,恕我直言,农民们管它叫'出工钟'。所有的节目我都听,最感兴趣的是政治讲座,但我也非常享受音乐。"

猪崽开始哼唱:

"你是骄傲的哥萨克……"

已经快五点钟了,外面天已蒙蒙亮,由于担心某一位领班或技术员来找女经理请示工作从而对谈话构成干扰,因此他们说好由凯莱凯什暂时将猪崽送回猪舍,晚上再带来。

在回家的路上,猪崽在饲养员的大褂子里心满意足地把四蹄伸展开来:

"您别害怕,拉约什大哥,您也看见了,对我有恩的人我是不会忘记的。我有一个主意,我不想许诺,但要是被采纳的话,不仅对我有好处,您也能受益哟!"

二

整整一天,女经理都在思量着这只猪崽的特殊才能可以派上何种用场,但她也只能想到这里:也许,他可以作为腹语者参加剧团的演出。晚上,她困惑地问尤日:

"我们合起来能干点什么?您有没有什么主意?"

"有啊,我已经给拉约什大哥提过一个建议,我们大家都能从中受益。"

"您的想法是什么,亲爱的嗯……?"

猪崽快活地微笑起来:

"请称呼我尤日就行,这是既简单又地道的匈牙利名字。"

"亲爱的尤日,那就请讲吧!"

"我的想法是,我们要把事情做得好像什么也没有发生过一样,请把我放回到那些猪崽中间去。我将观察我的同伙们都说些什么,它们对于伙食和居所,但主要是对我们都尊敬和爱戴的你们都有什么意见。你们偶尔找点什么借口把我带到办公室里来,这样我就可以汇报各方面的情况。"

猪崽抬起圆圆的脸,用期待的目光望着鲍尔陶·艾迪特博士。他无法解释女经理陷入沉思的目光,于是犹犹豫豫地说:

"我没有听说人与人之间有没有这么干的,但我认为在猪那里会非常好使。"

女经理藏在镜片后的眼睛终于闪烁出光芒:

"很有意思!据我所知,这将是我们在生猪大规模养殖过程中就催肥对象直接获取舆情报告的首次尝试。"她看着猪崽,"作为交换,您想得到什么?您提过,我们都能从中受益。"

"首先,我想让拉约什大哥重返工作岗位,再给他五……不,六百福林奖金。"

"我宣布开除无效,但奖金我暂时给不了,因为没钱了。"

"也许,可以用自愿献血活动参与者的剩余奖金来支付。"猪崽说。

"这个您是从哪儿知道的?"

"昨天,您给领班提过这笔钱,当时你们从猪栏前走过。我对法律并非完全外行。正如我提到过,申凯伊大叔曾经把《匈牙利公报》垫到我的身子底下。"

鲍尔陶·艾迪特博士无可奈何地叹气道：

"那好吧！您还有什么愿望？我指的是您自己。"

"我自己暂不提任何要求，我想先证明一下自己的想法。但我坚信，谁对大伙的贡献最多，谁在分奖金时就应该排在最前面。"

在猪栏里，尤日与其他猪崽的表现毫无二致，他整天漫无目的地走来走去，吃吃喝喝。他时不时地挤进猪群中间，看同伙们都嘀咕些什么。不管他怎么卖力，他也只能从猪舍里传递出内容单薄的情报，汇报一些猪崽们的小牢骚：什么母猪关得离它们太远啦，它们可以去吃奶的机会少啦，饲养员在饮水槽里洗靴子啦。这项任务没有满足尤日的野心。

喂养着年长公猪的猪舍看起来是更有价值的信息源，尤日要求把自己安插到那里去。然而，如果没有任何借口就把还算猪崽的尤日放入两三岁的公猪群里，必定会引起怀疑，因此必须制造借口。于是尤日多次与饲养员发生对抗，朝他们叫嚷，咬他们的手——这样一来，每个人都觉得，把尤日这只失控的猪崽从其他猪崽中清除出去既合情又合理。

年长的公猪们也听说了这件事，它们的普遍观点是，尤日的表现太过大胆，迟早会搬起石头砸自己的脚，但尤日的激烈抗争却赢得了它们的普遍好感。年长的公猪们觉得尤日绝对可信，于是就让其加入它们的谈话。尤日谦逊地呆在一边，但却竖起耳朵听着。

一只进口自约克郡的老公猪经常讲述自己在英格兰度过的童年，提到了装有空调的猪栏、电视机以及拌有橙子皮和香蕉的泔水。尤日在随后的报告中建议，把这只来自约克郡的公猪清除出去，以免让西方的猪栏更舒适、伙食更好的观点在更大的范围内蔓延。

在交谈中，公猪们对所谓的"母猪架子"进行了许多议论。起先，公猪们被带去跟真正的母猪交配。母猪被放在粘满动物毛发的木头架子底下，只把屁股露出来，然后再让公猪爬跨上去。公猪们把这个木头架子称为"母猪架子"。然而，由于专家们认为人工繁殖更合理一些，后来就不把母猪放进去，公猪们就只好爬跨到空木头架子上去，饲养员们则拿着玻璃瓶子去接流出来的精液。由于"母猪架子"疏于保养，上面竖起了木刺，粘在上面的绵羊皮也给弄得脱落了下来。

"至少应该给'母猪架子'的背上弄点毛发啊，"公猪们感到愤怒，"这样我们才能有点幻想啊！应该让凯莱凯什用他的大肚子感受一下这头木头母猪才行！"公猪们真的不愿意爬跨到这个架子上头去。

尤日把这个情况也反映了上去，叫嚷得最凶的那些公猪很快就遭到阉割。

遭受怀疑并暴露身份的危险一直威胁着尤日，因此有必要对情报的传递方式进行精心设计。假如尤日有情况要报告，他就假装生病，偷偷吞一块藏匿起来的肥皂块，四蹄朝天，口吐白沫，呻吟不止。在其他猪的嗷叫声中，凯莱凯什把尤日从猪栏里抱起来带走。

这个主意是尤日自己想出来的，女经理深深地为之折服。

"我不明白，您是怎么想到这个主意的？！"

"申凯伊大叔有时也把我带进房间里，我就躺在他的脚边看电视。有一次，我看了一个波兰的电视连续剧，里面那个安插在囚犯中间的特工就讲过，他曾假装生病，让人把他带出去。"

鲍尔陶·艾迪特博士想不起来这个电视连续剧。

"这个电视连续剧的名字叫什么？主角是谁？"

"我不知道，我的注意力都在特工身上。他是真正的美男子：肥胖、戴眼镜、秃头。我始终都在给他加油，一直到现在他也是我的楷模。"尤日的工作非常细致，他的情报也涉及这样的一些细节：猪们对于那些添加了增肥剂的试验性混合饲料都说些什么，会觉得它们是酸还是苦。

在增肥期结束时，等待尤日的是一项特殊的任务。把猪们送进屠宰场总是伴随着许多问题。猪们在屠宰场大门口一闻到血腥味就开始疯狂反抗，它们不愿意从车厢里面下来，会向装卸工人发起攻击，把他们弄伤。尤日必须得想出什么解决办法来。

首先，尤日必须以令人信服的方式成为被送往屠宰场的一头猪。他公然向饲养员们发起挑衅，把屁股对准他们，朝他们放屁。这样，在其他的猪面前，这只尽管年纪尚小但却完全目无法纪的家伙被拉出去宰掉，看起来就合乎情理了。

在卡车上，老公猪们带着敬意和爱意把尤日团团围住，他表现出的是坚定不移的气概。尤日嘟哝说，他不愿这样屈辱地活着，光荣地去死要比这美好得多。伙伴们感动地互相望着对方。

"这只猪崽本来是大有可为的。"它们说，"他本来可以成为一只伟大的猪。"

当卡车抵达屠宰场时，尤日自觉地高昂着头第一个从卡车上跑下来，但其他的猪没能看到的是，尤日在第一个拐弯处就转身进入一个侧门，消失得无影无踪。凯莱凯什早就等在那里准备把他带回费盖特泰莱克国营农场。尤日的榜样以催眠的力量影响着其他同伴，它们毫无反抗地奔赴屠刀之下。这天，国营农场的生猪重量损失最小，屠宰场也超额完成了计划。

尤日无论如何也不能参加接下来的一个催肥期，他必须等待从猪崽时期就认识他的那批猪都被宰掉，否则它们会感到惊讶：为何只有他能成功地从屠宰场里返回？

为了不浪费时间，国营农场就教尤日写字和读书，给他报名参加各种学习班和进修班。所到之处，尤日一点也不感到丢人，他的考试论文《从舆情角度分析家庭垃圾》引起了普遍反响。他介绍了一个例子：如何把撕成九片、扔进三个不同垃圾桶的书信碎片找出来拼接起来。老师们提议尤日留下来当助教，但他谦虚地将话题岔开：

"我觉得，对我来说，我真正的使命是做实际工作！"

其他猪的登记卡上只标明出生时间和品种，顶多再写上以前的主人的名字，而尤日的登记卡上却写满了诸如 8/1976/III、2411/9、XF/F 一类的暗码，显示他的工作范围和已完成的课程代码。只有女经理和国营农场内部事务联络人知道这些秘密标志的含义。

很快，提拔尤日并为其安排正式职位已成为不可避免的事情，当然，要掩人耳目，在名义上尤日处理的是建筑科砖头事务。当然啦，尤日享受的是职工待遇。时值 9 月份，尤日要求在履职之前安排自己去国营农场位于巴拉顿湖的疗养所疗养两个星期。

一开始，尤日被安排在一个有三张床的房间里，里面已经有一个助理会计师和一个拖拉机手，但尤日忍受不了同伴肮脏浓烈的气味和酗酒后的呕吐。他去找管理员，要求单独住一个房间。

"在集体疗养场所，我们要降低对文明的要求，这个我懂。"尤日说，"但我想，我在这里的生活水准至少应该接近家里——养猪场。饭食质量我可以不去关心，鱼汤是用马头做的，我也就默认了。但我不相信，在养猪场会有那种胆敢当着同伴的面邀请另一头猪崽进行放屁比赛的猪崽。而在这里,助理会计师豪吉马希同志就邀请拖拉机手科瓦奇同志进行放屁比赛。不管在哪里,我都喜欢单独居住,依我看,洗衣间没人使用,如果允许的话,我宁愿住到那里去。"

尤日按照严格的时间表来安排每日的疗养。他发现自己的身体已有点肥胖了,但不可能指望在下一个催肥期内就让体重降下来——因为他要当着其他猪崽的面在吃食方面做表率。因此,他现在要了节食菜单,不管是多么地不情愿,连最喜欢喝的百事可乐每天也不超过二十瓶。每天清晨,他沿林中小道跑步一小时,但遭遇的险情却是五花八门:一个近视眼猎人朝他开枪射击;几头在那里吃草的母猪追着他要和他谈恋爱,尤日礼貌却态度果断地予以拒绝。

白天,他呆在自己的房间里学习和休息。晚上,他感到有义务去参加疗养所的交际生活。他精心打扮了一番,穿上钉有苏联琥珀袖扣的尼龙衬衫,戴上时髦的宽领带,前脚戴上手套,后脚穿上儿童皮鞋,只有裤子因要适应四条腿走路而需要特别订制。他给自己的装束还添加了几个装饰物:镀金的领带夹、宽边玳瑁眼镜、套在脖子上的拴眼镜的链子和奥地利打火机。他给皮肤上还精心喷洒上了拜克斯维特牌液体除臭剂。

尤日先是坐进疗养所的咖啡厅,要了五六瓶百事可乐,但其他的客人对他的到来并不感到高兴,他们唱起具有明显的伤人感情的歌曲来,比如《猪带着九头猪崽去麦田》《悲伤的猪屎,你变得真黑!》。那些打扑克的人也不能忍受他坐在他们中间,他们甩牌时用加重的声音叫喊:"瞧,现在我出一张梅花猪!"他们还不忘互相祝对方有猪的运气。

没办法,尤日只好躲进电视室,他的品位禁止自己看节目,他宁愿去读专业或文学类书籍。一天晚上，他正在读书，鲍尔陶·艾迪特博士的突然出现让他大吃一惊。女经理也在疗养所度周末，她不愿意与自己的下属们说话，下属们也不愿意与她聊天，寻求独处的她就这样在无意之中走进了安静的电视室。

"晚上好！尤日。您可真优雅！"她用欣赏的口吻说道。

"我的看法是，只有我们在身体和精神上尊重自己，我们才能指望别人的尊重。"

"非常正确的观点。现在您在读什么？"

"一本小说。"

"小小的消遣？"

"不，任何东西我都想学习。我跟普通人的读书方法不一样，普通人只翻看书中有对话的段落，或者找谈恋爱的情节，对其他的东西毫不关心，而我呢？这么说吧，我是用批判的眼光来研究文字。"

尤日拿起放在书边的圆珠笔。

"我习惯在非礼的或粗鲁的文字下方画上线，在页边写上：'人类'！"

"人类？！也许应该写：连猪都不如吧？"

"不，一头猪绝对不会写下如此不上档次的句子来，只有人类才允许自己这么做。还有，书里有的地方对猪进行集体性污蔑，我对这个非常敏感，估计安理会决议也会禁止的。我写下来的都是诸如此类的东西，但也只是随手抄录而已。"尤日把笔记本拿出来，此前抄写的话语映入眼帘："沉默得就像在麦田里撒尿的猪崽""醉得就像一头猪""就像得了皮肤瘙痒症的猪崽一样坐卧不安""智商如同图尔达①的猪崽，用屁股到槽里去吃食"。

为了转移话题，尤日抬起戴手套的前脚：

"我并不是断言所有的猪都完美无缺，但这些带有普遍性恶意的言论缺乏依据。打个比方吧，假如要让一位作家先生去证明——这么说吧——图尔达的猪真的是用屁股吃食，他是会尴尬的。让我感到烦恼的正是这个趋势本身！不光要看到一些猪是肮脏的，它们甚至在垃圾堆里刨食，但也应该看到那些普通的猪，它们在催肥车间里日复一日地吃啊喝啊，它们简直就是楷模。那些令人尊敬的作家和记者先生为什么就不写写它们呢？"

"我完全赞成您说的话，尤日。"女经理说，"新闻媒体应该为所有的这一切负责。只要报纸在写诋毁性的文章，就不应该对国营农场完不成计划感到惊讶。比方说，要是我读到我们为什么不把去年的樱桃从树上摘下来时，我所有的情绪都荡然无存。"

鲍尔陶·艾迪特博士打开电视机，屏幕上出现一个英国电影的名字，尤日痛心地指着电视机：

"我不赞成电视里播放这么多的西方垃圾。只有当年轻人堕落之后，人们才会感到惊讶，但我要问：他们耳濡目染的又是什么？！曾经播过一个叫什么《哈姆雷特》的糟糕电影，我本以为这个电影要讲的是有滋有味的炒鸡蛋或者煎鸡蛋，结果您知道它讲的是什么吗？讲的是一个不合群的疯子，老是自言自语，老国王被人杀害，他的遗孀嫁给了他弟弟，等等。都快让我呕吐了。"

"您认为，应该拍些什么题材的电影？"

---

① 图尔达，位于罗马尼亚西北部克鲁日县的一座城市。

尤日瞥了女经理一眼，发现她越来越迷人。

"我认为，比如一个有才华的年轻女人以钢铁般的意志，经过个人奋斗终于走上国营农场的领导岗位，这就可以写一个很有意思的电影。"

鲍尔陶·艾迪特博士的脸腾地红了，接着是片刻尴尬的寂静。音乐声从隔壁的咖啡厅传来。

"您想跳舞吗？"尤日挪动藏在童鞋里的后脚，窘迫地问。

"不。您什么意思？"

"我只是问问而已。"

三

尤日在不同的猪舍和猪栏里又度过了两个催肥期，就猪的舆情传递情报，但他却越来越难以胜任自己的任务。国营农场发展迅猛，一座又一座新猪舍盖了起来，尤日单独已无力监视所有的同伙。

经过一番审时度势，在征得国营农场领导的同意之后，尤日对自己的工作进行了重新安排。他建立了一个网络，在所有的猪舍里都安插值得信赖的猪崽、中猪、大公猪和大母猪，这些猪把观察到的情况向他进行汇报。有几头猪承担这份任务属于自愿，而其他的猪则是为了得到小恩小惠，比如原谅它们所犯下的大大小小的扰乱秩序的过错。

尤日把这个情报网络完全操控在自己手中。在国营农场所有级别的工作人员当中，只有尤日能听懂猪崽们的咕噜，为此他要求得到10%的语言津贴。

起先，他把所有拿到手的材料都如实呈送给女经理，其中也涉及看似毫无意义的牢骚和破坏纪律的现象。令尤日感到非常震惊的是，鲍尔陶·艾迪特博士在接到这些报告后脸色越来越难看。

"您总是只看到坏的一面，尤日，在奶酪里您只看见了窟窿眼。"她不满意地翻看着用打字机打出来的一页页材料。"您想想：要是我把这一大堆问题和缺点都汇报给我的上司们，他们会对我的工作产生什么样的看法？！我并不是说要让您去美化这些材料，但您应该尽量做到全面、客观。要讲辩证法，尤日卡①，要讲辩证法！"

尽管有点困难，但尤日还是领会了领导的意图，他在写满外语单词词意的小笔记本里写道："辩证法——只要好听的！从此，他在报告里汇报的全都是猪崽们如何称心如意、如何遵纪守法的情况。在他的情报网里工作的大猪和肥猪们提出了来自基层的倡议："用一公斤饲料增加一公斤体重！""让我们缩短增肥期，用省下来的钱建设新猪舍！"以及"让我们减轻饲养员的劳动，把屎拉在一堆吧！"

现在，鲍尔陶·艾迪特博士看上去已经心满意足，对于报告不经仔细阅读便签字上报。尤日也学聪明了，他不再为获取新材料而绞尽脑汁，他把每份报告都制作成三个版本，轮流呈报，竟无人发现报告内容的重复。

然而，对于涉及上级领导的内容，尤日一如既往地仔细阅读。他把值得关注的内容挑选出来汇集在一起。没过多久，他就掌握了国营农场每一位领导的数十份可作为罪证的材料，鲍尔陶·艾迪特博士的材料就装满了一个卷宗，但尤日暂时没有尝试去使用这些材料。

---

① 尤日卡，尤日的昵称。

国营农场盖了四套公务住房，尤日也对其中的一套提出需求。按照规定，需求者的名单要张贴在办公楼的前厅里，尤日的名字也在上面："费盖特泰莱克·尤热夫，科长，工人。"——尤日用出生地的名字做自己的姓。他认为，这种忠诚会给人留下好的印象。

尤日从不同的渠道获知，国营农场生猪催肥科科长担任住房分配委员会主席，此人想拒绝他的申请。尤日拿出卷宗，找到这名科长的材料，满意地哼哼着，心想：这里面可以把对方置于死地的材料实在太多了。

尤日敲开生猪催肥科科长的门，坐下后只要了一杯咖啡：

"什么都不要加！既不要蔗糖，也不要牛奶！"

尤日把一块糖精扔进去，作为解释，他乐呵呵地拍着自己的肚子：

"怎么减肥都没用，长肚子！"

"尤日卡，你来有什么事吗？"

"昨天，我在一个地方听到一个关于我们这个行业的骗术，我想把它讲给你听，让你也笑笑。你知道怎样才能把一只三周大的猪崽变成肥猪吗？"

"嗯，也许我们可以把它打肿。"科长不安地说，脸上露出尴尬的笑容。

尤日哈哈大笑：

"打肿？非常好！我听到的骗术可没这么好笑，因为比这复杂得多。在一个国营农场——和我们这儿一样——猪的饲养分三个阶段：猪崽、中猪和肥猪，有一名科长利用的正是这一点。假如一头母猪产了十一只猪崽，这名科长在登记时就写：有一只猪崽死亡。用平均的死亡率来衡量，统计数据倒也说得过去。这样一来，就有一只猪没有登记在册。"

"他要干什么？卖掉吗？"

"他能卖多少钱？几百福林。可这个人不像你这样知足，他想要的更多。他把发育得最好的那只猪崽挑出来放到中猪中间去，这样一来，他就有了一只额外的中猪。后面的事情，我想你一定猜得出来。"

"我一点也猜不出来。"

"那我就接着讲吧！他把最大的中猪放到肥猪中间去，然后把一只额外的肥猪带回家卖个好价钱。挺有意思的，是吧？这样有趣的故事我通常都记不住，所以专门把这个骗局连同这名科长的名字一起记录了下来。"

尤日把手中的一张纸片扬了扬：

"你不想得到它吗？"

"非常想得到，"科长满怀希望地说，"多少钱？"

"你想到哪儿去了？我们不是朋友嘛？！等到我乔迁新居的时候再给你。我现在就诚挚地邀请你光临我的新居。"

尤日的新居布置得充满品位而又不失温馨：在前厅里摆放着一台镶有殖民地风格边框的挠背器，只要一回到家里，他就可以随时在上面蹭一蹭。在房间里，他买来的民主德国大立柜的架子上摆放着几件小装饰品：一把民间风格的绿色釉面米什考壶①、一套杯子和驴形烟盒。他还买了一个落地灯，上面有一个装饰：一个醉汉紧抱着灯柱。

---

① 米什考壶，匈牙利的一种民间瓷壶，上面通常装饰有男子头像和民族服饰。

尤日把同事们即舆情培训班的学员们的照片挂到主墙上。出于保密，每位学员使用的全是别人的名字和陌生人的照片。比如，尤日使用的名字是T.阿尔帕德，名字上方贴着一个梳分头的高个子男人的照片。

为了减少布置房间的开支，有几件家庭用品是从国营农场弄来的。尤日在猪舍里报废了一台自动饮水器，把它拿回来安装在了自己的厨房里。他还以同样的方式搞到一个红外线加热灯。

尤日订购了一套用红绿色帆布装订的《世界文学名著》，把一个用仿羊皮纸做的标签摆上书架，上写："概不外借。"他在房子里满意地环顾四周，感到自己达到甚至超越了普通匈牙利知识分子的水平。

布置房间累了，他就坐到留声机旁，放一首那个时代令人热血沸腾的流行歌曲：

马车拉着干草
我和你骑在公山羊上……

尤日困了，闭上了眼睛，鲍尔陶·艾迪特博士浮现在他的脑海里。

四

以前，尤日有时会在办公室里一直工作到半夜，而现在他只在规定的时间之内才出现在工作岗位上。他不承担社会性的工作。一个星期六，有人邀请尤日去参加国营农场新幼儿园的建设工作，他冷冰冰地予以回绝：

"我一个星期也只有一个星期六！我有休息的权利！"

"但为了下一代，我们应该做出牺牲啊！"

"我们首先是为我们自己建设社会主义，然后才是为了下一代。况且，下一代究竟为我们做了什么，居然有权利要求我们做出牺牲？！"

尤日报了一个学习班，学会了开汽车。在国营农场的提议下，他破例得到一辆日古利牌轿车的分配指标。他把所有的空余时间都用在了汽车的保养上。每天晚上，他穿上运动衣，提一小塑料桶水，戴上海绵手套，用各种清洁膏把汽车擦得油光锃亮。他不管去什么地方都开汽车，尤其是在以低价购买了巴拉顿湖边的一小块地并修建了萨莫耶德①风格的木屋之后，更是如此。

尤日成了一位有影响力的人物，不管是什么事情，只要他想办，就一定能办成。尤日当选邻近城市的汽车俱乐部的秘书。在那里，他进入了更高级别的社交圈。他留意观察俱乐部成员的衣着、谈吐和行为，然后尝试模仿。他把自己已经稀疏的猪鬃剪成短短的运动式，他习惯了喝威士忌，甚至还买了一只狗。在朋友圈中，拳师犬可以说是最时髦的品种，但尤日把自己的身材与之比较后认为，这种犬过于高大，因此他宁愿买一只普里犬。不幸的是，这只小普里犬依然保留了其祖先驱赶牧群的本能。在费盖特泰莱克村的列宁路上，这只犬一路狂追尤日，一次又一次地去咬他的肘子。这件事在当地引起极大的轰动。

---

① 萨莫耶德，生活在俄罗斯北方及西伯利亚的一个部落。

很快，他卖掉日古利，又买了一辆阿尔法·罗密欧。他开新车做第一次长途旅行时便邀请鲍尔陶·艾迪特博士同行。其实，他是抓住一切机会与她见面，他感到女经理对他也抱有同情之心。尤日决定，在这次旅游中把双方的关系挑明。

"我们去哪儿？"尤日把手中的钥匙抛上抛下。

"无所谓，只要那里人不多就行。"

"强盗崖新开了一家餐厅，听说那里可以吃到内脏。"

"好吧。"

在这家餐厅里，鲍尔陶·艾迪特博士点了一份炒猪肝，尤日在点菜时犹犹豫豫，最后决定要鸡蛋炒蘑菇。

"尤日，您不吃猪肉肯定是出于原则上的考虑。"

"您为什么这么想，艾迪特盖①？"

"嗯，血缘纽带……"

"我不明白我和猪有什么关系？假如农场有新鲜的肉，我每次也带回家一公斤，但我现在得重新减肥。"他把几片饼干放在桌子上以代替面包。"我们喝杯白兰地？"

"这不影响您开车吗？"

尤日咧开大嘴微笑起来。他开始唱一首老歌：

"早晨白兰地，中午白兰地，我们的身体才变得如此灵活！"

酒端上桌后，尤日喝了一小口，然后转动手中的杯子。

"您看，艾迪特盖，我知道我不是阿多尼斯，但也许我具备一些可能更有价值的特性。我来自底层，出身寒微，没住过儿童房间，没

---

① 艾迪特盖，艾迪特的昵称。

有人教我学各种外语，我吃了不少苦头，用我所有的青春为自己创造出高水准的生活环境。现在，虽然还不富裕，但我什么都有了。不过，我还缺最重要的东西——一个真正的伴侣。有时，我感到非常孤独。"他向女经理的眼睛望去。"艾迪特盖，我想和您山盟海誓，终生相伴。"

女经理惊愕地望着尤日：

"我不明白，尤日，请您讲得准确点。"

"做我的妻子吧，艾迪特盖，我承诺会让您幸福的，我将用我的肘子捧着您。"

这个女人从座位上蹦起来。

"您想什么呢？！不管怎么看，您仍然只是一头猪！"

尤日的感情受到了伤害，说：

"在美国人们就是这样谈论黑人的！"

"假如您忘记了您是谁，是个什么东西，我会让您记住的。是我把您从猪舍里弄出来的，但明天一大早我就会把您重新变成一只大肥猪，等到在屠宰场割断您喉咙的时候，您再这么厚颜无耻吧！居然想让我给您当老婆？！卑鄙的猪猡。"鲍尔陶·艾迪特博士说完，跑着离开了餐桌。

"我们走着瞧，看看将要被割断的是谁的喉咙！"尤日咕哝道。尤日驱车回家，从书架上取下一个卷宗，里面夹的全是他收集的关于鲍尔陶·艾迪特博士的材料。他仔细看了一遍，取出一张纸，开始动笔写起来。

中央人民监察委员会：

我谨举报费盖特泰莱克国营农场女经理鲍尔陶·艾迪特博士。此人存在严重的玩忽职守行为，又缺乏基本的专业知识，对国民经济造成重大损失。只提一件事情就够了：她耗资数百万做试验，欲把狗肉变成肥猪肉……

"我们走着瞧，看看将要被割断的是谁的喉咙！"他在写信时得意洋洋地、不断地重复着这句话。

后来，尤日去了办公室，用内线电话拨通了部里的一个电话号码：

"我想举报，久洛叔叔……"

下面的这段文字摘自尤日举报两周后州《人民报》刊登的新闻：

"费盖特泰莱克国营农场发生严重的滥用职权案，女经理鲍尔陶·艾迪特博士被撤职，这一案件已交由检察院提起公诉。知名专家费盖特泰莱克·尤热夫被任命为国营农场临时经理。临时经理发表施政纲领时，把改进生猪养殖方法列为最主要的目标。"

(1978年)

飞吧，歌儿！

一

琼格尔州①州长办公室的门上亮着红色警示灯，意思是："谁也不许打扰，州执行委员会正在里面开会。"会议已进行了好几个小时，委员们歪七扭八地坐在桌旁。只是在看到州长责备的目光后，他们才坐直身子继续听报告。这时，秘书翻到了最后一页：

"……我还想报告尊敬的州执行委员会，文化局没有按计划使用预算资金。考虑到这一趋势的经常性和持续性，今年我们预计将有大约 200 万福林的资金结余。"

与会者普遍陷入困惑，只有当地的中学校长冒险提出一个建议：

"我们把这笔钱挪到 1980 年花掉，如何？"

"规章制度和内部指示不允许这么做，甚至还会面临刑事制裁。如果今年不把这笔钱花掉，上级组织不仅会把这 200 万从我们手中拿走，而且在明年的预算中还会削减同样数目的开支。因此，我建议

---

① 琼格尔州，作者虚构的一个州名。

尊敬的州执行委员会，在今年之内就把这笔钱花掉。"

州长是个中年人，他的衣着散发出公务员常见的那种优雅。他唯一显著的特点是留着一头不同寻常的长发。他发现讨论暂时陷入了死胡同：

"在继续提建议之前，有谁要喝饮料吗？"

每个人都表示要喝："我要咖啡。""我要可乐。""如果可能的话，我要一杯葡萄汽酒。"

州长点点头，表示知道了大家的需求：

"我明白了。秘书同志，请给每人上一盘黑刺李。遗憾的是，国家经济形势困难，新的招待规定又不允许提供比这更多的东西。祝大家吃得健康，同志们，味道非常棒，营养也不错。"他自己也吃了几口，"总之，我们等待大家的建议。"

又是校长在尝试：

"我们声援殖民地人民？我们可以给什么地方捐赠一座医院。"

州长摇摇头，表示否决：

"这和文化不沾边。再说，现在是某个殖民地或发展中国家的人民该给我们捐赠一座医院的时候了。我们州府所在地盐堡的妇产科病房早就拥挤不堪，产妇们恨不得跑到对面教堂圣器收藏室里去生孩子。现在，受洗的人数在增长，这当然不足为奇。受浸用的水就在手边啊。"

另一名委员发言说：

"做塑像？"

其他人表示反对。

"每个人都得到过塑像。"

"连不该有的人都有了。"

"最早的时候赠送的就是塑像。"

第三名委员发言说：

"搞个节日？"

"去年搞过世界语节，连我们的裤子都赔了进去。"

校长表现得最积极：

"我们把图书馆腐朽的地板换掉得了。"

州长耸了耸肩：

"换哪个图书馆的地板？在我们琼格尔州，每个图书馆的地板都腐朽了。比方说，要是换掉两个图书馆的地板，其余的143个怎么办？因此，我们不如暂时表现出一种那样的态度，似乎腐朽的地板不是缺钱引起的后果，而是我们州典型、传统的民俗特点，我们出于对传统的尊重才不想做出改变。请继续提建议。"

秘书感到自己也应该说几句：

"请允许我提供一点帮助。关于文化投资，我们收到一份来自中央的指导性文件，如果尊敬的执行委员会同意，我就总结性地介绍一下。我们可以创办比如民俗博物馆、金色奇特琴乐队，组织'飞吧，孔雀'民歌比赛、乡村民谣比赛、拉圆木比赛、带音乐伴奏的五月树节，修建儿童舞厅、中年人舞厅、老年人舞厅。"

大家一致表示抗议。

"我早就厌倦了这个永恒的'农民爵士乐！'"

"我们要知道，我们琼格尔州不仅仅是农业区，这里有一家百年镰刀厂，保留了大量的工人运动的遗迹。"

秘书从这个建议中得到启发：

"我有一个主意，如果用 200 万福林去收集这些工人运动的传统，如何？"

州长挥了挥手，这方面他知道得更多。

"把钱往这方面花太可惜。迟早会有巡回展来我们这里，我们只需给一名在铁轨旁照看展品的铁路员工付费即可，但这个想法本身是正确的。秘书同志，关于工人运动，这个文件还提什么建议了吗？"

"我马上看一下。农具博物馆、行会文件箱、合唱比赛、工会烈士……"

"是的，不错，只有一个问题，这些都不够壮观，全国性的报纸是不会报道这些东西的。可既然我们支出 200 万福林，我们就有权期待提高琼格尔州的文化声望，别让生活在我们州的一万名文盲总是成为人们的谈资。我们要让人们尊重我们，作为边界州，是我们在用自己的身躯阻挡着资本主义国家奥地利的消极影响。再上一盘黑刺李，同志们意下如何？非常新鲜，刚从墓园里摘下来的。"

校长要求发言：

"请允许我顺着秘书先生的思路往下讲。我们可以仿照民歌收集的模式，把琼格尔州的工人歌曲收集起来出一本精致的小书，怎么样？明年是 1910 年镰刀厂罢工和 1940 年铁路罢工周年纪念，可以把这本书同这些纪念活动联系在一起。我想，各工厂也会出资的。"

校长把这个点子进一步发扬光大：

"还有一个巨大的优势。迄今为止，来了客人，我们拿不出真正的琼格尔州的礼物送给人家，顶多送一把小镰刀，还总是把人家的手割破。现在，终于有这本书了。"

州长感到他做总结的时候到了：

"我也赞同尊敬的委员们的建议。我把这个问题交给大家表决。谁赞成我们出版一本这样的书？好，好，好，一致通过。具体怎么实施，谁有什么设想吗？"

校长把手举起来：

"我们中学有一名年轻教师，叫科瓦奇·奥尔弗雷德，他收集这些歌曲已经好多年了。他骑着摩托车走遍各个工厂，向老工人请教。我提议委托科瓦奇·奥尔弗雷德收集并加工这些歌曲。"

州长不想公开说不，于是把话题岔开：

"从我们这个边界州挑选出一个人来，这个想法本身不错，只是我们自己的人有点小问题，名声不够响亮。我说过，我们的目的是要用这个出版物引起整个国家对我们的关注。我们不能把事情搞砸了，所以不能交给科瓦奇·奥尔弗雷德！不管他是如何正直，但毕竟是无名之辈。同志们，我们需要的是一个在全国都响当当的名字。"

"你心里的人选到底是谁，州长先生？"

"说实话，我中意的人选是尤若夫·阿蒂拉[①]。我认为，他是现在的领导同志们非常喜欢的人，他们经常引用他的名言。"

在普遍的震惊之中，秘书第一个缓过神来：

"我听说，他现在不接受这样的委托。"

"不接受？！他的副手是谁？"

"据我所知，尤若夫·阿蒂拉现在没有副手。"

"没有副手？连我都有，他能没有？！有一些'艺术家'啊，什

[①] 尤若夫·阿蒂拉（1905—1937），匈牙利20世纪著名诗人。

么事情都干得出来!他们一定是认为自己不可替代。可是,没有我们给他们拉琴,他们也当不上乐队的第一小提琴手啊!这么说,尤若夫·阿蒂拉不行?"

"不行。"

"别人呢?"

与会者困惑地耸耸肩。这时,一名委员把手举起来:

"州长先生,你昨晚没看电视吗?"

"看了,考佩尔曼同志,你的意思是?"

"我不知道你记不记得,在一档节庆节目中,有一位年迈的诗人上台朗诵了自己的诗歌。我太喜欢了,就把重复的诗行记了下来:'在多罗格①的煤盆地/我的一生决定了/我是个诗人!'简直太美妙了,终于有人用我们的语言在说话了。不是吗,州长先生?"

"是的,和你一样,我也注意到他了。这个人叫什么名字?秘书同志,把电视节目表给我(他看了看),塞迈蒂·贝拉,科舒特奖诗人。塞迈蒂·贝拉?!这是真正的工人的名字!科舒特奖获得者——这么说,他和工人的联系是紧密的。"

校长摇头:

"获科舒特奖不见得是因为诗写得好,但理论上倒是有这种可能性。"

"要获得科舒特奖,光靠诗写得好还不够。这一点请相信我,校长同志。我也懂文学。塞迈蒂·贝拉是科舒特奖诗人?!我越来越喜欢上了这件事。要是他答应收集我们州的工人歌曲,那就等同于我们

---

① 多罗格,匈牙利科马罗姆-埃斯泰尔戈姆州的一座小城。

买彩票中了头奖。日后，我们州的其他事务可能也会受益。在修建盐堡的水渠方面，他没准还能帮我们拿到国家资助呢！"

"修水渠国家可不资助。"

州长做了一个果断的手势。

"凡是国家应该资助的项目都会有资助。"

秘书继续表示怀疑：

"问题是，塞迈蒂·贝拉是否愿意做这件事？"

校长附和道：

"是啊！作为学匈牙利语专业的人，我无论如何都对此表示怀疑。这些诗人都是有精神追求和有思想的人，对成功和金钱不感兴趣，他们需要的是灵感，用我的话说就是幻觉。我无法想象，塞迈蒂·贝拉会去做这样平淡无趣的事情。我觉得，我们还是应该让科瓦奇·奥尔弗雷德来做这件事。"

州长给讨论画上了句号：

"同志们，我在国家机构干了30年，饱经风霜，历经磨难。在漫长的生涯中，我学会了两件事：第一，只要我往办公桌前一站，放在桌上的信件我倒着也能看；第二，这是一个基本原则，每个匈牙利人都有自己的价值，顶多只能说一个人的价值有高低之分。你们就相信我吧！"

"你说怎么办就怎么办吧，州长同志，我们现在该做什么，州长同志？"

"我亲自去找塞迈蒂·贝拉同志，再说下周我也要去布达佩斯理发。"

校长不相信自己的耳朵：

"你去布达佩斯理发?"

"对,我不可能坐到琼格尔州理发师的剃头刀之下。咔嚓一声,我可就完蛋了。我们的近邻可是资本主义的奥地利,我们不能让敌人轻易得逞。"

二

塞迈蒂·贝拉正坐在客厅同女秘书若高一起吃早餐。这个女人就像照顾孩子似的照顾他:

"再来点玉米片,贝拉,或者还是来点什么水果?"

"也许我还能吃个猕猴桃,不过有木瓜吗?"

"有,昨晚刚从维也纳带来的。"

"那就吃木瓜。"

若高从一个公文包里取出一沓纸。

"亲爱的贝拉,我把今年上半年的财务收支表带来了。"

"噢,亲爱的若高,让我们来看看是个什么情况?!"

"您该不会生我的气吧?"

塞迈蒂拍了拍女人的手:

"别胡说,我的小笨蛋,我会生您的气吗?!"

"亲爱的贝拉,以去年的创作收入为基数,我们今年制订的计划是收入110%,若把通货膨胀也计算在内,这意味着要绝对增长1.5%至2%。实际数字也就是真实的收入迄今没有超过1.9%。详细的计划外收入如下:科舒特奖8万福林,海瑙① 奖10万先令。在颁发海瑙

---

① 海瑙,即朱利叶斯·雅各布·冯·海瑙,奥地利元帅,残酷镇压过匈牙利1848—1849年革命。

奖的同时，我们从布雷西亚市还得到一枚纪念章。我们把原件卖给了一个收藏家，得到 5000 福林。把四个复制品作为真品卖给了其他收藏家，每枚 3000 福林。"

"这个主意怎么样，若高？"塞迈蒂拍了一下脑门，"不怕做不到，就怕想不到！"

"但我们也得看看收入缺口。把裴多菲的《民族之歌》改编成剧本在国家博物馆的台阶上演出，原计划收入 36,000 福林 15 菲勒，实际收入 15 福林 36 菲勒。在奥巴曹洛克举办阿尔巴尼亚水边诗人之夜，写开幕词和剧本原计划收入 10,000 福林，实际收入 30 列克① 和 40 帕拉②，就这还是阿尔巴尼亚大使馆工作人员扔进投币箱的。给自发的和平示威写标语口号，每条 100 福林，最后降为 40 福林。"

塞迈蒂苦涩地喃喃自语：

"我想出来的口号是多么棒啊！'和平是大地之楔！''我们想当活人，而不是幸存者！'这在他们眼里居然不值 100 福林？！无所谓了，这个国家不值得诗人的心为之跳动。（他转向若高）用福林计算，缺口是多少？"

"81,462 福林 50 菲勒。"

"按整数算，就是 82,000。这相当于编六部剧本或写四十个前言或两部史诗的预付款，而且至少要交付三个地方印刷。82,000 福林！这个数额也不算太大，但遗憾的是现在市场萧条，哪儿也没有订单。笨蛋越来越多，为了一点点钱，他们什么都干，比如组织工人纠察队，制造超音速飞机，建设伊斯季乌鲁姆斯克……"

---

① 列克，阿尔巴尼亚货币名。
② 帕拉，南斯拉夫辅币名。

"是乌斯季伊利姆斯克①……"

"也可以那么说吧。若高,那些每天跟我要两三个康塔塔②的日子去哪儿了?!矿工、建设者、地铁、领导同志的诞辰……"

若高试图安慰他:

"说不定啊,新订单很快就会来的。"

"我已经失去了信心,好多年以来,我都在为花瓶和纪念章而工作。也许听起来怪怪的,若高,但世界已经堕落到了这步田地,以至于慢慢地我也可以写我真正思考的东西,挣的钱也不会比现在少很多。"

"所以嘛,你不必如此绝望,亲爱的贝拉。"

门铃响了,塞迈蒂猛地把头抬起来:

"谁会来这么早呢?肯定是有人来想请我参加作家与读者见面会或隆重的开幕仪式——给我的报酬将是花瓶和纪念章。若高,请去开门,如果是收藏家、签名索要者、狗收容站的人、洗心革面的罪犯和评论家,就说我不在家。"

若高出去了,塞迈蒂躲到工作间的角落里去研究财务收支表。若高把州长引进门来。他已去过了理发馆,把头发剃得很短。若高请他坐下:

"我马上去叫大师。"

塞迈蒂打量着陌生人:

"这个人是谁?刚获得大赦的人就剃这种头。"

---

① 乌斯季伊利姆斯克,俄罗斯伊尔库茨克州的一座城市。
② 康塔塔,17世纪初在意大利诞生,是一种包括独唱、重唱、合唱,由管弦乐队伴奏的多乐章大型声乐套曲。

"他没说，只说想和您面谈，亲爱的贝拉。"

州长走近他：

"亲爱的大师，请允许我做自我介绍，我是彼得法尔维·帕尔博士，边界州琼格尔的州长。"

塞迈蒂试图搞明白是怎么回事。

边界州？！这个州想干什么？估计要送花瓶，顶多是徽章。"我叫塞迈蒂·贝拉，是科舒特奖和海瑙奖诗人。我能为您做什么？如果可能的话，请长话短说，因为我正准备出门呢。"

"对不起，我闯入了您的创作室，或许我应该说：闯入了您的设计室？"

"设计室？为什么？"

"因为作家是灵魂的工程师，是吧！"

塞迈蒂强作欢笑：

"啊，您真诙谐。"他对若高眨了眨眼睛，意思是说：这个人呀，太落伍了！

州长大幅度挥动手臂：

"请你们创作出杰作！人们通常都会这么说，是吧？但现在站在您面前的不是文学爱好者和懂行的读者，我以我的州的名义而来。"

塞迈蒂把脖子扭来扭去：

"请讲。若高，请出去看看，出租车来了没有？"

"亲爱的大师，我们以我们州的名义，想请您帮一个大忙。"

"一定是发生了某种误会，我是佐洛州人，要捐款的话，我当然要捐给我的故乡啊。有时候，我是个节约的人。"塞迈蒂的手里一直拿着财务收支表，他把收支表扬了扬，"81,462 福林 50 菲勒，按整数算，就是82,000……"

"我们不是想让您捐款，亲爱的大师，我们想用的是您那支全国闻名的生花妙笔。我们想请您收集我们州的工人歌曲并将其汇编成册。"

塞迈蒂重新打量了州长一番。

他心里想的是，对方想给他送徽章，顶多是花瓶。"我非常愿意效劳，但遗憾的是，匈牙利科学院正请我为伦敦皇家节日音乐厅和莫斯科科学院（布尔什维克）剧院写作。"他朝窗外看去，"该死的出租车去哪儿了？今天怎么啦，出租车司机在罢工吗？"

"我只想顺便提一句，出版这个册子，我们有200万福林……"

塞迈蒂的脸色由阴转晴：

"您为什么不坐下，我的朋友？若高，把出租车打发走，请煮一杯上等咖啡。这么说，我还真得感谢你们啊，你们能想起我来。能问一下，你们首先想到的是我吗？"

"起初，我们想到的是尤若夫·阿蒂拉。"

"他现在非常忙。"

"我们的秘书也这么说，可他在忙什么呢？"

"他在为我写三卷本传记呢，忙得不可开交，这个题材令他振奋。"

"总之，整个琼格尔州的领导层都选择了您，亲爱的大师，我们达成一致：塞迈蒂·贝拉是我们的人！我可以告诉州里您愿意满足我们的请求吗？！"

"是的，一言为定。"

他们的手紧紧地握在一起。塞迈蒂接着说：

"我只想谈一个技术问题,亲爱的朋友。我汇编过无数类似的书,但我得说明,我不是音乐专家,我只承担歌词的收集和编辑。"

"音乐部分您推荐谁来负责呢?"

"我的朋友和战友、科舒特奖获得者、音乐家毛乔利·亨利克。如果我出面请他,也许他会愿意的。"

"我先谢谢您了,您为我们州做了一件大事,资本主义的奥地利紧挨着我们……"

州长从公文包里掏出一沓纸:

"我把合同也带来了,您看看怎么样,如果现在您就签字,我们将预付总金额的25%。"

塞迈蒂看了看合同。

"这个35%[①]不算多,即使出于公道,把这个比例提高到40%也算不上多。整个事情散发出的浪漫主义色彩让我心潮澎湃。对于像我这样的无产阶级诗人来说,抢救工人歌曲并把它们归还给工人阶级,这是无比美妙的任务。为此,我们应该喝一杯,若高,柜子里最好的酒是什么?"

"有点白兰地,是法国工会组织的同志送的。"

"那就请给我们斟酒吧,亲爱的若高。"塞迈蒂把酒杯举起来,"我认为,我年长一些,你好,亲爱的彼蒂。"

"你好,但我叫鲍里[②]。"

"你说得对,我本来是可以想到的。祝你健康,亲爱的鲍里。"

喝完酒,塞迈蒂重新看合同:

---

① 35%,匈牙利人在讲价时习惯在对方报价的基础上再加10%。
② 鲍里,帕尔的昵称。

"什么？！合同里说，交稿的截止日期是12月31日。亲爱的鲍里！出于对工人的尊敬，我给你们提议，11月9日即尼赫鲁获释43周年纪念日，我就会把手稿放到你的桌子上。"

三

几日后，若高走进塞迈蒂家的客厅。

"亲爱的贝拉，琼格尔州的汇款到了。"

"请把汇款单给我，若高。"塞迈蒂看了一眼，"嗯，是的，扣了四福林。无所谓，我是那种对钱感兴趣的人吗？！我们开始工作吧，若高。"

女秘书做好了动身的准备：

"我们什么时候去？"

"去哪儿？"

"去琼格尔州啊！"

"去琼格尔州？！为什么？"

"我的意思是，去收集工人歌曲。去现场……"

塞迈蒂挥了一下手：

"嗨，若高，没有必要去。我们这些真正的无产阶级作家已经积累了数十年工人阶级的经验，我们已经不需要去任何地方了。我们以自然主义的创作手法研究现实，有时事实反而会干扰内心的和谐。我说得不对吗？"

"可不是嘛，亲爱的贝拉。"她在寻找类似的例子，"但丁没有去过地狱，但他依然写得很好。"

"完全正确。我们哪儿也不去,我重新启用行之有效的老办法。若高,替我给《红色多瑙河》编辑部专栏作家祖格洛伊·奥拉约什这只山臭虫打个电话。"他一直盯着邮局的汇款单,"他们为什么要扣掉四福林?!我得投诉……"

若高把电话听筒递给塞迈蒂:

"祖格洛伊编辑接通了。"

塞迈蒂接过电话听筒:

"您好,拉约什卡[①],您最近怎么样?您的狗病了?可别是犬瘟热?我也是如此,对人了解得越深,越觉得狗的可贵。当我们回到家的时候,是谁在快活地摇着尾巴?无论如何,我祝您的狗早日康复。我找您有点工作上的小事,我需要收集琼格尔州的工人歌曲,这是一项公益性工作。什么?没有人免费看管耶稣的棺材?您怎么知道?您去过那里了?!好吧,我只是开个玩笑而已。如果您有意,如果……如果只能如此的话,我甚至会给你 25,000 福林。说少了,因为兽医昂贵?也许,可以试试公费医疗。需要多少素材?我怎么知道?我还没涉猎过这个题目,也许一公斤半的工人歌曲就足够了,如果可能的话,杂一点吧,这种来一点,那种来一点。那么,我晚上等您的回音,祝您一切顺利,拉约什卡,您真理解我。"他放下电话,"去死吧!我讨厌物欲横流的人。他们凭什么要扣掉这四福林?"

祖格洛伊坐在编辑室的办公桌后喃喃自语:

"这个老财迷!所有的好处他都想独吞。"

[①] 拉约什卡,奥拉约什的昵称。

他打开抽屉，在卷宗里摸索着：

"'鸟''洪水''城市公园'——没有工人歌曲。我上哪儿去找捉刀人，让他给我写一公斤半的工人歌曲呢？！"思索片刻后，他拨打电话："国家图书馆吗？我找读者服务部的鲍洛什·久洛。你好，文字苦力，我有点小事。多少？啊哈，对个体户来说是少了，对图书管理员来说就算多的了。交货时付款。哎哟……哎哟，我差点把数字说错了，15,000福林。琼格尔州的工人歌曲。什么？那里没有工人歌曲？嗯，听我说，这倒是有可能，但也很难说。即使是在一个角落里也有人能哼出曲调来，比方说，哼出一支进行曲来。难道那里连角落也没有吗？整个州是圆的吗？！我们假设最坏的情况，就算那里没有工人歌曲，那也要把它们找出来。自然界所没有给予的，艺术就会给予！一公斤半的混合歌曲，里面要有进行曲、儿童诗歌、歌谣，诸如此类。这么说，您同意了？路费，每日的津贴？您知道，社区传教士是怎么说的吗？！您就在图书馆里收集吧！本来，最晚前天就需要这个东西。"

塞迈蒂给若高看一个卷宗，满脸胜利者的表情。

"快来看，手稿已经完成了。德国的知识，法国的学问！"

"亲爱的贝拉，您真了不起！"

塞迈蒂绝望地挥挥手：

"我多么想在一个才华受到尊重的地方，而不是在这里，在骗子中间获得荣誉啊！哎，算了吧。"

"亲爱的贝拉，能否允许我提一下？还缺一样东西——音乐，这也是我们答应了的。"

"没错。"

塞迈蒂拿起电话就拨。

"哈罗,我是塞迈蒂·贝拉。我找科舒特奖作曲家毛乔利·亨利克。他在国外开会,我明白了。您是毛丽阿姨吗?您好。您的主人把钥匙留在家里了吗?那好,请您打开第三个抽屉,左边,正对着桌子,最上面是一个文件夹,这是'现代歌曲',您把它放到一边,在它的下面您会找到一个蓝色卷宗,上写'工人运动及其他'。现在,从这里面取出厚厚的一沓,大约100张吧,邮寄给我。谢谢毛丽阿姨,上帝保佑您。"他把听筒放下。"瞧,这也有了。"

若高惊讶起来:

"这个普通女佣如此熟悉她的主人的作品?"

"比他本人还熟悉呢,毛丽阿姨很早就替亨利克写歌剧了。他曾经陷入窘境,但那不能怪毛丽阿姨。1946年,亨利克把罗马尼亚的《铁卫兵进行曲》卖给阿尔巴尼亚作国歌使用。后来,在一场阿、罗两国的足球比赛中,乐队就演奏了这首曲子。不过,我非常喜欢这个亨利克,他是个重感情、非常正派的人。"

四

琼格尔州政府正在盐堡中学召开办公会,州长主持会议:

"我高兴地向尊敬的州政府会议报告,我们州的伟大朋友、科舒特奖和海瑙奖诗人塞迈蒂·贝拉在创纪录的时间内,完成了琼格尔州工人歌曲的收集和编辑工作。现在,手稿就在这里。明年是镰刀厂罢工70周年和火车司机罢工40周年,届时出版这个歌集不可能有任何障碍。"

"有适当的印刷能力吗？"

州长惊讶地把手放到胸口上：

"琼格尔州没有这个能力吗？！为什么在我的地盘上有五座监狱？匈牙利报刊的一半都在这里印刷，其中包括《牧鹅少年马季》的精简版，这是专门给领导同志看的，里面的每则笑话都附有简短的说明。"

校长举手要求发言：

"我只提一个形式上的问题。每个州一级的刊物都有一个本地责任编辑负责审查内容。我觉得，这个我们无法避免。"

州长点头：

"对，同志们，大家推荐谁呢？"

校长接着说：

"上次我已经提过，有一名年轻教师在我们中学工作，他叫科瓦奇·奥尔弗雷德。要知道，他很早以前就开始收集工人歌曲了，我认为应该请他当编辑。"

秘书咳嗽了一声：

"就经费来说，遗憾的是……"

"这当然属于公益劳动，我可以代表他表态。"

州长以赞同的语气说：

"如果我们给他提钱的事，他显然会将其视为伤害！他在学校吗？"

"我想，他在，我叫他进来。"

校长打开麦克风：

"请科瓦奇·奥尔弗雷德老师来一趟校长办公室！请科瓦奇·奥尔弗雷德老师来一趟校长办公室！"他关掉麦克风，"他马上就来，你们会看到他是一个非常可爱的年轻人。"

敲门声传来，科瓦奇走了进来，30岁左右，只见他谦逊地弯腰道：

"你好，代热兄，是你叫我来的。"

"请允许我介绍一下，科瓦奇·奥尔弗雷德老师，我们州的领导们。"

校长拿起一个卷宗：

"弗雷迪[①]，这就是我给你说的那个手稿。"

州长插话道：

"能研究匈牙利工人运动的优良传统，这对一个年轻人来说是莫大的荣誉。"

"遗憾的是，我只能把第六份副本给你，可能字迹已经有点模糊了，字迹更清晰的两个副本给了排字工人，因为书实际上已经送去印刷了。其他的副本去了哪儿，州长先生？"

"我们给卡波斯塔什国务秘书送了一份，他将撰写前言。给克龙什泰因总经理送了一份，他答应写后记。这两位都是在我们州出生的人，这个您一定知道，科瓦奇同志。"

秘书补充道：

"音乐家也要了一份手稿，因为下周我们要举办一个晚会，演唱这里面的歌曲。"

[①] 弗雷迪，奥尔弗雷德的昵称。

校长把手稿交给科瓦奇：

"给你，弗雷迪。"

科瓦奇接过手稿，激动地翻看了起来：

"350首？！说实话，代热兄，我要向塞迈蒂同志致敬。我出生在琼格尔州，我的父亲、我的祖父都在这里当工人，我把我的生命都用于收集他们在快乐和悲伤时唱过的歌曲。12年来，我骑着摩托车走遍各个工厂及其住宅区，每周至少有四个夜晚我是和老工人们一起度过的，我请他们回忆以前唱过的歌，但即便如此，我收集到的类似歌曲还不到30首，而他却收集了350首！"

"很遗憾，弗雷迪，你没有得到这个任务。这些领导同志可以作证，当时提到了你的名字，但更高的利益要求我们选择塞迈蒂同志。但请你相信，下次……"

科瓦奇举起手臂：

"你误会我了，代热兄，我没事。关键是有人完成了这份工作，从事业的角度讲，这个人是谁无关紧要。在这件事情上，假如需要我出力，我非常乐意。能阅读这个手稿已让我兴奋不已。我今晚就开始工作。再见！"

五

科瓦奇回到出租屋已是深夜，但隔壁电视机的声音震耳欲聋。他俯身亲吻妻子：

"你好，玛尔吉特卡。"

"你好，弗雷迪。发生了什么事？"

"没什么特别的。有咖啡吗?"

"没有,你知道的,我昨天把最后的九粒咖啡煮了,还剩点菩提花茶。"

"那就给我煮杯茶吧,请你去找一下房东老太太,让她把电视机声音调低一点。"

科瓦奇掏出校长给的手稿,玛尔吉特卡的眼睛一亮:

"是给钱的活吗?"

"这次不给,但他们承诺下次给我干有钱的活。"

"你所有的同事都有永久性住房,而我们却连永久的墓地都没有,因为死后 25 年我们的尸骨就会被丢弃——你真无能。"

科瓦奇抬起食指:

"你这话在逻辑上是矛盾的,一个死人不存在有能无能的问题。"

"你是个例外。哪个老师的妻子会像我这样吹一只气球只挣 10 菲勒?!"

科瓦奇挥了挥手:

"我知道,那个个体户原先想买个打气泵,但你更便宜。"

"弗雷迪,我们弄个塑料大棚,种西兰花吧!"

"那是什么东西?"

"一种菜,我还没见过,但听说它现在的卖价很高。"

科瓦奇摊开双臂:

"我该怎么办,玛尔吉特卡?!我对种菜一窍不通,我是个老师,这是我的职业。"

"但不能这样继续下去了,我是石匠的女儿,我父亲从来没建过地穴,可我现在就生活在地穴之中。"

"别说了,玛尔吉特卡,我要你做一件事情,请给我煮杯茶。"

"我这就去。"

走到门槛处,玛尔吉特卡抱着最后一线希望把身子转过来:

"我当个体户卖比萨饼?"

"玛尔吉特卡!"

"嗯,好吧。"

科瓦奇坐下来,打开卷宗,读了起来:

琼格尔州的工人歌曲,科舒特奖和海瑙奖得主、诗人塞迈蒂·贝拉收集并编辑。第一首,工人儿歌:

> 我扭啊扭,我要把铁丝弄断,
> 我拧啊拧,直到钳子出现……

科瓦奇把一页纸放下:

"不,这不可能,我得配一副新眼镜。"

玛尔吉特卡端着菩提花茶走进来:

"给你茶,房东阿姨说,你翻书的声音太大了。"

"我会注意的。玛尔吉特卡,请把这部分给我念一下。"

他把打字机打的一页纸交给妻子。妻子念道:

> 我扭啊扭,我要把铁丝弄断,
> 我拧啊拧,直到钳子出现……

科瓦奇用期待的眼神看着她:

"你怎么看？"

"我认为非常可爱。我扭啊扭……"

"玛尔吉特卡，我非常爱你，但对于这样的歌词，如果你再说它可爱，我就会逃离这个房子，你再也看不见我了。"

"如果你不喜欢这样的歌词，我们为什么不能搭一个塑料大棚呢？！"

她嘟囔着走了出去，科瓦奇继续往下读：

第二首，国有化时期嘲笑资产阶级的歌谣：

我曾有一家工厂，你知道吗？
国家没收了，你听说了吗？
这之后的事情，你看到了吗？
我老婆抛弃了我，你明白了吗？

科瓦奇惊讶万分地把手稿放下：

"没有这样的歌，工人们从来不可能唱这样的歌。"

六

琼格尔州政府礼堂里正在举行招待会，被邀请出席的嘉宾不算太多。在后面的舞台上，一个合唱团在唱：

我扭啊扭，我要把铁丝弄断，
我拧啊拧，直到钳子出现……

掌声雷动，州长站起来讲话：

"现在，亲爱的朋友们，下面是最后一个节目，我们年轻的时候，或者说也不是太年轻的时候（殷勤的笑声响了起来），有一首令人难忘的嘲笑资产阶级的歌曲《我曾有一家工厂，你知道吗？》。有请回来出席此次庆祝活动的本州出生的名人上台，与我们一起演唱这首歌曲。有请总经理同志，如果不介意的话，有请国务秘书同志。"

在雷鸣般的掌声中，大家走上舞台，州长搂住两名嘉宾的肩膀：

"我想，你们不需要歌谱。"

总经理做了一个大幅度的动作：

"我？噢，我还记得这首歌。当时，我们就住在钢铁厂住宅区，我可怜的父亲每晚都叫我去买一种叫克瓦尔戈里的奶酪，这种奶酪可臭了，能把雪貂熏得走正步，我父亲把它吃掉，还要再喝上几升葡萄酒，他总唱这首歌。"

国务秘书点点头：

"我的父亲也是如此，你以为我的摇篮是奥古斯塔公主[①]在摇吗？！"

"那你就起个音吧，国务秘书先生。"

"我？是的，好。"

他起了个音。显然，他并不熟悉这首歌：

"我曾有一家工厂，你知道吗？……"

尽管音起得有些犹豫，但整个礼堂的人却接住往下唱，而且是用尽全力假唱到底，把受邀出席庆祝活动的科瓦奇听得目瞪口呆。

[①] 奥古斯塔公主，指巴伐利亚的奥古斯塔公主（1788—1851），巴伐利亚国王马克西米利安一世和黑森－达姆施塔特的奥古斯塔·威廉明妮公主的女儿。

"要是总经理和国务秘书说，这首歌让他们想起了童年，这倒也不算欺诈。但他们听谁唱过这首歌呢？！"

合唱结束，州长再次讲话：

"现在，我诚挚地邀请亲爱的客人们喝一两杯香槟，甚至九杯……"

聊天的人形成了一个个独立的小组，州长挽起塞迈蒂的胳膊，向独自徘徊的科瓦奇老师走去。若高跟在他们身后。

"塞迈蒂同志，请允许我向你介绍科瓦奇·奥尔弗雷德，他是我们州府所在地著名的盐堡中学的老师。你一定知道，他就是你的书的责任编辑。"

塞迈蒂把手伸出去：

"终于可以认识你了，这让我感到高兴。亲爱的年轻人，我对你的工作非常满意。若高！请给一本书。这本书是今天刚从印刷厂拿出来的，尚未正式发行，是合作伙伴私下里给了几本。请允许我送你一本，当然喽，我是要签名的。"他写道："赠科瓦奇·奥尔弗雷德，致以真正的工人的友谊：塞迈蒂·贝拉。"

科瓦奇迷茫地打开书：

"非常感谢。"

州长拍了拍他的肩膀：

"科瓦奇同志，你要把它放到书架最显眼的地方！"

科瓦奇聚集起自己的勇气：

"塞迈蒂同志，为了共同的事业，请允许我借此机会提一个问题。"

"我非常愿意回答。"

塞迈蒂挽起这名年轻教师的胳膊，走向一旁。

"你想问什么，亲爱的孩子？"

"塞迈蒂同志，我能否知道，你这些歌曲是从哪儿收集来的？因为在手稿里我没找到歌曲提供者的姓名。"

"手稿里没有？这怎么可能？我会批评这些合作伙伴的。但没关系，在书里你可以找到名单：盐堡工厂的安道里·阿尔帕德、包克哈特的莫豪洛什·耶诺，有五六十个名字呢。"

"你和这些人亲自谈过话吗？"

"对，当然。怎么啦？你什么意思？我会派管家去找他们吗？！对不起，亲爱的弗雷迪，那边有人叫我，我得去应酬。"

科瓦奇孤独地靠在墙上，一边深思，一边看书。校长走到他身边：

"嗨，你怎么样，弗雷迪？"

"代热兄，我想请三个星期的假，不带薪水。"

"你的课怎么办？"

"我会让同事替我上。"

"你有什么事？是要盖房吗？"

"我？盖房？拿什么盖？！顶多是盖空中楼阁。"

"那你要干什么？"

"我想把这些歌曲的提供者走访一遍，其实我早就该做这件事了。"

"有必要吗？书都已经印出来了。"

科瓦奇试图避开正面的回答：

"万一歌词有变异的话，我也想收集。如果这本书以后再版，这些是可以补充进去的。"

"这你可别指靠我，弗雷迪，我批给你假，但你也要接受我的一个劝告。既然你要对整个事情进行调查，你可别告诉任何人。有六条戒律，你了解吗？"

"不了解。"

"用在你身上正合适，尤其是在进行这样的行动之前。'一、别思考！二、既已思考，就别说！三、既已说，就别写！四、既已写，就别签字！五、既已签字，就要否认！六、若不否认，你就看看你自己的下场！'这个你要牢记在心，总有一天你会感激我警告过你。"

"谢谢，我不会忘记的。代热兄，我可以走了吗？"

"走吧，弗雷迪，没有人会找你的。"

招待会在继续，州长手里端着一杯香槟酒走过来，已经酩酊大醉的他挽起塞迈蒂的胳膊。

"你不知道，塞迈蒂同志，在我们这个与奥地利接壤的州里，要让我们免遭破坏是多么困难！上面的同志是如何看这一问题的？"

"嗯，有的人这么看，有的人那么看。同志们中间是有争议的，这个也许在开党代会的时候就能得到澄清。"

州长把拳头紧紧地握在胸前：

"那些奥地利人从边界过来，而且总来！中午的时候，大食品店里总得奏响奥地利国歌！"

"为什么？"

"因为国歌一响奥地利人就会立正，匈牙利人这才能趁机挤到柜台前面买东西。在这里，一看到这么多傲慢的西方汽车和这些资本主义老女人身上的首饰，我就怒火冲天，恨不得向奥地利宣战。"

"你这是什么意思，州长同志？"

"我已经说过了。我拿起电话,拨通了克赖斯基①的电话——当然是对方付费,因为我不会浪费国家的钱。我向他报告:总理先生,我受不了了!我是这个州的头号人物!"

"但奥地利跟别的国家签了不少军事条约,如果你向它宣战,琼格尔州就等于向英国、美国宣战……"

"我才不管呢,我不害怕它们。秩序终究是要建立的。"

"但也许不是以这样的方式,也不是现在,州长同志。必须得等党代会召开。"

"是吗?那至少要禁止奥地利的存在啊!当然,不是以公开、仓促的方式,而是谨慎地,比方说,把它从新地图上删掉。"

七

科瓦奇骑上摩托车出发了,他想把所有歌曲的提供者走访一遍。他先在附近的盐堡工厂刹住车,朝一个行人打招呼:

"您好!我想找安道里·阿尔帕德聊聊。"

老人挥了挥手:

"我也想找他,非常地想!但实际情况是,可怜的阿尔帕德去年就死了,连复活节香喷喷的火腿肉也没吃上。他的葬礼上了报纸,您没看到吗?"

"遗憾,我没看到。再见!"

---

① 克赖斯基,奥地利政治家,1970—1983 年担任奥地利总理。

下一站是包克哈特。科瓦奇在这里问一位老妇人：

"您好！阿姨，您是包克哈特人吗？"

"对，就连我的奶奶也是在这里出生的。"

"您知道莫豪洛什·耶诺住哪儿吗？"

"知道，这个可怜的人现在住在坟墓里。他的葬礼可隆重了，神父也去了，书记也去了。"

"他是什么时候死的？"

老妇人陷入沉思：

"什么时候？当时，我们的村长已经从戒酒所出来了，但我们的经理还没进去，所以可能是复活节左右吧。"

科瓦奇在琼格尔波尔达尼酒馆前停下来，对这里的一名常客说：

"我找凯涅莱什·奥乌雷妮。"

"找维吉①吗？找也是白找，她去年就死了。您在报纸上没看到吗？"

"她是怎么死的？这里有一本书，说她才35岁。"

"这倒是真的，只是有一两次维吉在酒馆前的壕沟里睡着了，复活节前后的夜晚非常冷。有句话我只跟你说，可怜的维吉是个有名的妓女，只有那些不想和她睡觉的人才不沾她，可有时候这样的人也缠不过她。"

科瓦奇愤怒地向校长讲述他的发现：

---

① 维吉，指凯涅莱什·奥乌雷妮。维吉是她的婚前昵称。

"我在泥泞中行走了三个星期,代热兄,我和院子里咬人的狗厮打过,我找遍了50多个歌词提供者。每个人都在塞迈蒂提到的地方生活过。"

"瞧,你看到了吧!"

"但现在所有的男女老少都死了。这么多人在一年之中全部死光,你不觉得奇怪吗?"

"猛一听是奇怪。是不是那边发生了什么瘟疫?"

"我在想,塞迈蒂是不是真的和这些人谈过话,如果没有,那么他是从哪儿搞到这些名字的?这些人的亲属想不起来任何拜访者。"

校长也深思起来:

"也许他去过墓地,从墓碑上抄下了那些名字?要是投票也这么搞,不知道会赢得多少选举啊!"

"我不相信,这么做总是会在村子里引起关注的。"

"说不定他去了民政部门打听?"

"那个地方不提供这样的信息。无论如何也要找到这些资料的出处,假如我要证明……"

校长插话道:

"在继续你的行动之前,我想先给你看一张唱片。"

"什么唱片?"

"你马上就会听到的。"

播音员的声音响了起来:"飞吧,歌儿!琼格尔州工人歌曲和歌谣。收集、编辑:科舒特奖和海瑀奖得主、诗人塞迈蒂·贝拉。"接下来的是"我扭啊扭……"以及其他的已经熟悉的歌曲。科瓦奇惊愕地听着。

"怎么回事?"

"你没听说吗?!这个唱片已经灌了10万张了。你看看封面,有国务秘书卡波斯塔什的题词。事已至此,你还不改变自己的观点吗?"

"你觉得我错了吗?"

"现在谈这个没有意义。你是清楚的,你要去证明你是对的,你的机会有多大?这就如同一只摇摆木马去参加赛马会一样。它会被弄坏,被拆成零件,被踩进混凝土。"

"我理解不了你,代热兄,你认为在匈牙利就无法证明一个人撒谎吗?"

"在匈牙利?这太普遍了。在布达佩斯,你还有微弱的理论上的机会获得成功,可我们远离布达佩斯,地方官员权力的膨胀与这个地方和首都之间公里数的平方值成正比,当然州府所在地除外。"

"州府的情况好一些吗?"

"不,那里要上升至公里数的八次方。在布达佩斯你可以大喊大叫,但到了盐堡你悄声说话都不行。这个你会体验到的。道理我都给你讲了,要是不相信的话,那你就去试试,看你的屁股能否把勃朗峰永恒的积雪融化掉?"

科瓦奇已经是以敌视的眼光在看着校长:

"这就是你著名的善意?"

"今天,善意意味着当事人至少没有恶意,其他的我就无能为力了。"

"我在想,你曾经是我的榜样!"

"没准我还会重新成为你的榜样。现在,我暂时只要求你一件事:

不要提我的名字，即使提也是白提，因为我将否认一切。"

科瓦奇接下来的行程是去琼格尔州图书馆：

"我想借阅去年的《琼格尔州日志》。"

"每个季度有一个合订本。你需要哪一本，老师？"

"去年的复活节在几月份？我要第一和第二季度的合订本。"

"我马上就拿来，请坐。"

科瓦奇坐下来，唱片机换了一张唱片，传来歌声："我扭啊扭……"科瓦奇无望地喃喃自语：

"疯了！连这里也是如此！"

女图书管理员回来了：

"非常抱歉，老师，正巧缺这两本。让布达佩斯的国家图书馆的读者服务部给借走了，日期还是去年的，早该归还了。我们会投诉的。"

"我有急用。"

"我们只有一个办法。要是您能去布达佩斯的话，我们给您开一张证明，正式允许您在国家图书馆研究《琼格尔州日志》。"

科瓦奇骑上摩托车去了布达佩斯。在国家图书馆，他要求借阅《琼格尔州日志》。几分钟后，工作人员把两个合订本摆放在他的面前。

"给您。"

"非常感谢。"

科瓦奇翻看报纸的最后一页。

4月2日，讣告栏：安道里·阿尔帕德，盐堡工厂职工；凯涅莱什·奥乌雷妮,波尔达尼村人……4月9日,讣告栏:莫豪洛什·耶诺,包克哈特村人……是的,所有五六十个歌词提供者都在这里!"

八

州长在办公室里接待科瓦奇:

"您来找我,我感到高兴,科瓦奇同志,我也正想找您呢。我想告诉您一个喜讯。为表彰您担任《琼格尔州工人歌曲和歌谣集》的责任编辑所付出的劳动,部里决定奖励您一万福林——我必须得说,这是塞迈蒂同志提议并奔走的结果。"

"州长同志,这钱我不接受。"

"不接受?!为什么?"

"因为这个塞迈蒂是个乞乞科夫①!"

州长大吃一惊:

"你肯定吗?"

"我非常肯定,就如同我站在这里一样。"

"我不知道塞迈蒂同志是个斯拉夫人。"

"我不是这个意思,我的意思是,他也是用'死灵魂'做生意。这本歌集中所有歌词的提供者都是虚构的,或者说是从报纸讣告栏里找来的。"

"科瓦奇同志!科瓦奇同志!您要想到人都是会死的。"

"但这是欺诈,我的证据都在这里。我把我的报告正式交给您,

---

① 乞乞科夫,俄国作家果戈理的长篇小说《死魂灵》中的主人公。

我要求您启动调查。"

州长直视科瓦奇：

"好吧，我收下您的报告，我会给您加油的，年轻人，但愿您是对的，但愿在您的指控里我们连最小的错误也找不到。我们似乎很容易得出一个结论——您在诋毁重要的同志。奖金我们当然会退回部里。很高兴您来这儿，事情的进展我会通知您的。"

科瓦奇离开后，塞迈蒂从暗处踱出来。州长摊开双臂：

"我想，你都听见了，塞迈蒂同志。"

"是的，我听见了。真是个有意思的年轻人，即使他是错的，也赢得了我的尊重。不过，这件事并不让我感到惊讶，我的一个当图书管理员的工作伙伴早就告诉过我，说他在调查我。"

"这件事让我非常不愉快。我本来不想回应他，但根据法律我对这份报告又必须做出答复。我最多可以做的是拖延30天。我希望你能帮我起草一份答复函。"

"不是这样的，州长同志，我一个字也不写。我不想让这件事情看起来好像是我在撇清自己。我会把最知名专家的意见书摆到你的桌子上的。"

科瓦奇妮听完丈夫的叙述，不想相信自己的耳朵：

"我们连当票都当在了当铺，你却把一万福林退了回去？！"

科瓦奇指着书：

"你要明白，玛尔吉特，这些都是伪造的。"

"那又怎么样？！人们都在说，连王冠也是复制品，恰恰这个就非得是真的吗？你应该立即去找州长，就说发生了误会，你接受奖励。"

"你别这样要求我。"

"你要知道,我一秒钟也不想和你呆在一起了。我受够了。"

她把几件东西扔进一个箱子,冲出了房门。

九

在毛乔利家,塞迈蒂正在听作曲家的钢琴演奏。毛乔利以一个急促的旋律结束演奏:

"感觉如何?"

"主旋律与副旋律如此这般地呼应,在当今的欧洲也只有你能做到。"

"喝杯康帕利,贝拉?"

"好。"

"祝你健康。"

"一般来说,给朋友帮过什么忙,我是不会翻出来讲的。之所以我要重提一桩旧事,就是为了让你明白我现在的处境。你记得1951年音乐剧院想上演一出阿尔巴尼亚的矿工歌剧吗?"

"当然喽,你等等,它叫什么名字来着?《地下前线》。"

"对,是叫这名字。主角是个矿工,他的大咏叹调在排练过程中给弄丢了,但谁也不敢把此事汇报给有关负责人,最后还是你写了一首。"

塞迈蒂哼哼起来:

"阿尔巴尼亚人现在强大了,脚跟稳稳地站着……演出之后,《自由音乐》的评论家指控造假,还告了你。"

"当时，是你站出来支持我的。"

"是的，我证明了这是一首阿尔巴尼亚古老民歌的片段，公元6世纪的手抄本里就有记载——遗憾的是，保存这些手抄本的爱尔巴桑图书馆于公元8世纪被烧毁，当时是下午一点半，图书馆遭到撒拉逊人的猛烈进攻。如果我没有记错，正因为这次合作你获得了科舒特奖。"

"我永远也不会忘记你，贝拉。你就直说吧，我能帮你什么忙？"

塞迈蒂取出一个张纸：

"这是关于《琼格尔州工人歌曲和歌谣集》的声明。我希望你能证明，它们是人民创造性的想象力的不折不扣的产物。"

"这算什么呀？贝拉，这事就包在我身上。我现在就带你去科学院找几个权威人士签字。我想问一个问题，希望不会对你构成伤害：这些是真实的工人歌曲吗？"

"当然，只是缺了一首矿工之歌。"

"哪一首？"

"阿尔巴尼亚人现在强大了，脚跟稳稳地站着……"

毛乔利笑了起来，鼓掌道：

"太好了，太好了。再来一杯康帕利，贝拉？"

"好。你把声明寄给琼格尔州政府，彼得法尔维·帕尔博士收。"

十

州长把声明念给惊讶万分的科瓦奇听。现在，他已经念到了在结尾处签字的人名单：

"科舒特奖作曲家毛乔利·亨利克、音乐评论家库纽·温代尔、什内韦伊斯·伊雷恩教授、诺斯特·内梅特·伊什特万院士,都是响亮的名字。科瓦奇先生,您是想让人相信,他们都弄错了吗?或者更糟,他们都在撒谎吗?"

"但是,州长同志,他们如何解释所有的歌曲提供者都不约而同地死了呢?"

"我怎么知道?也许是发生了什么瘟疫。假设这些可敬的人都在撒谎或者都弄错了,那么给书写前言的卡波斯塔什国务秘书同志和写后记的克龙什泰因总经理同志也不例外。您想让我接受这个荒谬的结论吗?"

"是的,因为这是真相。"

"这可是您说的。作为学校上级监督机构的代表,我立即暂停您的职务,启动对您的纪律审查。"

"对我?为什么?"

"书里有您的名字,作为书的责任编辑,您在对材料进行审查时未能表现出适当且可期待的严谨,致使所有的州领导都陷入窘迫的境地。"

科瓦奇觉得支撑自己信念坍塌了:

"我可以收回报告吗?"

"那我们也要启动纪律审查,只是理由换成了诽谤。再见,科瓦奇先生,在纪律检查委员会上见。"

十一

科瓦奇神情颓丧地走在街道上,一辆汽车在他身旁刹住,车里传

来塞迈蒂的声音:

"请坐进来,老师。别怕,我不会把您吃掉的。"

科瓦奇坐进汽车:

"乞乞科夫胜利了。"

"我认为,要是我能把您变成我的工作伙伴,那才叫真正的胜利。我承认,我喜欢您为真理而斗争的毅力和缜密。您在那个托管孩子的地方挣多少钱? 4000,5000?"

"我现在什么都没了。他们已经暂停了我的工作,他们将来会开除我的。"

"这更好。我会给您找一份挂名差事,在建筑行业当个公众教育专家,底薪8000……"

"公众教育专家挣不了那么多。"

"那我就给您在两个地方挂名,在一个地方叫科瓦奇,在另一个地方叫奥尔弗雷德。实际上都是为我工作。琼格尔州的歌集获得巨大成功,佐兰州也寄来了一份收集老的工人歌曲和歌谣的合同。您的艺术品位非常高,整个歌集由您来写,我熟悉您的原则,不想把您的名字刊登出来,我将作为作者署名。不知您意下如何?"

科瓦奇耸肩道:

"无所谓,我一切都无所谓了。"

(1984年)

天上的阴影

"士兵对命运只能有这么多期待……"

——古老的进行曲

一

布达佩斯萨姆埃伊·蒂博尔内务政治官员培训学院二楼的指挥官走廊上有一面荣誉墙：在一面红旗和一面国旗之间的墙壁上，烈士、获奖者、劳动青年联盟荣誉册上的士兵或其他的杰出士兵戴着军帽、穿着制服的照片挂了长长的三排。在最上面的一排，一个瘦瘦的戴着眼镜的男子的照片已经挂了很长时间。根据照片下方的说明文字，他叫欧劳斯·卡尔曼。在1951年毕业的边防系学员中，他的考试成绩最好。不仅理论科目成绩突出，而且需要体力实践课的成绩也高出其他同学。他比他的同学们年长差不多10岁，毕业时已满31周岁。

作为全年级第一名，唯独他被授予中尉军衔。尽管没有明文规定，但他也享受暗中提供的优惠政策，即他可以选择第一个服役地点。所有的人都坚信,他会去总司令部或首都相对安逸的岗位,但欧劳斯·卡尔曼却选择了马扎尔希道。这个地方位于匈牙利和南斯拉夫边境,是国防军一个边防营驻扎的地方。

学校指挥官拿到报名表后认为,他的这名学员做出了草率的决定,不清楚他选择的这个地方会有什么样的危险在等着他。在宣誓就职仪式后的午宴上,指挥官把欧劳斯叫到身边,试图善意地劝阻他。刚刚宣誓就职的这名中尉流露出那些很少愿意吐露真情的人特有的感动。他简短地说,他生来就有义务完成最艰苦的任务。

1919年秋,他的母亲怀上了他,他的父亲欧劳斯·米克洛什是著名的穿黑皮衣的政治警察别动队的队员,自始至终为革命而斗争。在苏维埃共和国失败后,由他保护领导人逃亡。在乔尔瑙①火车站,他被霍尔蒂的白军俘虏。白军不经任何法律程序就判处他死刑,他在王冠宾馆前被执行绞刑。几个月后,欧劳斯·卡尔曼就出生了,他从未见过父亲,但父亲的榜样力量必然对他产生影响,他的身世在他的身上留下了印记。由于家境贫困——他的母亲没有改嫁,而是在一家加工纺织边角料的小工厂工作——欧劳斯·卡尔曼只上了6年小学就去当锁匠学徒。作为一名年轻的锁匠,他加入了一个正在组建的共产党基层组织,被捕后随同一支行刑连被派往东部前线。在坎坷人生的每一分钟里,他都保持着有朝一日拿起武器与阶级敌人斗争的希望,是阶级敌人暗杀了他的父亲,也试图把他毁灭。

解放后,他在一支修桥突击队里工作。他的活儿是铺设电缆,身

---

① 乔尔瑙,匈牙利西部小镇。

下就是浮冰。他的衣服破烂不堪，每日只能吃一顿饭。作为对他的工作和品行的肯定，他被派往党组织培养官员的学校深造。现在，他毕业了，成为一名政治官员。他有一种感觉，假如不走上最艰苦、最危险的工作岗位，这就等同于他做出了妥协。欧劳斯·卡尔曼为他所选择的任务在做着系统的准备：几个月来，他一直在学习塞尔维亚语，他的理解力和口语都已经达到可以接受的水平。

面对欧劳斯·卡尔曼的一腔热情，学校指挥官不得不退缩。他脑子里甚至出现这样的一个想法：假如他继续说服欧劳斯·卡尔曼，没准这名拒绝一切妥协的男子还会一怒之下把他告到上级主管机关。于是，他举起斟满红葡萄酒的高脚杯与他碰杯，祝他好运。

"这是神圣的事业！"他说。

几天后，部长的命令就来了。鉴于他的请求，这个命令分配他去马扎尔希道的边防营指挥部。学校指挥官问他行前需要多少时间处理在布达佩斯的私事，欧劳斯·卡尔曼耸了一下肩膀，他的母亲几年前就去世了，他自己未婚，也没有需要看望的亲人，如果可能的话，明天就想启程。启程的时间就这样说定了。中尉看见指挥官想即兴发表临别感言，于是后退一步，请求告辞。

他去办公室领取了路费和前往马扎尔希道的旅行证，看了一眼火车时刻表——火车早晨六点从南火车站出发。他返回宿舍，只有他独自一人睡在这里，他的同伴们早已奔赴各自的工作岗位。他的东西不多，只有父亲留下的镶着皮框的老照片、参加各种比赛和马上比武的奖品和杠铃。他把这些东西打好包，从书架上把书取下来放进一个纸袋里，用绳子给上面绑了一个抓手。他只把最喜爱的《裴多菲诗集》留在外面。

他看书看了很久。一般来说，他的身体不需要四五个小时以上的睡眠。他午夜过后躺下，但即便如此夜里还是醒来了，他把手腕转向院子里的电灯照进来的光束——三点半刚过几分钟。他不想把灯打开看书，否则到了早晨眼睛会红肿的。他把双臂枕在脖颈下，看着天花板发呆。他的胃因某种无名的紧张而收缩，他安慰自己：这是一切重大变化的天然伴随物。

二

如果只是想得到既艰苦又危险的岗位的话，欧劳斯·卡尔曼在马扎尔希道算是达到了自己的目的。尽管这一段边境线与整个边境线一样布满地雷，而且两个敌对的边防军的高级指挥官也尊重现状，但出于无畏、报复或战术目的，双方都经常出动由数人组成的突击队突袭对方。

在匈牙利的领土上，双方的冲突大多发生在萨劳河的源头即黑湖一带，激烈的枪战会把伤员和死者留在连根撅起的湿漉漉的草地上。这时，入侵者会忽然消失得无影无踪，正如他们忽然出现在这里一样。有的时候，南斯拉夫士兵会避开匈牙利哨兵，往里突进，他们会把马匹赶走，或者把村子里晚上打烊的商店洗劫一空。作为回应，匈牙利突击队会把矗立在南斯拉夫边防基地中心的木塔放火烧掉，把绑在塔下的追踪犬杀死。塔上的哨兵要想逃亡，只能绝望地从塔上往下跳。

在马扎尔希道边防营的指挥部，迎接欧劳斯·卡尔曼的是这里的政委保拉绍中尉。尽管他们的官阶相同，上衣的左臂上都有边防军政治工作人员的鲜艳标志——用红色天鹅绒剪出的绣着金边的五角星，但他们迄今所走的路却完全不同。保拉绍是毕业于尤道什军士培训学校的中士，他自告奋勇去了新的边防部队。他赶上了军官培训的第一波浪潮，参加了为期一年的速成班。欧劳斯·卡尔曼属于第二波浪潮，属于由党从工厂和建筑工地挑选出来的那拨人，他们被派往军官学校深造，以加强边防部队的道德建设。一般而言，军界对第二波浪潮的培训水平给予更高的评价，全年级第一名算是优秀学员。保拉绍不明白欧劳斯·卡尔曼为何自告奋勇来这个荒凉的边防营，只能想到是更高级别的指挥官想让他取代自己。

对于试探性的问题，欧劳斯·卡尔曼给出了简短的回答。他感到把自己的真实动机表达出来有些不值。在前线，他痛恨这些通过残酷手段训练出来的尤道什军士，他还发现这个红脸胖子保拉绍是个慢性酗酒者。双方的交谈不欢而散。欧劳斯·卡尔曼一言不发，但心里明白：眼下没有安排他当政委，他必须取代这名有病的边防营军官。

几乎在数小时之内，欧劳斯·卡尔曼就感受到，他为自己树立了一个死敌。保拉绍想尽一切办法让大家对他产生怀疑。这样，大家都认为他是上级指挥部安插进来的"眼线"。假如他推开某个办公室或作为俱乐部用的食堂的门，说话声就会戛然而止，然后说话者会眨眨眼睛，突然开始谈论别的话题。他们推脱说地方太小，不让他进去，就连未婚的官员的宿舍也不让他进。他们在兵营里给他腾出一间迄今放置旗帜的破败的储藏室。欧劳斯·卡尔曼毫无争议地接受了这个房间并布置起来，他把书和杠铃摆到床边，把父亲的镶着皮框的老照片摆到一把椅子上。

在接下来的日子里，他依然没有采取措施去驱散聚集在自己周围的怀疑，他把注意力集中在自己的工作上，试图尽快对自己将要工作的这个地方做出评估。日子一天天过去了，他应该可以发现，边防哨兵和他们的上司承担的任务超出了他们的实际能力。在一次次突袭或执勤过程中，他们的靴子有时要穿上三天才有机会脱下来。假如形势需要的话，他们会在泥地里或铺在雪地上的帆布上趴好几个小时，听见森林里的任何响声都以为是入侵之敌的狙击手来了。一回到驻地，他们就在狂野的饮酒狂欢中放松自己紧张的神经，酒还没醒他们就起床，然后跑到一个个村庄，向摆在店铺橱窗里的小玩偶射击，给一个面包就把吉卜赛姑娘带入森林，砸开孤独的女教师和农村姑娘的门骚扰她们，在教堂前袭击做完弥撒出来的人群。在放荡之后，他们会在宿舍里呼呼大睡或懒洋洋地躺上好几天。

欧劳斯·卡尔曼在临时归他指挥的边防排里，对纵情声色不愿容忍，不管是军士还是普通士兵，他都进行严惩。

在执行公务的过程中，中尉走遍了附近的那些衰败不堪的村庄。在这些村庄里，每三四户就有一家挂着锁，封条上盖着公章。就在几个月前，拥有二三十霍尔特[①]土地的农民被装上卡车运往霍尔特巴吉[②]的劳改营。把他们从这里清理出去，不仅是因为按照法规他们属于农村的剥削者，而且是因为他们当时被称为富农，国家不想让他们留在边境地区。根据假设，一旦发生战争，他们就会对入侵之敌的行动提供支持。让欧劳斯·卡尔曼感到惊讶的是，士兵们不愿把富农视为自己的敌人。他们举例说，这些富农何时以何种方式对匈牙利边防人员提供过帮助；某个士兵在追求被迁走的富农的女儿，在休假返程

[①] 匈牙利土地面积单位，1霍尔特=0.57公顷。
[②] 霍尔特巴吉，匈牙利东部的一片辽阔草原和湿地。

途中还试图在劳改营里寻找他的未婚妻。欧劳斯·卡尔曼平息了争论，但却很难排除自己的不安。

睡觉之前，他总要散步一个小时，然后如同结束一天的仪式一样，要在食堂的柜台前喝上一杯覆盆子汁。他背对着大厅，但感到人们的目光都在盯着他的脖颈。他听到声音不大不小的谈话声：

"以后啊，大家都得吃肥皂了！"

"现在，我要是能突然出现在佩斯的话该多好啊。我的上帝啊，佩斯！那里生活着10万名犹太女人！"

"总之，四只眼睛当然看得更清楚了。"

欧劳斯·卡尔曼没有理会这些言语，他的动作节奏一点也没有发生变化。他一饮而尽，安静地行了个礼就告辞了。到了食堂外面，他咧开嘴笑了——他们居然把他看成了犹太人。

只有在特别累的时候，他才会从深睡眠中醒过来，即便是强迫自己，他也无法重新入眠。这时，他就会思绪万千：假如这个针对他而积聚起来的仇恨找到某种借口后向他喷泻时，会发生什么事情？他一定会被仇恨的巨浪冲走，这一点他毫不怀疑，但现在他还没有感到恐惧，他轻视甚至蔑视他的同僚们。有时，他的目光会落在父亲的照片上，仿佛是向他寻求建议，但这时他会提醒自己：父亲被处决的时候，比他现在还年轻。

三

没过几个月，欧劳斯·卡尔曼就不仅熟悉了边境附近的村庄，而且也熟悉了这里的巨大森林。在规则的、几乎是用尺子设计出来的曾经属于教会的松林里，或者在野生黑莓荆棘遍布的农民的森林里，他也能同样准确地辨别方向。在阳光明媚的夏日，森林里一片幽暗，几乎每个森林的拜访者都会被这个美景诱惑，但欧劳斯·卡尔曼却无动于衷。教堂的静谧、植物和动物的生命融为一体，这是可以看见的或可以感受到的，但都没有对他产生影响，他眼里看到的只是一片地方而已，要么需要他发起行动，要么需要他瓦解敌人的企图。也许归功于他这种简单、客观的观察，他很快就实施了一起迄今被认为无法实现的壮举。

从边境的另一端，也就是从原先的霍多什①地区，有一个名叫图麦斯的吉卜赛走私者经常跨越边界进入匈牙利领土。两国的边境地区都深受贫穷的困扰，店铺里连人们最需要的商品也缺货，但他却找到了属于自己的生意，他把大米带进来，然后把烟草、橡胶靴子和服装带回去。跨越边界后，他在吉卜赛人的村庄里只呆几个小时：在蓬考斯②或博勒采③完成交易，喝上一杯酒，然后就启程返回。他身后从不留下脚印。在林间小路上，厚厚的一层松针吞噬了他的脚印。在可疑或危险区域，他一直在露出土壤的石块上跳跃着。很难让与他有牵连的人开口说实话，因为他们不仅同情图麦斯走私，而且和他有亲戚关系，就算有人愿意开口，也不了解这个吉卜赛人的路线和意图。

在附近的各个边防营地，每个人都知道，至少猜测到图麦斯在穿越边界。如果这名走私者在讽刺边防人员的无能方面稍微收敛一点的

---

① 霍多什，现为斯洛文尼亚东北部的一个村庄，靠近斯洛文尼亚和匈牙利边境。
② 蓬考斯，匈牙利西部沃什州的一个村庄，靠近匈牙利和斯洛文尼亚边境。
③ 博勒采，匈牙利西部沃什州的一个地名，靠近匈牙利和斯洛文尼亚边境。

话，他们兴许会对他的生意睁一眼闭一眼。但他居然在身后留下了信件，在信中宣布说他还要再来，而且他兑现了自己的承诺。没有不透风的墙，上级指挥部把负责相关边境地段巡逻的士兵一个个都投入了监狱，但这并没有解决问题，一个由三四十人组成的边防连是没有能力对其驻守的10公里边防线明察秋毫的。

图麦斯多次从欧劳斯·卡尔曼的连队监控的边境段入境，卡尔曼因玩忽职守而受到严厉斥责。每天晚上，在食堂里迎接他的都是一张张幸灾乐祸的脸。欧劳斯·卡尔曼暗自发誓要干掉图麦斯。他没有把自己的决定告诉任何人，但却在搜集照片和资料，终于比较准确地掌握了图麦斯可能经过的路线。在这名吉卜赛走私者每一次行动之后，欧劳斯·卡尔曼都对自己的假设进行修正。他缩小了范围，实地检验自己的想法，最终找到了这名走私者走过的那些石块。

八月底，欧劳斯·卡尔曼获悉图麦斯按惯例在村头房子的窗户上留下一张便条，上面写道："我来过此地，很快还会回来。"欧劳斯·卡尔曼向指挥官报告说要去边界附近采取突袭行动。按照规定，单独一人不可以实施类似的行动，为了符合形式上的要求，他签上了一名随从士兵的名字，但实际上他分配这名士兵去完成别的任务。

欧劳斯·卡尔曼检查了一遍苏制PPS冲锋枪，把它挂到肩上，把两个备用弹匣和面包、腊肉、一瓶朗姆酒装进侧身背包。为了防止有人跟踪，他绕了一个大圈子，然后闪身进入萨劳弗[①]村的森林之中。

[①] 萨劳弗，匈牙利西部沃什州的一个村庄，靠近匈牙利和斯洛文尼亚边境。

夏天已经快过完了，但土地似乎是想显示自己的生长能力，长出了各种色彩艳丽的长梗花。欧劳斯·卡尔曼不知道它们的名字，只认识蓝色龙胆花。他穿过黑湖边的沼泽草甸，躲进树桩中间，树桩上有捕鸟人摆放的涂有粘鸟胶的小树枝和用草编织的套索，透过光秃秃的树枝往外看，边境地区一览无遗。他确信附近没有鸟在筑巢，否则鸟一飞起来就会暴露他，于是他把腰靠在树上睡了几个钟头。他知道，只要太阳挂在天上，这个走私者就不会出现。

一阵淅淅沥沥的雨声把欧劳斯·卡尔曼惊醒，只见慢雨已经把眼前的草地淋湿，雨滴在空中拉成的细线仿佛交织成了一张张蜘蛛网。他把武器藏进披风里，但雨水却从用橡胶帆布做的披风的线缝中渗了进去。他心情糟糕地看着前方，知道在潮湿的空气中雨水不会向上蒸发，而且周围一带很快就会被浓雾笼罩。他的头脑里闪过放弃计划返回营地的念头，因为他把整个等待建立在这样的一个基础之上，即图麦斯的新情人住在萨劳弗的锯木房旁边，这是通往那里最短的路，但他完全吃不准这个吉卜赛人是否正巧现在就从这个方向而来。

他想动身离去，但这个惨败让他充满压抑与苦涩，于是他宁愿留在原地，给自己规定最后期限。他决定坚持到第二天早晨。欧劳斯·卡尔曼利用相对来说可以看清地形的最后几分钟，折断一个树杈，插进地里。他把树杈的方向调整好，只要把枪管架上去，枪管就会指向他假设中的吉卜赛走私者将要走的小路。

他心无旁骛地凝视前方，孤独并没有让他感到特别压抑。他想：附近的村庄和城市也已经变得人烟稀少，人类的生存在附近一带和整个世界上已经走到了尽头，树木和草的绿色慢慢地覆盖了一切。这个遐想消除了他的神经紧张。

仿佛是受到了感染似的，灰色的雾从土壤里升腾起来，翻滚着在草甸上蔓延。不知不觉中，雾浪就扑向欧劳斯·卡尔曼埋伏的地方。他触碰了一下树杈，看它在草地里插得是否稳固。

午夜过后，又下了一阵短促的雨。云开了，月光从云缝中洒下来。忽然，鸟翅膀拍动的声音传过来，中尉赶紧抬起头向上看，原来是猫头鹰落在了相邻的树上，它发出咕咕的叫声，黄色的眼睛在黑暗中闪烁。他并不想吃东西，只是为了消磨时间才吃了几口。他刚把水壶取出来就突然放下，因为从边界方向走过来一个人。是一个男人，只有他的头从静止不动的棉花似的雾中露出来。只见他在石头上跳跃着，一会儿升起来，一会儿沉下去，他的长头发一会儿碰到这个肩膀，一会儿碰到那个肩膀。借着月光，欧劳斯·卡尔曼能够辨认出这就是他从照片上认识的吉卜赛走私者。

图麦斯停下脚步，好像是现在走完了最难走的一段路，他把麻布包裹从背上取下来，伸了伸胳膊，愉快地叫了一声。欧劳斯·卡尔曼利用吉卜赛人现在无法伸手去取他可能随身带来的武器的这个时刻，朝他喊道：

"举起手来！"

在漫长的准备和紧张的等待之后，中尉的愤怒爆发了。其实，他倒是希望这名走私者不服从他的命令，这样他就有权朝他射击，但图麦斯却以一个无所谓的动作一脚把包裹踢开，把手臂举到空中，好奇地转动脑袋寻找声音的主人。

欧劳斯·卡尔曼从月亮投在森林旁边的阴影里走出来，在距离吉卜赛人三步远的地方停了下来。

"把您衣兜里的东西掏出来！"

"哦，原来是你！"图麦斯说完，不慌不忙地服从命令。他把一件件幸运吉祥物扔到地上：半只马蹄铁、兔毛绒球和兔腿。在这个过程中，他开始转动自己的身体，动作幅度之小让人几乎无法察觉。如果他想和中尉面对面呆着的话，就应该和中尉一起转动。这样一来，中尉的背部慢慢地就对准了边界的南斯拉夫一侧。欧劳斯·卡尔曼突然明白这名吉卜赛人并非无意中摆出这个姿势，而是要把他变成一个他隐藏起来的同伴更容易瞄准的目标。忽然，中尉听到灌木丛发出沙沙声，似乎是他尚未看见的吉卜赛人的同伙正试图匆匆忙忙地追赶上来。欧劳斯·卡尔曼回转身，把机枪紧贴身体的一侧，从腰部的高度朝沙沙声的方向发射了一长串子弹。射击过后，雾中传来一声嚎叫声。欧劳斯·卡尔曼本能地跪在地上，等他再次转身时，吉卜赛人拿着一把刀跳过来，从他身上翻滚过去，但他的机枪也从手中滑脱。图麦斯再次发动攻击，欧劳斯·卡尔曼以一个标准的晃闪动作躲过了来自下方的一刀，然后向右转身，把攻击者的胳膊向自己左肩上方猛地一拉使其骨折了。吉卜赛人翻身而起，尽管艰难了点，但还是成功脱身。不过，欧劳斯·卡尔曼还是有足够的时间把机枪从地上捡起来，向天空的方向斜着抬高枪管，把剩余的子弹打完。这串子弹仅运行了15公分至20公分的距离，就把再次向他扑过来的图麦斯撂倒了。

他的鼻子闻到了肉烧焦的气味，胃里一阵翻腾，但他知道自己现在也不能松懈。他站起来，从背包里取出并安好机枪备用弹夹，开始在树丛中搜寻图麦斯的同伙。在距离边界几米远的地方躺着一名穿灰制服的南斯拉夫士兵的尸体，从边界标志上看这里是匈牙利的领土。死者是一个高个子、黑头发、蓄着胡子的男子，可能是黑山人。根据匈牙利的侦察资料，在边界的另一边，原先驻守在那里的来自附近地区的边防士兵已被来自遥远的黑山地区的士兵代替。

欧劳斯·卡尔曼在尸体的旁边僵硬地站了片刻,这个士兵的死亡比那个吉卜赛人的死亡更让他感到震惊。他振作起精神,不想浪费时间,因为他担心枪声已经引起了边界那边的注意,没准他们会派小分队来帮助遇到麻烦的同胞。他摘下死者身上的巡逻包,捡起丢弃在草地上的史密斯威森左轮手枪,匆匆撤离。他把手枪藏进自己的斜挎包,决定不把这支手枪交公,因为他一直想拥有一件可以自由支配的武器。

他赶到一个哨所,打电话要求增援,但等他返回现场时,尸体已经从被雨和雾浸透的小路上消失了,只有翻卷起来的草皮在提醒人们这里曾经发生过冲突。一滩滩血慢慢地凝固了,有人往上面扔了几把干树叶。天慢慢地变红,欧劳斯·卡尔曼第一次在清晨置身于森林之中,让他感到惊讶的是,最早迎接新的一天的不是别的,而是在树枝中飞舞的苍蝇的嗡嗡声。

数日之后,当他从萨劳弗村的酒馆前走过时,一名吉卜赛姑娘突然跳到他面前,试图用手指甲抓他。原来,她就是图麦斯的情人。图麦斯习惯把他引以为豪的字条放在牧羊人房子的窗户上。现在,有人在这里给欧劳斯·卡尔曼留下了一封信。不明身份的人在信中威胁说,假如他们抓到他的话,他就死定了。中尉面无惧色地读完信,他知道这个威胁是认真的,他不可能寄希望于怜悯。与敌人的斗争不仅夏天、秋天解除不了,就是等自己老了也解除不了。他必须要斗争到自己生命的最后一分钟,甚至连他的骨灰也可能被人从地底下刨出来。欧劳斯·卡尔曼感到他以前做出的不建立家庭的决定再次被证明是对的,任何的牵挂都会损耗战斗力。

四

从巡逻包里找到的文件表明，欧劳斯·卡尔曼杀死的是南斯拉夫最优秀的侦察兵之一，而图麦斯不仅是在搞走私，也是在传递消息。部长在命令中把这件事定性为"与侵犯边界者作斗争"，欧劳斯·卡尔曼因此被晋升为上尉。几个月后，他被任命为边防营政委，将保拉绍取而代之。

以前，在边防排临时指挥官的职位上他是有劲使不上。现在，他试图恢复边防营摇摇欲坠的士气。不仅培训、执勤业务有许多需要改进之处，而且财务账目也是如此。欧劳斯·卡尔曼翻看了一遍会计账簿，尽管无法对所有的账目都明察秋毫，但许多账目都采用了原始的造假伎俩，这背后隐藏着滥用职权现象：一桶桶汽油、成千上万块砖、大量的木料和其他物品消失了。他检查了单据上的签名，追究了仓库管理员的责任。为了自保，这些仓库管理员说出了盗窃受益者的名字。结果，边防营里几乎没有官员不被牵扯进这些犯罪案件。欧劳斯·卡尔曼试图把他发现的滥用职权问题写成一份报告，但却进展缓慢，因为越来越多的侵吞财产行为被他发现。他把搜集到的证据装进画上斜杠的文件夹里，锁进保险柜。

一天夜里十一点左右，他正坐在床上看书，走廊上越来越近的脚步声引起他的警觉，接着他住的这个原先的旗帜储藏室的门把手嘎嘎作响——他的门总是开着的，现在也是开着的，他不想在警报响起时浪费时间去找钥匙。

"进来吧！"尽管不速之客并没有敲门，但他依然这么说。欧劳斯·卡尔曼的手向后伸了伸，确信史密斯威森左轮手枪还藏在枕头下面。

保拉绍中尉和另外两名军官走了进来，欧劳斯·卡尔曼想起来了，当天下午在检查虚假发票时还见到了他们的名字。他们拉开吊在天花板上的电灯，环顾四周。在充当床头柜用的凳子上，保拉绍发现了那张有皮框的照片。

"男人的照片？！您是同性恋吗？"

"他是我父亲，别再对他说一个脏字！"欧劳斯·卡尔曼说这句话的时候并没有提高自己的嗓门。他试图评估当前的形势，知道任何事情都可能会发生，而且他无法证实真相，因为这三名军官显然会作不利于他的证言。"你们想干什么？"他问。

不速之客们在储藏室里走来走去，他们看了看衣柜里面，翻了翻书，他们的行为仿佛是在搜查他的家。

"让我瞧瞧，这个优秀学员在读什么书！"

"如果他不是'告密者'，我宁愿像猫头鹰那样鸣叫一年。"

欧劳斯·卡尔曼慢慢地被愤怒笼罩。

"请你们从这个房间里出去！"

"我们不走，我们在这儿的感觉非常好！"

保拉绍在床边坐下，欧劳斯·卡尔曼在他的气息中嗅到了劣质白酒的臭味。他的两名伙伴靠墙而立。

"您离开这里吧！"保拉绍说，"您跟把您派到这里来的开米希叔叔或者尤日叔叔说一声，让他们把您安排到更好的位置上。"

"在您来这儿之前，这里什么事也没有。"站在墙边的一个军官插话说，"您来了之后，所有的麻烦都来了。"

"我不是你们请来的，你们也没有办法把我打发走！你们将比我更早地离开这里。"

"什么？为什么？"

"因为你们不配穿这身制服；你们散漫、酗酒、腐败。我不会容忍的，这个边防营不是你们的财产！"

保拉绍的拳头向他的胸口砸去。

"您这个卑鄙的家伙，居然想玷污我的名声？！我曾被南斯拉夫秘密警察劫走，为了我的祖国，为了社会主义，我在贝尔格莱德的监狱里遭受了半年的折磨！"他把外套的袖子撕开。"您看看，他们用带钉子的警棍打击我，用刺往我的指甲盖下面扎！"

靠在墙上的军官再次插话道：

"我们走着瞧，看看将要被解雇的将是谁。您查看记账凭证是白费力气，在这方面您不可能比别人聪明多少。"

"我受够你们了，我最后说一遍：请你们离开我的房间！"

"除非我们愿意。"

保拉绍把坐着的身体向前倾，想用伸开的食指去搵坐在床上的欧劳斯·卡尔曼的鼻子，但欧劳斯·卡尔曼以一个突然的动作取出枕头下面的左轮手枪，挡住了他的手。然后，他抬起手枪，他的整个姿态毫无疑问地表明：如果有必要，他将毫不犹豫地开枪射击。

"请给我滚出去！"

"瞧！他还有武器。"

"我们没有这种型号，他怎么会有？"

欧劳斯·卡尔曼扳倒击锤，一个响声显示，一发子弹已对准枪管。这几名不速之客见势不妙，动身向外走去，但他们在门口站住，回过头说：

"不听我们的话,您会后悔的。"

"您在该走的时候没有走。"

"您还不了解我们!"

保拉绍这帮人走后,欧劳斯·卡尔曼用钥匙把门锁上,他试图整理被翻得乱七八糟的房间。让他感到担心的是,这把手枪已经引起这帮人的严重关注,他们没准会告发他,这样就会有人来调查这把手枪的来历。第二天,他弄到粉色的擦枪油和上蜡的帆布,他擦了一遍枪,用帆布把左轮手枪裹好。下午,他把手枪藏在披风下面,走进一片荒芜的私人老树林。他坚信,护林员和伐木工很少会出现在这里。在一棵因栖息大鸨而树枝变得光秃秃的树后,欧劳斯·卡尔曼顺着峭壁往下爬,他抬起一块覆盖着苔藓的石头,把手枪塞到石头下面。他在附近的两棵树的树干上刻上深深的十字,并仔细记住了这个地方。他确信,一旦有需要,他将会在这里找到这把手枪。

五

1952 年 4 月初,欧劳斯·卡尔曼坐进指挥部的切佩尔牌吉普车,前往马尔冬法哨所。此行的目的是调查一名边防士兵的死因,他所掌握的材料显示,这名士兵是被同伙杀死的。

吉普车由一名士兵驾驶,欧劳斯·卡尔曼坐到右边的指挥官座位上。这辆车以前的司机前不久退役,现在的司机刚来几个星期,几乎不熟悉环境,在离开马扎尔希道的据点之后,欧劳斯·卡尔曼不得不多次修正方向。当他看到车子终于驶上正道之后,为了遮挡从门缝吹进来的风,他把长外套盖在自己身上,把身子向后靠去。此起彼伏的钟声从远处传来。

"您知道这钟声是怎么回事吗？是在举行葬礼吗？"他问司机。

"不，现在是复活节，上尉先生，现在是复活节。"

司机的声音里有一股怨气，因为节日里他被迫工作，但欧劳斯·卡尔曼却没有察觉到这一点。钟声一直在四周的山丘间回荡，他陷入深思：他从来不喜欢过节，当他还是孩子的时候，每当身着盛装在悠闲散步的人流中散步或置身于扎堆攀谈的人群，他就感到不自在，仿佛身边的空气变得稀薄了起来。只有当生活重新回到惯常的轨道后，他才如释重负。

一路上，欧劳斯·卡尔曼对几个哨所进行了突击检查，他发现：在节日里，所到之处，工作纪律无不涣散不堪。他把喝得醉醺醺的哨兵撤换下来，对他们进行惩罚。他还召集多名指挥官汇报工作。他悲凉地想到，假如敌人就在今天出动大批兵力发动突然袭击，匈牙利的这个边境段是无力进行抵抗的。

他在每一个地方花的时间都比计划的要多，直到下午两点才抵达目的地马尔冬法哨所。他忙乱而紧张地开始了调查。一个名叫科瓦奇·费伦茨的边防哨兵在自己的卧室里被人用步枪打死，子弹穿过窗户射进来，击中了他的右肺。他几分钟后咽气，咽气前自言自语道："他们之所以杀我，是因为我是个忠实的党员。"

听到枪声后，冲出来的士兵在营房的后面发现另一名受伤的边防士兵，他的左脸被子弹打穿。他在医院里坦白说，是他开枪打死了科瓦奇，杀人之后他感到恐惧，于是试图自杀。

"您为什么对科瓦奇·费伦茨感到愤怒？"

"他总是批评我们，我因他而受到惩罚。"

在听取证人的证词时，欧劳斯·卡尔曼觉得他在被害士兵身上看见了自己的影子。科瓦奇在自己的岗位上自始至终与一切渎职行为作斗争，假如有哨兵在巡逻时睡觉，或者没有把规定的路段巡逻完就进入农民的家里喝酒，他就报告上级。他对衣冠不整、对忽视宿舍管理制度的现象予以批评，甚至对夜间训练时焊接不牢的饭盆把手发出微弱的响声也予以谴责，因为这个响声会暴露队伍的行踪。从证人的表情上和他们偶尔说漏嘴的只言片语里，欧劳斯·卡尔曼应该明白，科瓦奇不仅引起了暗杀他的士兵的怨恨，而且引起了整个哨所的人的反感。

上尉叹了一口气，心情糟糕地俯身处理文件。调查尚未结束，这样他只能在自己的职权范围内处理这件事。他决定为科瓦奇举行军人葬礼，并给他的父母汇一笔救济款。

结束工作时，天色已黑。边防哨所指挥官建议他在哨所里住一宿，第二天早晨再启程，但欧劳斯·卡尔曼无论如何也想返回马扎尔希道。他的计划是：第二天，他将利用节日不受干扰的宁静，在办公室里起草有关边防官员腐败问题的报告。

他坐进吉普车，没有给司机下达特别的命令。他确信，按原路返回，司机应该比较容易辨认方向，他把背向后靠去，合上双眼。他的思绪一直没有离开被杀的边防哨兵，觉得好像是失去了一个近亲。

"我来这里干什么？"他问自己，"我在为谁做这一切？"

司机突然来了个急刹车，把欧劳斯·卡尔曼惊醒。他向前撞去，脑袋撞在了挡风玻璃上。一阵眩晕过后，他摸了摸眼镜，幸运的是眼镜没有破损。

"怎么回事？"

"有一根树干横躺在路上。"

"树干怎么会跑到路上？得往边上挪一挪。"

这时，刺目的聚光灯从他们的对面亮了起来，尖利的叫声也响了起来。

"下车！"

司机面色苍白。

"是南斯拉夫人！我们落到了他们的手里！"

下车时，司机像残疾人那样把右脚面向外翻，也许是希望南斯拉夫突击队的队员怜悯他，没准他们会认为抓捕他没有意义。欧劳斯·卡尔曼做出要下车的动作，右手却去抓放在后座上的机枪，但有人猛击他的手腕，他的手臂因疼痛而不由自主地打在自己的肋骨上。南斯拉夫人把他捆绑住，把他的眼镜从鼻梁上扯下来，给他的脑袋上套上一个散发着浓烈泥土味的袋子。上尉感到要窒息，大喊道：

"把它给我取下来！"

"我们给您套上袋子，你要感到高兴才是。"有一个声音说。从这个声音里能感觉到遗憾。"因为这样的话，你还有生存的机会。"

上尉不吱声，他知道假如他看见边境安全设施的话，他们无论如何都会把他干掉。他被扔上一辆卡车的车厢，只能觉察到脑袋躺的方向与卡车行驶的方向相反。大约过了一刻钟的工夫，卡车来了一个急转弯，这个转弯非常突然，把他甩向车挡板。这之后，卡车继续在比较平坦的柏油路上行驶。卡车停住了，他被从车里拖下来，被抓住肩膀往前走，身前身后的门砰砰作响，然后突然让他停下来。他感觉进入了一个闷热的地方。

他的头上的袋子被用力地扯下来，粗粗的帆布划破了他的眼皮，他眨着眼睛环顾四周，只见桌子的后面坐着一名身穿军服、年龄大约40岁、头发染成红色的女人。她用匈牙利语命令欧劳斯·卡尔曼站到角落里去，但却没有向他提问题，显然她不是审讯俘房的负责人。她的军帽放在桌子的一角，让上尉感到吃惊的是，她帽子上闪闪发光的五角星与他的贝雷帽上的五角星一模一样。

屋外，一辆吉普车戛然而止。过了一会儿，一名南斯拉夫少校走进房间。他的右太阳穴上方能看见一个可能是被枪托砸出的深深的凹痕，一根根头发从里面伸出来，就像原野上的土坑里稀稀拉拉的草一样。少校看了欧劳斯·卡尔曼一眼，脸上露出笑容。

"啊哈！原来是'坏蛋'在这里！您的士兵就是这样称呼您的，这个您知道吗？"

欧劳斯·卡尔曼决定暂时不拒绝交谈，仿佛是对抓捕他的行动了解得很多似的，于是耸了耸肩。

"上级派我来这里，并不是为了受你们士兵的摆布。"

"无论如何，我非常高兴我们能够见面。自从您杀死了图麦斯和我们的侦察兵米兰后，我们已经找您半年了。"

欧劳斯·卡尔曼朝桌子望去，上面摆放着他的被没收的私人物品。

"我想问个问题：我可以得到我的眼镜吗？"

少校思考片刻，然后点头。

"不过，现在暂时还不行，但假如您好好表现的话，以后可以给您。您不是那种把镜片打碎然后用碎镜片把静脉割破的人。"

上尉无论如何想澄清一件事：他究竟是在匈牙利领土上被抓获的还是吉普车真的不小心开出了边界？他试图虚张声势唬住对方：

"你们没有权利拘留我！你们是在匈牙利领土上逮捕我的，这是有预谋的侵犯边界！"

让他诧异的是，南斯拉夫少校的脸上浮现出满意的笑容。

"嘿，可别这么说！"

他把少校的笑容看成是少校承认在匈牙利领土上为他布下了陷阱。他陷入沉思：究竟是谁知道他在这一天要走这条路？关于这一点，顶多只有两到三名军官可能知晓，难道他们中有人与抓捕他有关吗？欧劳斯·卡尔曼一边深思，一边继续交谈，但却没有太多的信心。

"你们有义务把我放走，否则等我们俘获你们的士兵后也会这样对待他们的！"

"您注意听着：您去日内瓦告我们吧，假如您能去的话。"少校的手做了一个动作，把其他人都打发了出去，屋子里就只剩下他和欧劳斯·卡尔曼。"在谈实质问题之前，我想说：您在这里没有机会！只有在《青年近卫军》和其他的战争小说里才出现那样的英雄，他们不招供，然后就成了烈士。死亡并不难，难的是死亡之前。请相信我的话，我曾经也坐在桌子的另一边，"他手指着太阳穴上方的凹痕，"这是匈牙利步枪留下的印记。"

形势变明朗后，欧劳斯·卡尔曼如释重负，他知道应该把自己的力量用在什么地方。他决定从现在起不回答任何一个问题。他对自己是有信心的，只是他想起的一件事让他郁闷：有一次，一位演讲者在介绍情况时说，南斯拉夫反间谍机构习惯给俘虏打一种针剂，这种针剂会化解所有的体内抵抗，当事人会违背自己的意愿而招供。

"您不是第一个回答我们问题的人，"少校说道，"在您现在的同僚中，有几个人愿意跟我们合作。"

听到这里，欧劳斯·卡尔曼打了一个寒战。他不得不放弃释放他或通过交换俘虏而获得自由的最微弱的希望。

"您可以抨击我们的保密规定，尽管就连您这个政委也对它毫不知情。"少校说。他拿出一个笔记本，先提了几个关于匈牙利边防保护力量、组织机构、兵力等方面的普通问题。欧劳斯·卡尔曼对每个问题都进行了单独的考量，有的问题其实不用违反保密规定也可以进行回答，但他不想表现出进行任何合作的意愿。少校等了一会儿，然后僵硬地望着沉默不语的欧劳斯·卡尔曼。

"这就是回答吗？"

上尉还是不回答，他把双臂张开。

"我非常欣赏您，暂时不会继续鼓动您。"他吩咐等候在外面的人把这个俘虏带走。

六

他的脑袋被重新套上袋子，到了这座建筑物的地下室里袋子才被取下来。地下室里光线暗淡，他只看见水汽在铁门和其他的金属物体上凝结成一滴滴晶莹剔透的水珠往下流。

他们把他摁到一把椅子上坐下来，把双手铐在背后，这令他肩膀周围的肌肉感到紧张。突然，聚光灯亮了起来，他感到一阵目眩。站在聚光灯后面的人重复着他从少校口中已经听到过的问题。他没有回答这些问题。这时，一名身高马大、皮肤黝黑的男子跨到他的面前，抽了他一顿耳光。这名男子怒气冲天，似乎是在受到伤害后想进行报复。欧劳斯·卡尔曼感到自己的嘴里流血，以为是牙齿被打掉了，但其实只是嘴里破了而已。开门的声音传来，有人用塞尔维亚语和这名男子说话。欧劳斯·卡尔曼听懂了他们的谈话。

"我们的这个办法是不会奏效的！"

"我要杀了他！是他杀死了米兰！"他又扇了欧劳斯·卡尔曼一顿耳光，后者和椅子一起翻倒在地。

几个月后，当欧劳斯·卡尔曼想要把地下室发生的事情写出来时，却没有能力搞清这些事情的时间顺序，他只能回忆起一个个片段来。他们用缠绕着铁丝的警棍抽打他手上的静脉和脚底板，把一绺一绺的头发从他的头上拔下来，痛苦中的他汗流成河。他们让他趴在一个方凳上，手脚伸直维持平衡，就像在做体操一样，几分钟后他就感到自己的每块肌肉都被撕裂，但他片刻都不能放松，因为他们会用警棍打他。一段时间过后，疼痛愈发加重，使他无法忍受，最后他昏了过去，从方凳上滚了下来。

他依稀记得自己原地不动日复一日地站立着，望着刷成白色但却溅满鲜血的地下室的墙壁发呆。他记得在书里读到过这样的内容：第二次世界大战时的政治犯们把这种审讯形式称为"电影"，因为在他们忍受单调的同时，他们的回忆和想象就"投射"到了墙壁上。他也回忆起了自己的童年、在前线度过的岁月、军官学校的生活和工作，但却感觉自己身上没有发生值得回忆的事情，仿佛现在已经35岁的他还没有开始真正的生活。

他只在想象中的未来里找到了慰藉：假如他在这里死了，整个国家的人都会为他哀悼，他的照片将会和那些以其榜样激励他投入战斗的人的头像摆放在一起，而他自己也将催生出新的英雄。他死后，他的美名将在所有的节庆上得到颂扬。

"欧劳斯·卡尔曼上尉!"他对自己说。尽管脑袋里轰轰作响,但他依然听见有一个低沉的声音回答道:

"他为保卫祖国英勇牺牲!"

临时囚室位于地下室的尽头,地上扔着一麻袋干草。如果外面下雨,土壤里的水就会渗出来把他包围。地上的砖铺得不平,有的铺得高的砖会从水坑里露出来。在他的身下,折断的干草也吸满了水。他的披风在被捕时被没收了,他只得到一条薄毯,躺下后他会用毯子蒙住头,这样他呼出的热气就不会跑出去。他还用从地板上收集到的沙子灌满靴子。

白天,为了让身体发热,他就尝试做运动:他进行呼吸练习,模仿拳击,尽管在这个狭小的地方,一伸胳膊就会碰到墙壁。每一个动作,即使是扭动一下脖子,也会引起身体疼痛。由于挨打,他得了鼻塞。他的下巴被撕裂,这使他几乎无法呼吸。

运动加剧了他的饥饿。他每天吃两顿饭,早餐是汤,晚餐是200毫升青菜和麸皮面包。他趴着睡觉,这样有助于减少饥饿感,但即使如此,几个星期下来他还是瘦成一把骨头,而且皮肤上长出了疖子。

他时不时会被带去审讯一番,有几次是一名新的审讯员对他进行审讯,这名上尉军衔的审讯员向他咆哮,不断向他发出威胁。毒打重新开始,他们打他的脚掌和手掌,警棍重重地落在他肿胀而皲裂的皮肤上。有一次,他的嘴被撬开,他们用300毫升的杯子往他嘴里灌盐,结果哗的一下他全吐了出来。

欧劳斯·卡尔曼的力气早已消耗殆尽,思维也出现混乱,说真的,他几乎不能理解向他抛来的问题。有许多次,他正想开口招供,可审讯人员总在这时出现疲倦,他们会去休息几分钟,而他总是在此时此刻重新振作起精神来,头脑也清醒了起来。

后来,原先的那个少校又回来了。欧劳斯·卡尔曼知道,审讯人员换班是陈旧的战术伎俩:他们有意派来一个"坏侦查员",就是寄希望于让他听原先那个"好侦查员"的话。少校花了很长时间做说服工作,让欧劳斯·卡尔曼感到毛骨悚然的是,少校对马扎尔希道兵营的生活了如指掌。他不得不确信以前的猜想:指挥部里有南斯拉夫人安插进来的眼线。他在脑子里把可疑的人梳理了一遍,想起保拉绍曾经夸耀说他在南斯拉夫秘密警察监狱里受了六个月的折磨,他特别想知道保拉绍中尉是在何种情况下回到匈牙利的。欧劳斯·卡尔曼熟知边防军的历史,但却没有听说过匈南边境段任何一方返还俘虏的事。

一天晚上,少校厌倦了继续说服欧劳斯·卡尔曼招供,他摘下眼镜,松了松皮带,身子向后靠在座椅的靠背上。这预示着他们之间的对峙将告一段落。

"几日之内,您将离开这里,我不知道您有什么想法?我们不得不把您交出去。"

欧劳斯·卡尔曼接受了对方提出的"休战",开口说:

"要把我带到哪里去?"

"我不知道,最大的可能是去格里欧罗赫。这是亚得里亚海上的一个监狱岛,距离什么地方都远。听说每周只有一艘战舰去一次那里。"

"囚犯在那里做什么?"

"我不知道,我说过我没去过那里。我只听到一些谣传,说是那里有什么'裸体'小分队,他们在海边的岩石上或者夜里在齐腰深的水里一丝不挂地工作。"

"他们做什么工作呢?"

"工作?这个就不谈了吧,反正跟别的地方不一样。"

"一般来说,会判几年?"

"总是事后才能知道,这要看一个人得病后能撑多久。您可能已经体验到了:这些天,司法系统的工作流程有了新的变化——先是处决,然后才开始侦查。"少校的脸上露出一丝笑容,"您不想改变主意吗?假如您想招供的话,您甚至可以去海边度假。"

"从头开始是一件糟糕的事。"

"是的,不过我们用不着从头开始了。"他把烟盒递向欧劳斯·卡尔曼,"您吸烟吗?"

"不。"

"您是想再次证明您的意志力吗?"

"不是,我尝试过吸烟,但一点也不喜欢那种味道。"

"我却戒不掉。1941 年我就发誓再也不吸了。那时,我还在山上,不吸烟的话也还能受得了,但当我知道我的全家人都被杀死后,我一天之内就抽了一百支烟。"

"您的家人是在哪里死的?"

"是在诺维萨德①被你们杀死的。"

欧劳斯·卡尔曼的眼睛直直地看着桌角。

"我当时没在诺维萨德。"

---

① 诺维萨德,原南斯拉夫、现塞尔维亚的北部城市。历史上属于匈牙利王国南部领土的一部分。1941 年,随着轴心国入侵南斯拉夫,匈牙利军队占领诺维萨德,第二次世界大战期间,数千名诺维萨德市民被杀。1944 年 10 月,南斯拉夫游击队解放诺维萨德。

"也许您的父亲在那里。"

"我的父亲也被杀了。两者之间有联系,您可以去查查。"

"是的,可能是这样的。"少校说。他一边沉思,一边往外吐烟雾。"什么事情都没法说清楚,因为所有的事情都纠缠在一起,所有的事情都搞砸了。我有一个中学老师,有一次我听他说,中欧的整个历史就是不成熟的和糟糕的思想的历史。您认为,有朝一日这里会有和平与共识吗?"

欧劳斯·卡尔曼担心这个问题背后藏有陷阱,因此犹犹豫豫地点了点头。

"是的,我相信会有的。您不相信吗?"

"我不相信!"

"为什么?"

"因为这里的仇恨就像从金字塔里找到的中毒小麦一样,几千年过后它依然保持了发芽能力,但却只能一次又一次地生产出有毒的种子。问题只是,现在由谁来播种:我们,你们,还是第三方?"他凝视着窗外的一团漆黑。"是谁先来到多瑙河边上的?是谁先把马的缰绳拴到这里的一棵树上的?是谁的基因等级更高一些?历史会证明谁是对的呢?这里最好是变成完全没有人烟。"

一名士兵站在门口朝里面说了几句话,少校拿起自己的披风就往外走。

"我得走了。祝您一切顺利!"他把手伸进衣兜,把欧劳斯·卡尔曼的眼镜放到了桌子上,"小小的告别礼物,我会告诉随同人员,我把眼镜归还给了您。"

七

次日下午，欧劳斯·卡尔曼的眼睛被重新蒙上，然后被带上一辆运送囚犯的卡车。车厢里本来有长椅，长椅被拆掉后放了一些用木板做成的封闭的小笼子。一个人要想呆在里面，就得把身子缩成一团。后来才知道，这些移动监舍被人们称为"棺材"。透过木板墙能听到呻吟声以及肩膀和脑袋的撞击声，他猜测这辆车上有多名囚犯和他在一起。他想知道，那名驾驶切佩尔牌吉普车和他一起被俘的士兵在不在这里。

汽车停了下来，他估计汽车行驶了有六七十公里。囚犯们下车后，手铐被卸掉，遮眼布被摘除。欧劳斯·卡尔曼戴上眼镜，环顾四周，一座临时营地映入他的眼帘，营地建在一座废弃的采石场留下的长满杂草、坑壁呈褐色的大坑里。高高的铁丝网把营地包围，铁丝网附近的所有植物都被铲除，只留下一棵棵灌木光秃秃的根裸露在那里。装有探照灯的守卫塔矗立在营地的四个角上，营地中央是鹅卵石铺成的训练场。一切迹象都在显示，这个营地是德国人在第二次世界大战期间修建的。

欧劳斯·卡尔曼保持立正姿势，等待命令，几分钟过后，有人从背后踢他的双腿，他感到一把刺刀的刀刃架在了脖颈上。

"出发！"有人用塞尔维亚语命令道。

在一间办公室里，又是搜身，又是登记姓名。他领到一个识别号码，外套的后背上用红丹画上了一道宽宽的红杠杠。吃晚饭的时间到了，有人把一只军用饭盒塞进欧劳斯·卡尔曼的手里，饭盒内壁上凝结了厚厚的一层油脂。他获准走进沙堆，用沙子把饭盒擦净，清洗后返回队列。有人给他们分配素菜，这素菜仿佛是用菜市场腐烂的垃圾做出来的，但他强迫自己把食物一口不剩地咽下去。

晚饭后，囚犯们来到营房，两百到两百五十人拥挤在二三十张双层床上。欧劳斯·卡尔曼在前厅停下脚步，举起手臂，表示想躺下来，但无人给他腾地方。他靠在墙壁上，无奈地哽咽起来，但他安慰自己说问题会得到解决的。他相信，只要没获得自由，只要没报仇雪恨，他就不能死。

过了一会儿，一个高个子、长着唇髭的男子走进营房，他穿着德国军用夹克，背后也用红丹画了一道杠杠，但从他充满自信的举止中，欧劳斯·卡尔曼感觉他在囚犯中起着某种指挥作用。他叫斯拉沃，但无法知道这是他的名字还是昵称，他用不太流利的匈语问了欧劳斯·卡尔曼一些问题，然后就开始采取措施。在他的命令下，一张上层床上的一名矮个子、卷发、眼球突出的男子让出了点地方，使新来者可以躺下身子。床的一头挨着墙，尽管现在是夏天，但墙依然透出寒意。欧劳斯·卡尔曼的脊背发冷，他侧着身子往里睡，但很难入眠，周围的许多人呼噜打得震天响。他听见有人在梦中呼喊斯大林万岁。

第二天早饭后，欧劳斯·卡尔曼想搞懂现在身处何地，但他立马意识到他来的是一个临时集中营，这里的人按照某种标准而形成不同的小组，他们会被转往更远的集中营或者工作地点。在铁丝网围成的四边形的场地里，人们走来走去，欧劳斯·卡尔曼也加入其中，并向他认为和他命运相同的那些人也就是新来的囚犯搭讪——他们的衬衫上有新鲜的血迹，他据此判断他们是新来的，因为老囚犯衣服上的血迹早就变成了灰色。但是，只要他一开口说匈语，其他的人就离他而去。只有一个小组里的人用匈语交谈，这些人聚集在一个名叫特莱拜尔的被捕的走私者的周围。当听到特莱拜尔夸耀说他曾在霍尔蒂的军队里当过下士和军团号手时，欧劳斯·卡尔曼无论如何也不想加入这伙人。

他蹲到墙根晒太阳，旁边就是他床上的邻居——那个眼球突出的男子，他以缓慢的节奏在不住地点头，嘴唇在无声地动着。

"你在祈祷吗？"当这名男子不再喃喃自语时，他用塞语问道。

"祈祷？也算是吧，我是在背诵自己的诗，我在这里面也写作，当然没有纸，我已经写到了第700行，每天早晨我都背诵一遍，然后才开始写新的诗行。"看到欧劳斯·卡尔曼怀疑的目光后，他笑了。

"别害怕，我不是疯子，我叫斯维托扎尔·弗兰契奇，是整个南斯拉夫受到欢迎的诗人，要是我没写那本被当权者认为影射自己的书的话，也许我早就当上院士了。当他们意识到这本书在影射他们后就把我投入了监狱。"

欧劳斯·卡尔曼依然用怀疑的眼光打量着他。

"在这里面写作，你哪里来的力量？"

"这不需要任何特别的东西，我只是想活下去。我就像蠕虫一样，把眼前的土吃掉，然后再排出来。"

"你愿意朗诵一首你写的诗吗？"

"愿意。你等等。"他吟道：

　　现在你孤身一人。你因我而受到迫害。
　　假如我听到你哭泣，我们就一起流泪。
　　还爱我吗？偶尔是否会想起我们的孩子？

> 我们错过了生孩子的机会……
> 我要死了，
> 食人族会用我的尸体煮一锅恐怖……

突然，有阴影落在他们身上，欧劳斯·卡尔曼抬头一看，斯拉沃穿着一件有大纽扣的德国夹克站在他的面前。斯拉沃把手放到他的肩膀上，示意他离开。

"我？"

"你。该干活了。"

一辆卡车停靠在仓库前面，车上有需要往下卸的箱子。欧劳斯·卡尔曼感觉这名集中营里的囚犯默认的头儿似乎是想考验他，在劳动的过程中经常向他投来一瞥瞥审视的目光。因此，尽管他萎缩的肌肉不断颤抖，膝盖吱吱作响，但他依然低着头马不停蹄地卸箱子。干完活后，作为回报，他们每人得到1/4块面包。哨兵告诫他们别在同伴面前吃面包，于是他们就躲到仓库后面废弃的区域去吃。透过窗户，可以看见铁丝网外的坡地。在黄色的黏土地里，一辆拖拉机在耕作时翻了个底朝天。

"是辆德国拖拉机，"斯拉沃说，"但是，十个西德生产的拖拉机也不够现在的南斯拉夫糟践。"

欧劳斯·卡尔曼还在气喘吁吁、一声不吭地吃着面包，他担心斯拉沃想挑衅他，但对方并未要求他开口，而是用匈语夹杂着塞语讲述起了自己的经历。

早在1941年，斯拉沃就加入一支武装抵抗组织，德国入侵后被捕入狱。他在狱中度过了几个月的光景。在此之前，他去过好几个集中营，最后进入的就是目前的这个集中营。

"看样子，我有这里的通行证！"

1942 年，他和多名同伴突围入山，参加了游击队。当过滑翔机飞行员的他成为起义部队最早的飞行员之一，在无数次战斗中轰炸过敌人。在胜利后，他进入南斯拉夫空军最高级别的指挥官行列，作为党员的他还担任重要的政治职务。

共产党和工人党情报局①通过一份决议，指控南斯拉夫领导人出卖社会主义事业。斯拉沃对这一定性表示赞同，在公共场合也不隐瞒自己的观点。在战争期间，他和苏联飞行员并肩战斗，无条件相信与他们结成的战斗友谊。铁托本人想说服他，但斯拉沃将一切反苏言论视为罪恶，谈话之后他想放弃自己的军衔但未获通过，他继续服役但没有放弃自己的信念，他试图逃往苏联或匈牙利的飞机场，而且人已经坐进了飞机，却被早就监视他的安全人员逮捕，他被送到了这个集中营。

欧劳斯·卡尔曼对这番自白并不感兴趣，他担心斯拉沃日后会为自己的直爽而懊悔，没准会把他作为报复的对象，但这暂时还没有显现出任何迹象。凡有装卸的活儿和其他大大小小的活儿时，这名囚犯们默认的头儿就一次又一次把他叫到身边。每一次，哨兵们都会用额外的食物犒劳他，欧劳斯·卡尔曼慢慢地开始振作了起来。

诗人弗兰契奇不理解他们之间的友谊，多次问他，但欧劳斯·卡尔曼总是支支吾吾地回答。后来，他们发觉弗兰契奇经常跟踪他们，

---

① 共产党和工人党情报局，该组织由欧洲 9 个国家的共产党和工人党 1947 年成立。1948 年 6 月，该组织在布加勒斯特召开会议，通过《共产党情报局关于南斯拉夫共产党情况的决议》，指责南共已脱离和背叛了社会主义道路。南斯拉夫被开除出该组织。苏联和东欧国家对南斯拉夫进行经济封锁。从此，南斯拉夫与苏联和东欧国家断绝了外交关系。

或者从远处观察他们。

在欧劳斯·卡尔曼被囚禁在这个营地的第四周，他们开始拆除一个废弃的老建筑，这是从前的炸药储存室，因停止采矿而变得多余。斯拉沃在指挥工作时运用的专业知识让每个人都感到诧异，当大家把这一点告诉他时，这名从前的游击队员露出了笑容。

"我参加了1942年的建设工作，只是当时站在我身后的是德国人而已。"当拆除工作几乎已经到了地基部分时，斯拉沃的整个工作队被流放，他们被赶上卡车运走了。只有欧劳斯·卡尔曼留在了他身边，但斯拉沃暂时没有寻找新的帮手。

他们俩站在被推倒的墙壁形成的高度不规则的四边形场地里，当这名老游击队员确信无人关注他们时，就把下巴支在干活工具的柄上，以看似冷漠的声音开始讲话：

"你是整个营地里唯一的一个我可以无条件依赖的人。其他所有人都可以买通哨兵并获得自由，假如他们出卖我的话。但我知道，在任何条件下他们都不会把你放出去。你愿意和我结成生死同盟吗？"

欧劳斯·卡尔曼点了一下头。

"那你发个誓吧！"

"我不信上帝，但只要你要我发誓，我就发誓。"

"那我就告诉你吧，1942年我们建设这个弹药储存室时，监工是一名克罗地亚族人，他对我们这些囚犯挺够意思的。我们在这栋建筑的下面挖了一个地道，地道从铁丝网下面经过，出口在野外。监工居然一言不发，准确地说，他装作什么也没有看见。注意！"他用干活工具的手柄轻轻地敲击地板的一个角落，立即传来沉闷、空洞的声音。

"当时你们为什么没有使用它？"

"没派上用场，我们从采石场搞到了炸药，是用炸药突围出去的。"

欧劳斯·卡尔曼瞅了一眼盖在地道口上的木板。

"你觉得地道现在还能用吗？"

"不知道，从那时起到现在，已经过了差不多十年了，但假如完好无损的话，你愿意和我一起逃走吗？你别抱幻想，这要冒很大的风险：假如被抓住，他们会让狗把我们撕裂，或者把我们殴打致死。他们会树立典型，警告其他的囚犯不要逃跑。"

欧劳斯·卡尔曼又定睛看了一下木板。

"你为什么想到了我？"

"我说过，我信任你。再说，我想去匈牙利，而匈牙利边境一带只有你认识路。"

"把其他人也叫上，不是更好吗？"

"不，三四个人行动一定会失败，或许还会有人告发。我之所以选那些人来搞拆除工作，是因为我知道他们即将被流放，现在他们也不可能要求和我们一起走了。"

"你想什么时候走？"

"明天，最晚后天。当一车车囚犯被运往内陆腹地时，哨兵们总是会稍微放松警惕，他们会觉得营里的囚犯少了，危险也就小了。我们不能再等下去了，这个拆除工作也不能再拖延下去了。"

"必须要搞到武器。"

"有武器当然好，但现在不能冒险。假如丢失了一支步枪，他们会立即封锁营地。到了外面再说吧。只要积攒食物即可。"

第二天凌晨三点，他们逃出营房，躲到拆除一半的弹药储存室里。这个时候是最安全的，因为外面正在下露水，哨兵们躲进了小木屋。天上布满了云，遮蔽了他们的行动。在一个角落里，斯拉沃小心翼翼地往里按压已经提前撬开的木板，示意欧劳斯·卡尔曼仔细看，然后他就从缝隙爬了进去。

漫长的几分钟过去了，欧劳斯·卡尔曼已经在担心他的同伴晕倒，或者因突然的坍塌而被困在里面。他想赶快去帮他，但就在这时，从营房的方向突然传来轻微的脚步声，然后是越来越强烈的喘息声。在恐惧之中，他不知所措地看着接近他的身影，只见此人呻吟着扑倒在弹药储藏室的地板上。这个人不是别人，正是诗人弗兰契奇。

"我也跟你们一起走。"他悄声说。

"你不能来！"

"那我就告发你们！"

欧劳斯·卡尔曼不知道该说什么。在铁丝网的外面，一棵被剪了枝的灌木突然动了一下，斯拉沃的脑袋露了出来，他趴在草地上招手。欧劳斯·卡尔曼没顾不上向对方解释，他在等待瞭望塔上探照灯的光束从他们的头顶掠过，然后再爬进洞里，但弗兰契奇拦住了他。

"我先进去，要不然你们会把我扔在这里的。"

没有等对方回答，他便抢先下去了，欧劳斯·卡尔曼紧随其后，但在下去之前他先对入口进行了伪装，他用预先准备好的覆盖着黏土的木板盖在入口处。只有隧道的尽头才透进来微弱的亮光。他在以原始方式开凿的隧道里摸索着，只要触碰到墙壁，就有干干的黏土粉末从墙上掉下来。隧道入口的一段比预期的要宽，但逐渐变窄。欧劳斯·卡尔曼的力量很快就耗尽了，在斯拉沃和弗兰契奇的帮助下才爬出隧道。他们把根部沾满黏土的灌木放回原处，向附近的森林跑去。这时，欧劳斯·卡尔曼瞥了一眼斯拉沃，看得出这名老游击队员对弗兰契奇的突然加入露出冷漠的神情。

八

这三名逃亡者有一个希望，就是至少一天之后人们才发现他们逃走了。他们想利用这个时间接近边境地区。他们只有一张匆匆忙忙用手画的地图草图，是斯拉沃在营地办公室趁别人不注意时勾勒出来的。让欧劳斯·卡尔曼吃惊的是，他们的方向居然没有搞错，在朝着标注的东北方向前行。老游击队员受到一些自然现象的指引，比如受主导风向的影响，树冠多半朝南倾斜。不断出现和消失的小溪、鸟类的迁徙也给他指引了方向。

他们计划只能晚上休息，但弗兰契奇的力气已经耗尽，这样他们在午后就不得不停下脚步。他们躲进稠密的森林里，啃了几口面包。弗兰契奇把鞋脱下来，把肿胀的双脚搭在一根圆木上，惬意地哼哼道：

"喏，到现在为止，是圣伊拉斯谟在保佑着我们。"

"他是谁？"

"你们不知道吗？他是逃犯的保护神。"他挪动身子，让自己的卧姿更舒服一些。"你们认为，我们现在已经越过边境了吗？"

"我确信如此。"斯拉沃说。

"我不羡慕你的原则，但我羡慕你的性格。"他说着就闭上眼睛。"不知为何，我已经什么都不信了，家里有一瓶香槟酒是为我们的结婚周年预备的，但我从监狱里给妻子捎话，让她把这瓶酒摔碎。我不想让她和别人去喝这瓶酒。"

斯拉沃等弗兰契奇睡着后，就用眼睛示意欧劳斯·卡尔曼赶快走。他们出发了，斯拉沃又返回去，掰下一块面包放在熟睡的诗人的脸旁。两名逃亡者没有再提被他们抛弃的这名同伴。两人都知道，带着他，他们将不会有任何越境的机会。

仿佛是想夺回失去的时间，在接下来的两天里，他们几乎是马不停蹄地狂奔。他们穿越一片又一片森林，衣服被荆棘划破。第三天，在天微黑的时候，稀疏的树林后出现了电灯的光芒，有几栋房子高高地矗立在树木被砍光的山丘的顶上。他们停下脚步——这几栋房子没有出现在他们的地图上。

两名逃犯计算了一下所走的路程，判断这里距离边境还有三四十公里。这意味着他们与南斯拉夫边防哨兵相遇的危险越来越大。欧劳斯·卡尔曼建议继续前行，但他们的面包已经吃光。于是，斯拉沃冒着危险去他们眼前的这几栋房子找食物。

"要越境，至少还得两天。在边境地段我们无法获取食物，而在这里我们还有机会。"

斯拉沃脱下被撕烂的绿色德军夹克，夹克背后的红丹杠杠明确显示，他是从劳改营里逃出来的。他把一个大纽扣拧下来，用指甲把上面的织物涂层抠掉，一枚二战前的一百第纳尔金币从里面掉了出来。他笑着展示这枚金币：

"为了它，农民会把自己的灵魂掏出来！"他把钱币握在手中，把夹克扔向同伴。"你可得把它给我看管好了！"

斯拉沃在这些房子的方向消失了，在半明半暗的光线下，他可能是绕了一个大圈，因为他是从另一边走到灯下的，他翻窗而入，不敲门就去摁门把手。欧劳斯·卡尔曼为了更好地观察周边的情况，就向树林的边上移动。风把烟和食物的味道从远处吹过来，他咽下一口唾液，因为金属牙齿出现腐烂，他感到唾液是酸酸的。

突然，房门砰的一声开了，斯拉沃从门里跳出来，朝树林的方向跑去，但机枪声已在房子里响了起来，这名老游击队员扑通一声倒在地上。欧劳斯·卡尔曼想赶紧跑过去帮助这名同伴，但两名南斯拉夫士兵已经出了房门，端着枪走近斯拉沃。他们仔细查看了一番，然后把他抬起来，人大概已死，四肢无力地下垂着。

欧劳斯·卡尔曼不情愿地往树林深处躲藏，不停地回头张望。他确信同伴没有出卖他，但不得不考虑他会在这一带遭到搜查。他不记得斯拉沃想朝哪个方向走，于是从斯拉沃留下的德国夹克的兜里掏出那张地图草图，在微弱的光线下研究起来，但他没有发现可以辨认的参考点。只有太阳落山后飘在天边的几朵红云显示，那个方向是与他的目标相反的西方。他迈开大步但却小心谨慎地继续前行，当眼前松树的轮廓模糊不清时才停下脚步。为了不在裸露的地上睡觉，他用手掌把干干的针叶扫成一堆当床睡，把随身带来的夹克当被子盖。

一整天的急行军过后，尽管已经十分疲劳，但他却无法入睡。在他的周围，森林在过着其惯常的夜生活。蚊子在他的头上嗡嗡作响，就在离他藏身之处数步之外，一直有野猪窸窸窣窣的声音，野猪也许是在朝小溪的方向而去。在黑暗中，他摸索到一根粗粗的树枝，就把它放到脑袋旁边备用。

欧劳斯·卡尔曼感到自己在发烧，脑中思绪万千。他在思考如何才能更好地逃生。他找到了办法：无论如何要随身携带几样必备的东西，至少要携带一把刀和一盒火柴。也许在逃亡之后不应该马上离开营地附近，而是应该藏在废弃的采石场的某一个洞穴里，因为也许无人假设他们藏匿的地点是如此之近。他们应该在两三天过后再出发，这时第一波追兵已经远去。也许不应该抛弃弗兰契奇，没准他会对他们有用。也许应该说服斯拉沃别去农舍。已经发生的事实已不可改变，这让欧劳斯·卡尔曼无法平静下来。现在，只剩下他孤零零的一个人，痛苦中的他用牙齿撕扯着自己的手背。

现在，早醒的苍蝇发出的嗡嗡声打破黎明的宁静。欧劳斯·卡尔曼从临时"床铺"起身，穿上绿色的德军夹克。他试着用指尖逐个去按每一枚纽扣，在织物涂层下居然摸出了两枚金币。沿着夜晚野猪的行进路线前行，他找到了一条小溪，喝完水洗完脸后，他看了一眼自己在水中的倒影——眼镜仿佛在他消瘦的脸上长大了，看起来就好像有人开玩笑地把眼镜挂到一具骷髅头上似的。

一遇到岔道口，他就凭运气决定是向右还是向左走。他不能准确地知道身处何地，也不知道时间，迷失了方向，他就这样在森林里漫无目的地游荡了好几个星期。凭着偶然的运气，他躲过了一劫又一劫。有时，南斯拉夫边防军士兵几乎是从他身边经过，他们的谈话他听得一清二楚。

地里歉收的庄稼的最后一个颗粒都被收走，往年留给捡拾者的掉在地上的玉米棒子和被铁锹铲成两半的土豆也都被捡走。凡是在森林里和林间空地上能找到的吃的欧劳斯·卡尔曼都吃，比如无壳蜗牛（他记得这种蜗牛是无毒的）咬过的蘑菇、树皮、树芽、杜松子、龙胆的甜根。有一次，他用棍子把一只卷曲成球状的刺猬打得稀巴烂，这只小动物像软管一样的身子血肉四溅，他试着把一些肉丝送往嘴边，但因憎恶而感到一阵恶心。

在他的周围，森林慢慢地换成了秋天的景色，树叶由绿变黄。在沙沙的响声中，树冠由密变稀。每天清晨，作为被子使用的绿色军用夹克的上面就会落满一层霜。在解小手的时候，草会因尿而冒气。欧劳斯·卡尔曼感冒了，他饱受恶心的折磨，感到肋骨之间刺痛，但他继续行走着。路似乎没有尽头，而他也失去了目标，好像是在转圈子一样。有一个念头越来越频繁地出现在他的脑海中：假如遇上了南斯拉夫巡逻兵，他就投降。

有一天，一段铁丝网封住了他眼前的林间小路，他以为这是为了防止野兽的侵扰而在某一条繁忙的公路边上筑起来的，但是钉在一棵树上的牌子显示，他已经到了南斯拉夫和匈牙利的边境地区。

欧劳斯·卡尔曼膝盖打软，他勉强撑起身子挪到树丛里。他躺了很久，仿佛是在努力聚集身体里最后的能量，他起身出发，然后又返回灌木丛，捡起一根又长又粗的树枝，使出全身的力气把它折断。他从外衣上撕下一块布条，把一块石头绑在树枝的末端。他小心翼翼地从铁丝网下面爬了过去，从这里开始，他不得不考虑到一种情况：这里的小径和原野上早就埋设了地雷，如同封锁线一样。因此，在行进过程中，他把树枝长长地伸出去，用石头拍打草地。尽管他知道，要是一枚大地雷爆炸的话，照样会要了他的命。

为了辨别方向，他假设他已经站在了匈牙利的土地上，最后是三座连在一起的小山丘给他指明了道路。这条路沿缓坡而下，向东延伸——他想起来了，这里属于下扎沃德边界段。匈牙利的士兵们把这里称为"死亡之谷"，因为假如有人躲在小山前朝他们射击的话，身处开阔地的他们无法找到庇护所，他们只能趴在地上，在劣势的情况下还击。许多边防军士兵就是这样丧命的。

当欧劳斯·卡尔曼看见南斯拉夫边防军的据点时，月亮已经升了起来。据点的中央立着一个木塔。这样的据点一般建在边境附近，他只要再走几百米就到了匈牙利。等南斯拉夫边防军换完岗，第一波巡逻兵走远了，他才趁着月色顶着风接近边界。现在，他必须要考虑的是，对面的匈牙利边防哨兵可别把他当成敌方派来的别动队的队员，因为他知道，在紧张的时期不发出警告就可以向移动的人影开火。

欧劳斯·卡尔曼从山坡上匍匐而下，直到在坡底下钻进树丛隐蔽起来后才把身子直起来。他想在铁丝网上找到"漏洞"，他用外衣裹住手，把两根铁丝拉开，从两根铁丝的中间穿过去。幸运的是，地雷没有爆炸。他踏上了匈牙利的领土。他胸骨上面的皮肤刮伤了，他感觉有什么地方在流血，正当他要脱下绿色德国夹克看个究竟时，只听"嗖"的一声，对面来的一条狗正朝他扑过来，狗用两只前爪把他打倒在地，无声地低着头但却张开嘴嗅他的脖子。欧劳斯·卡尔曼感到皮肤上有狗嘴里流出来的冰凉的哈喇子，他知道必须一动不动地呆着。一名边防哨兵从树丛里走出来，用机枪指着欧劳斯·卡尔曼，然后发出嘘声让狗走开。

"举起手！跟我来！"

在狭窄的小路上，欧劳斯·卡尔曼侧着身跟在边防哨兵的后面，隐蔽起来的巡逻队员从后面对他们的撤离提供保护。士兵们能这样按规定实施行动，上尉的自豪感油然而生。他跟随他们来到下扎沃德边防哨卡，在走廊的角落里，他被要求面朝墙壁，双手交叉放于脑后。一名士兵去叫指挥官。不知道在原地站了多久，才听见有人让他转身。一名少尉站在他的眼前，一边用手去挠睡得红红的脖子，一边问：

"您是谁？"

"我是欧劳斯·卡尔曼上尉。"他说。似乎是为了证明自己，他把德国夹克解开，露出里面带血的、破烂不堪的边防军制服。"我4月份被南斯拉夫人抓走了，但成功地逃了回来。请通知司令部。"

"你不用给我提建议，我宣誓：我知道该怎么做。有什么证件吗？"

"全都被南斯拉夫人没收了。"

"转过身去，面向墙壁！把双手放到身后！"

一副手铐戴到了他的手腕上，欧劳斯·卡尔曼的血直往脸上涌，但他不得不明白，假如把他放到少尉的位置上，他也会这么做。差不多过了一个小时，才有人叫他离开角落，他被扔进一辆吉普车的后座。他的身上被蒙上一条毛毯，有人还坐到了他的身上。他被带到松博特海伊①边防司令部楼上的一间办公室。有几分钟的工夫，就只有他和一名卫兵呆在一起。后来，进来一名矮个子、皮肤黝黑的男子。从偶然的称呼中，他得知这名男子叫佐拉，是中尉军衔。

"请把手铐取下来，一等兵同志。"中尉对边防士兵说，"请在外面的走廊上等候。"

门关上后，他开始发问：

"这么说，您是4月6日失踪的欧劳斯·卡尔曼？"

"是的，我是欧劳斯·卡尔曼上尉！"他说。对方没有提他的军衔，这让他感到受到伤害。

"您发生了什么事？请从您乘坐吉普车从马尔冬法哨所返回讲起。"

---

① 松博特海伊，匈牙利西部的沃什州首府。

"我可以先问点事情吗?"

"涉及这件事吗?"

"是的。我的司机回来了吗?"

"现在,这对您有那么重要吗?假如司机回来了,你会是一种说法;假如司机没回来,你会是另外一种说法,是吗?"

欧劳斯·卡尔曼后悔问这个问题,他垂下了头。

"我不是这个意思,自从我们被劫走后,我就不知道他的音讯了。我只是想知道而已。"

"您就不想知道汽车的下落吗?它可是人民的财产。开始谈吧!"

这种说话的语气伤害了上尉,但上尉试图不去理会它。他开始讲述后努力列举越来越多的细节:地点、时间、人物——他感觉这样的陈述听起来更令人信服一些,也许对调查工作也能起到帮助作用。他连续讲述了三四个小时,把他的经历一直讲述到跨进匈牙利边界。讲述完毕后,屋子里一片寂静。佐拉站起身来,开始踱步。

"就这么多吗?"

"是的,事情就是这样发生的。"

"细节我们以后再谈。现在,我只有一个问题:您说,我为什么会相信您呢?"

欧劳斯·卡尔曼羞愧地低下了头。

"我相信,我的一生足以证明我不会撒谎。"

"我们暂时就谈到这儿,我们将会查个水落石出。"佐拉说完,把卫兵从走廊里叫进来。

在牢房里度过的第一个夜晚,欧劳斯·卡尔曼做了一个奇怪的梦:一个巨大的雕塑矗立在他的面前,他不知道这个雕塑刻画的是谁,但让他感到震惊的是,它的巨大阴影投向天空,把天空变暗。

九

审讯一次接着一次,毫无规律可言。有时,一天之内就提审两次。其他的时候,只有在给他送饭的时候,才把牢房门上的小窗户拉开。他们不带他去散步,显然是想阻止他与任何人建立关系。

九月末,异常寒冷,风从牢房的单层玻璃窗吹进来,没有暖气,气温在 10 至 12 摄氏度之间。欧劳斯·卡尔曼现在已经不能做体操了。他整天踱来踱去,无聊时就反复看墙壁和家具,从胡乱的涂鸦中他辨认出了一个个从前的囚犯写下的或刻下的语句:

"圣诞节,悲伤的圣诞节,11 个月 1/2 暗淡……"

"明天的生活万岁!"

"21。周五。审讯,整夜的光(满是跳蚤)……"

"上帝保佑,俄罗斯芭蕾舞!"

"你们来报复吧! M.P。"

欧劳斯·卡尔曼陷入沉思:是什么人写下了这些零碎的句子?他们是为什么进来的?他们的希望是什么?最后,他们到底发生了什么?他想到,他自己也应该写点什么,但最后只用指甲尖画了一个五角星。

审讯的气氛越来越压抑。他应该能感觉到,佐拉一开始就坚信他有罪,并且只对支持自己想法的材料感兴趣。欧劳斯·卡尔曼不得不一遍又一遍地把事情的经过写下来,中尉对各个版本仔细地进行比较,好像是想在里面找到矛盾的说法。

十月，证人开始作证。首先，是传唤萨姆埃伊军官学校的指挥官作证。欧劳斯·卡尔曼对这次相见寄予厚望，因为这名指挥官不仅了解他在学校的表现和学习成绩，而且也应该掌握录取入学时的个人档案，如他的出身和经历。

学校指挥官是谨慎的，他的确在试图帮助这名从前的学生。

"他属于我们最好的学生之列，他的照片现在还挂在指挥官走廊的墙上……"

"我对此不会感到骄傲，"佐拉插话道。他用铅笔有节奏地敲击着办公桌。

"他的父亲是政治警察别动队队员，遭霍尔蒂的白军处决……"

"这与本案无关，我现在只对一件事感兴趣：在他毕业时，您给他提供了多种选择机会吗？"

"是的。"

"尽管如此，他依然坚持要去马扎尔希道边防营？"

"他说……"

"请回答'是'或者'不'！"

"是，他坚持要去。"

"我问完了，您可以走了。"

欧劳斯·卡尔曼震惊地注视着这一幕，让他难以理解的是，一名侦查员最重要的目标居然不是弄清全部事实真相。佐拉对下一个证人作证也以同样的方式进行操控。欧劳斯·卡尔曼恳请他改变做法，但中尉不愿理会他的意见。欧劳斯·卡尔曼宣布不再回答问题，佐拉为发泄不满，就把他关进一间黑暗的牢房，每天两次把他捆绑在柱子上各两小时。欧劳斯·卡尔曼采取绝食行动，他们就把橡胶管插进他的喉咙强行给他人工喂食,他瘫倒在地,在监狱的医院里才恢复知觉。他接受了相对精心的护理。他的制服已经破成碎片,于是他得到一件旧便服,而不是囚服。现在,他第一次想到:也许他们还没有决定他的命运,他还有机会。

当审讯工作由新的侦查员拉特高伊上尉接手后,这种印象得到进一步加深。这名穿着松松垮垮的军装的秃头男子给欧劳斯·卡尔曼留下了奇怪的印象,因为他的瞳孔过分散大,情绪多变,行动迟缓。这些都在显示,他是一个慢性酗酒者和吸毒者。

拉特高伊谈及前面的侦查员时使用了贬损的语言,将其称为"看门人",因为佐拉中尉以前是作为手球队的守门员进入内务部水球队的,年龄大了以后他要求改做业务工作。在谈话的过程中,他让人把茶和黄油面包端上来,想让对方感觉到为了嫌疑人的正义,他愿意秉持善意处理有争议的问题。

"您看,佐拉所做的是最原始的自我保护,因为人一旦被捆绑在柱子上,就不会去投诉了。我们为什么要捆绑您呢?"

一丝怀疑掠过欧劳斯·卡尔曼的脑海,莫非他们针对他又在采用"好侦查员—坏侦查员"的换班战术。但是,他接受了对方的好意。

"然而,佐拉在一件事情上是对的:您的坦白需要有证据支持!"

欧劳斯·卡尔曼感到震惊,但意识到自己并未因此而受到伤害。

"我认为,南斯拉夫那边有我们的眼线……"

拉特高伊惬意地眨了眨眼睛。

"我们假设有,这会推导出什么结论呢?"

"他们应该察觉到斯拉沃、弗兰契奇和我从营里逃了出来,也应该看见我们遭到追捕……"

"遗憾的是，这太少了，不能证明任何事情。检察官会说：'假如是他们把您重新给放了回来，他们会撇清自己。他们不会让你穿着熨过的裤子回来的，而是要想尽办法赢得我们的信任。'再说了，我们也是这么做的。你知道法比安事件吗？"

欧劳斯·卡尔曼点点头。法比安·贝拉由匈牙利情报部门派往西方，打入各种不同的机构，但一年前败露，在一家德国监狱里被处以绞刑。事情发生后，他在一个内部会议上听说了这件事。

"现在这已经不是秘密了。"拉特高伊说，"当我们想把法比安派出去的时候，我们先是把他关起来，然后我们把事情做得就好像是他从莱奇克兵营逃出去的一样，即使是外围情报组织也不知道我们的意图，我们的士兵还朝法比安进行了射击。任何人都会说，南斯拉夫人对您也采取的是这种办法。没有其他具体的证据了吗？"

"我拿不出来。"

"好吧，我们开始琐碎的工作。"

在领取了新的记录本之后，对质就开始了。现在，他在马扎尔希道的军官同僚保拉绍中尉和其他人被传唤作证。每个人都说，欧劳斯·卡尔曼试图瓦解边防营的团结和战斗精神，他们在他的物品中找到了塞语教材，其他的迹象也显示他是敌人安插进来的。

"事情越来越像一本值半潘戈①的小说。"在对质后，只留下他们两个人时，拉特高伊说。"您认为，他们为什么要这样对待您？"

"他们想让我倒台。假如判我有罪，他们才肯善罢甘休，因为他们知道，我了解他们滥用职权的事情。在我办公室的铁皮保险柜里应

---

① 潘戈，匈牙利旧货币，在1927年1月1日至1946年7月31日之间流通。

该有一个卷宗，封面上画着斜杠。我把资料就保存在那里面。"

"您给佐拉提过此事，我也让人看过，但保险柜里没有卷宗。"

"那就是他们拿走了！"

"怎么拿走的？"

"他们也可能有钥匙。保拉绍是我的前任，他以前也使用过这个保险柜。"

拉特高伊做一个看似困惑的手势。

"这样一来，事情就非常艰难了，我只能说和我的前任一样的话：'没有物证，我们一步也无法往前走。'"

欧劳斯·卡尔曼耸了一下肩。

"您知道我的处境，我能说什么呢？假如我开始骂他们，那只能巩固他们的位置，因为叛徒口中的坏人，只能是好人，不是吗？然而，我想说一件与我的整个事情无关的事：我坚信，的确有一个卧底在边防营里工作。南斯拉夫那边非常准确地知道我的所有事情。我也给佐拉讲了，可他不让我讲下去。"

"您指的是谁？"

"保拉绍最有可能。有一件事我始终没弄明白：他也曾经被南斯拉夫秘密警察抓走过，也曾经被囚禁，但他依旧可以在边防军服役！"

"保拉绍肯定去过南斯拉夫吗？"

"是他自己亲口说的。"

"这个我不知道，不过这样一来，整个事情就不一般了。我会去调查清楚的。"

在接下来的审讯中，拉特高伊没有再谈这个话题。欧劳斯·卡尔曼问起此事时，拉特高伊没有直接回答，而是通过模模糊糊的暗示，试图让他感觉到保拉绍当时是受国家安全局的派遣去南斯拉夫的。这种关系之所以保持至今，是因为通过他可以泄露一些合适的信息以迷惑对方。欧劳斯·卡尔曼立刻明白，这简直就是欺诈，拉特高伊根本就没有去调查他的爆料，而是编出了一个故事。毫无疑问，他还会坚持这个故事，因为他不想揭开谎言。拉特高伊看见欧劳斯·卡尔曼脸上的失望，于是改换战术，用不可冒犯的声音说：

"我想，您能感觉到，我是带着善意来处理您的案子的，我应该换来您对我的真诚。"

"我隐瞒什么了吗？"

"什么也没隐瞒吗？"

"我认为，什么也没有隐瞒。"

拉特高伊打开书桌的抽屉，取出缠着破布的一件物品，把它打开。

"您认识这个武器吗？"

欧劳斯·卡尔曼认出了这把史密斯威森左轮手枪，它是被杀的南斯拉夫边防哨兵的手枪，后来他把它藏到了萨劳弗的森林里，具体说就是峭壁的一块岩石之下。他没有想到在这个过程中会有人监视他，或者带着狗跟踪他。拉特高伊瞅了一眼神情沮丧的欧劳斯·卡尔曼。

"没有解释吗？我还有一个问题：这个东西是怎么到您手上的？"他再次把手伸进抽屉，把两枚金币摆到桌子上。

"我可以看看吗？"

"给。"

这些是二战前的旧第纳尔，是斯拉沃用织物覆盖后缝到德国夹克的纽扣里去的。欧劳斯·卡尔曼把事情的经过讲了一遍，但拉特高伊对这个解释并不满意。

"您为什么没有在跨越匈牙利边界后把这一情况立即告诉我们？为什么把整个衣服拆掉后，我们才恍然大悟？您想靠什么赢得我们的信任？！佐拉中尉完全是对的！"

欧劳斯·卡尔曼的脑子里冒出一个想法：讲出保拉绍被南斯拉夫囚禁一事，也许是他犯的一个错误，但后来他才明白，讲与不讲本质上没有区别，拉特高伊迟早会把善良的面具摘掉，拿出从一开始他就掌握的证据。

数日之后，拉特高伊结束调查，将调查材料移交法院。

在等待开庭的日子里，欧劳斯·卡尔曼每天夜里都只能睡几个小时。一感觉到黎明时分的凉意，他就醒了。他把脑袋转向一侧，不让头顶裸灯的光照进眼睛。他思索着自己的命运。他没有幻想，知道等待他的将是严厉的惩罚，但他只是不明白，法院要以谁的名义给他判刑。按照他的想法，每一项判决都间接地结束一场个人所参与的政治斗争，比如借助各种手段，弗朗茨·约瑟夫[①]在阿拉德[②]把绳索套在了将军们的脖子上，或者自己的父亲被霍尔蒂处死，而现在究竟是谁站在他的对立面？毫无疑问，佐拉和拉特高伊只能被看作执行者，保拉绍的角色也微不足道。然而，假如是体制想毁掉他，他又是如何能感觉到自己是体制的一部分，甚至是它的捍卫者呢？或者，他同时站

[①] 弗朗茨·约瑟夫，即弗朗茨·约瑟夫一世（1830—1916），奥地利皇帝，1867年起兼任匈牙利国王。
[②] 阿拉德，罗马尼亚西部城市，历史上属于匈牙利王国。1849年10月6日，奥地利帝国在这里处决参加匈牙利1848—1949年革命和自由斗争的13名将军。

在了两边并以此种方式判自己有罪，但这可能吗？他不想再思考下去了，因为他害怕自己思维混乱。

十

十月中旬，好天气又回来了。每日午后，太阳都会照进欧劳斯·卡尔曼的牢房一两个小时。假如站在牢房的中央，身子稍微往后仰，光照就会把整个身子晒热。他解开外衣的扣子，心无杂念地享受着温暖。现在，他开始感到遗憾的是，从前，当他从边境的草地和森林走过时，没有多晒晒太阳。当阳光从窗户底部的边缘消失后，他才把眼睛睁开。

现在，奇怪的是，在威胁的阴影下，欧劳斯·卡尔曼在周围的事物中比在旧时的自由环境中找到了更多的快乐。他享受饥饿，也享受可以有饭吃。他享受睡觉，就如同享受醒来一样。就连牢房里的寂静，他也喜欢。有时，这份寂静会被穿行在暖气片里的"监狱电报"声打断，但他已经不想去破译了。日子在惬意的昏昏沉沉中度过，当听到十月底开始庭审的消息时，他没有丝毫的紧张。

军事法院认为，欧劳斯·卡尔曼案的一些信息涉及整个国家的边防安全，因此对此案进行不公开审理。审讯室里只有必不可少的人员在场：少校衔首席法官、检察官、担任陪审员的两名下士和辩护人——欧劳斯·卡尔曼没有请辩护律师，因此法庭给他指定了一名年轻的、长着唇髭的辩护律师。欧劳斯·卡尔曼躲着他，因为假如他俯身靠近自己，就会闻到他嘴里很重的口臭。

仿佛更高一级的机关想尽快结案并发出了相关命令似的，庭审不分节假日，紧锣密鼓地进行着。法官们好像只求把当天指定的调查做完，他们不想用自己的问题使任何新的情况浮出水面，也不想去澄清旧的问题。欧劳斯·卡尔曼对问题的回答非常简洁，他的消极态度显而易见。庭审午休时，指定的辩护人趁身边没有旁人，对他说：

"您就不关心您在法庭上的形象吗？"

"当然不是。"

"因为您现在的表现就好像已经认罪了一样。您为什么不尝试斗争呢？您要相信，现在已经有机会了。"他环顾走廊，看是否有人在听他们的谈话。"从前的政治案件已经开始获得平反了，数以千计的人将走出牢房，重获自由。现在，您想在法庭审理结束后就死吗？"

欧劳斯·卡尔曼在思索着是否要把心里话说出来。

"我太累了。以前，连我死后人家说我什么，我都在乎。我曾听见有人在我心里念了一份名单，把我的名字也列入了英雄之列。"

"您怎么会沦落至此？"

"我也不知道。"

"您说话别避重就轻。您要明白，这关乎您的生命！"

"我明白，我只是不知道，希望在哪儿？假如判我有罪，形势是明朗的：一切都完了，什么都不取决于我。但假如判我无罪，我不知道我该去干什么。我不可能继续去做复活节时中止的工作。"

"但是，您有可能返回自己以前的岗位。"

"我？"

"至少理论上没有排除这种可能性。"

"即使允许，我也不可能回到以前的位置。我不得不相信，正如我以前相信的那样，"他露出了笑容，"我顶多只能在边境旁边的某个森林里当一名护林员，假如我懂行的话。"

"您到底有没有什么目标和理想？"

"我不知道，我认为我没有任何的欲望和愿望，我不会留下任何口信和委托。但我想向您要一样东西，我可否得到我父亲的老照片？我曾经把它放在我的房间里，它镶着黑色的皮框。"

"我可以去试试，但我不相信他们会给我，它被归入调查材料。"

"无所谓了，我就是想看看。我没有别的要求了。"

"我不允许您自杀。我会试图拖延庭审，时间对我们有利，这一点法院也知道。"

"好吧！"欧劳斯·卡尔曼说。他产生了一丝怀疑，这位年轻的律师也许把他的案子视为自己职业生涯的出发点。

午休结束，一名卫兵走到他们身边，陪他们走进法庭。

当宣布死刑判决时，法庭问欧劳斯·卡尔曼是否要求赦免，他只是摇头。辩护人正式递交了赦免请求。当欧劳斯·卡尔曼倾听冗长的理由时，感觉这些理由仿佛跟自己无关似的。

（1985 年）

干得漂亮，雇佣杀手！

合作社社长施米特·山多尔把总工程师和人事科女科长叫到自己的办公室，用钥匙把门锁上。假如有谁来找他们，女秘书会不出声地指向门把手，门把手上挂着从一个旅店拿来的彩色纸板，上面写着："请勿打扰！"

房门紧闭，人事科长拉吉玛纽希妮打开一封信读了起来。似乎是不愿相信里面所写内容的真实性，她先是把信凑近眼睛，最后鼻子都贴在了信纸上。

"……同时，我请求'泰坦'铁鞋头和鞋后跟制造合作社理事会接受我的辞呈。科瓦奇·费伦茨总工程师。原来如此，科瓦奇同志！"

施米特掐灭香烟。

"总之，这就是您说的那个急事，费里盖①？！您想抛弃我们？关于忘恩负义的蛇的寓言，我想您不想再听了吧？！"

"不想，老板，我下月一号就离开。"

"假如我们放人的话。"

---

① 费里盖，费伦茨的昵称。

拉吉玛纽希妮绝望地摆摆手。

"我们留不住他，施米特同志。假如他干到离职通知的最后期限，我们就得放人。"

"即使我干不到那个时候，你们也得放人。顶多有一年的时间，我每顿午饭多掏 20 菲勒就是了。"

施米特冷淡地点着头，望着总工程师。

"费里盖，我一直感觉您就像我的儿子，因为您懒惰、爱提无理要求、厚颜无耻——我的这个感觉现在加深了。能允许我知道您要去哪儿吗？"

"尽管这是我的私事，但我可以说出来：去'阿喀琉斯之踵'合作社。"

"去投奔我们的竞争对手！"社长对形势做出判断，"您听着，费里盖，您有最起码的信誉和诚实吗？"

"我一直把您视为我的榜样，施米特同志！"

"您又来了？！至少您要有清醒的头脑；别以为竞争对手是因为您的才华才引诱您的。"

"为什么？我感觉自己有的是谈判能力。"

"您知道您有什么样的谈判能力吗？就像荆棘丛，不，就像一整株荆棘！"

"那你们为什么还要挽留我？"

"想知道？我告诉您：因为您了解我们工厂的秘密——铁鞋头的切割模型、我们的钻孔技术和我们的客户。现在，您要把所有这一切像嫁妆一样带给竞争对手！"

科瓦奇站起来，示意他已结束辩论：

"您就别费口舌了，老板，无论如何我都要走。"

"我不想威胁您，但您不会逃脱惩罚的。"

总工程师耸了一下肩膀。

"为什么？您能对我做什么？要找雇佣杀手吗？"

"您别给我出主意！准确地说……"

施米特的话突然停住了，拉吉玛纽希妮惊恐地望着他。

"您怎么啦，施米特同志？"

"不怎么，甚至相反。"他朝科瓦奇的方向点点头，"您可以走了，费里盖，祝您在新的工作单位取得成功。"

科瓦奇变得犹豫起来，他离开时说：

"那我下月一号来……再见。"

只留下了他们两个人，拉吉玛纽希妮责怪起社长来。

"这是您的罪孽，施密特同志，是您永恒的'管理方式'才使事情发展到了这步田地！这里需要的是铁腕，而不是优柔寡断和资本主义欺诈。作为人事科长，我承担不了这个责任，我将把这件事带到全体会议上去讨论。"

施密特一脸憔悴地望着这个妇人。

"您说完了吗？"

"暂时说完了。"

"亲爱的拉吉玛纽希妮同志！也许时机并不恰当，但我想请您做一件事——您来坐我的位置，您当社长吧！"施米特生气地扯着嗓子吼叫道。"知道我在这个位置上得到了什么吗？神经官能症、肺扩张和淋病！"

"淋病可不是在工作中染上的，而是您的个人爱好导致的！"

"个人爱好？您见过那位女士吗？我指的是钢厂的仓库管理员。为了搞到半车皮瑞典钢，我不得不和她睡觉。为了合作社的荣誉，我铺上了西涅伊·迈尔谢·帕尔①的那幅价值连城的《云雀》的复制品！这难道是个人爱好？我再次提议，您来坐我的位置！"

"我现在没有这样的意愿。"

"那就不要干涉我的工作，让我工作吧。科瓦奇的这桩事我来解决。"

"怎样解决？"

"这是我的事情。"

几天后，一个戴着黑色宽边礼帽的高个男子走进"泰坦"铁鞋头和鞋后跟制造合作社总部的大门。来者的上身有点僵硬，漂亮的上衣胳肢窝鼓了一个包。专业人员的眼睛能看出这是隐藏在那里的手枪的轮廓。男子把头伸进传达室的窗口，用外国口音说：

"您好！请问，这是'泰坦'铁鞋头和鞋后跟制造合作社吗？"

门房把眼镜向上推到额头上。

"是的。您找谁？"

"是社长叫我来的。"

"我马上填一张登记表。同志，您怎么称呼？"

"我叫斯帕拉夫奇勒②。"

"您从哪里来？"

---

① 西涅伊·迈尔谢·帕尔（1845—1920），匈牙利著名画家。
② 斯帕拉夫奇勒，威尔第的歌剧《弄臣》中刺客的名字。

"曼托瓦①，法外之徒公司。"

"公司地址？"

"利哥莱托②街6号。"

门房把进门卡从窗口递出来："给您，请去4楼9号房间。"

这名男子瞧也不瞧女秘书一眼，直接推开办公室的门，站到社长的办公桌前，冲他点了一下头。

"我叫斯帕拉夫奇勒。是您捎信叫我来的，社长先生。"

施米特饶有兴致地抬起头。

"啊，这么说，您就是斯帕拉夫奇勒同志？欢迎您，我在恭候您的到来。您想喝什么？咖啡还是别的？"

"工作之前什么也不喝，它不利于人的正常反应。是您叫我来的，社长先生！"来者已经是有点不耐烦地说道。

"是的，我这里有点小活给您做，夫奇卡③，我这样称呼您，希望您不要生气。"

"我不仅不生气，甚至还把它视为荣幸呢。"

"有这么一件事，我们的总工程师科瓦奇·费伦茨想跳槽去我们的竞争对手那里。我们试图挽留他但没有成功，现在我们害怕他把我们工厂的秘密交给我们的对手。我们要不惜一切代价予以阻止，不惜一切代价，明白我的意思吗，夫奇卡？"

来者是一个经验丰富的人，他不想过早出牌。

"我能猜到您的目的，社长先生，但我还是想让您把话挑明了。"

---

① 曼托瓦，意大利北部小城。
② 利哥莱托，威尔第的歌剧《弄臣》中的主人公的名字，在宫廷里当一名弄臣。
③ 夫奇卡，施米特给斯帕拉夫奇勒起的匈牙利化的昵称。

"简而言之，必须用枪把这个人干掉，或者把他掐死。"施米特抬起手指提醒道，"但人道主义的基本原则要求我们丝毫也不能放松，我非常看重这一点，明白我的意思吗，夫奇卡？"

"你们找不到懂行的匈牙利人干这份活吗？"

"我们也想就地解决问题，但遗憾的是匈牙利在这方面严重落后，所以我们不得不从国外寻找合适的专家。"

"我能知道是谁推荐的我吗？"

"我的一个老同事海尔佐格叛逃到了意大利，在这个行业里人们叫他曼托瓦的海尔佐格。他出售铁鞋跟和鞋头，换取意大利的靴子——这是一桩世纪买卖。总之，海尔佐格对您赞赏有加。我想，对于像您这样的高素质专家，我就不必多解释了。您接这份活吗，夫奇卡？"

来者点头。

"我接，但我有一个条件，准确地说，有一个请求。"

"这个我们以后再聊，还是先把价钱谈妥吧。就费用而言，我听曼托瓦的海尔佐格说，您一般会得到一袋黄金，我们当然也会支付这么多的。关于钱，您有什么问题吗？"

"如果我没理解错的话，科瓦奇这件事对你们来说是紧迫的。"

"至关重要。"

斯帕拉夫奇勒做了一个表示遗憾的动作。

"就这件事而言，我得收取 25% 的加急费。"

"没问题。还会再给您 31 福林，这个我们预先就付给您，这样您就有一点零钱可以花了。给您！"

斯帕拉夫奇勒不悦地把零钱在手指之间翻来转去。

"31 福林？这是什么钱？是侮辱吗？！"

"不是侮辱，是每日费用。我们有财务纪律，您一定得把它收下。"

"我明白了。社长先生，能帮我一个忙吗？请把这笔钱给一个乞丐，我再加上一个福林，因为我不想让人诽谤我。"

"行。我想，所有的事情都已澄清。您说过您有一个条件，什么条件？"

"待办完事之后我们再谈。我将自我推荐，社长先生，我的行动会替我说话的。"

一个星期后，所有的全国性日报都刊登讣告说，"泰坦"铁鞋头和鞋后跟制造合作社职工科瓦奇·费伦茨突然去世，合作社将为他举行葬礼。

施米特·山多尔满意地搓着手。

"恭喜，夫奇卡，简直是杰作，什么痕迹也没留下。"

斯帕拉夫奇勒将表扬的话题岔开。

"谢谢，我的职业荣誉要求我工作细致。在我们这个行业不能有废品。"

"科瓦奇说什么了没有？"

"他只说了一句：'施米特·山多尔，你会步我的后尘的！'我不知道他指的是什么。"

"没人感兴趣。您可以去财务科领取酬金了，凭证上将写明是款式设计评审费，但您别受此影响。至于未来，如果有机会，您愿意继续合作吗？"

"愿意，但我提到过我有一个条件……"

"什么条件？"

"您一定记得,社长先生,我在曼托瓦的法外之徒公司工作。这是一家混合公司,其成员来自贸易、轻工业和美术等不同的领域,我们还有一个拦截卡车的部门,等等。哎,看样子,这个法外之徒公司现在要分崩离析了。"

"为什么?"

"迄今,成员们都是与匈牙利企业一起工作,我听说效益十分可观。"

"这个我相信,任何一个与匈牙利企业做生意的资本家都没有破产。"

"大部分人现在决定搬到匈牙利来。一般来说,他们会娶匈牙利女子为妻,其中一些人还会同时娶好几个,还可以在更好的条件下把挣来的钱花掉。指引我的是其他方面的考虑——暗杀这个我所尊敬的行业在意大利陷入前所未有的低谷。这个行业里到处都是业余爱好者和外行,他们野蛮且未经培训,居然卑鄙到公开地面对面攻击的地步,而不是从背后下手(理应如此),从而对被害人造成不必要的痛苦。别以为我是吹嘘,先生,您可以看看我干掉的人——所有人的脸上都是那样快乐和安详,仿佛是去赴约似的。总之,我厌倦了这些业余爱好者,在原则问题上我不能让步,因此我也想搬迁到你们美丽的国家来。"

"我们能帮上忙吗?"

"是的,在形式上我需要一份工作。如果贵合作社能接收我……至少让我过渡一下……"

施米特·山多尔以为自己听错了。

"您的意思是,夫奇卡,让'泰坦'铁鞋头和鞋后跟制造合作社雇佣一名职业杀手？！这听起来不大好吧！"社长陷入沉思，"容我再想想，我们的新总工程师是不是有什么前科？！您想干什么工作？"

"我什么都可以干。"

"哦，对不起，除了杀人之外，您还会别的吗？"

斯帕拉夫奇勒不满地皱起鼻子。

"这个假设本身就对我构成伤害，先生，斯帕拉夫奇勒家族的每一位男性成员都是在这个职业中成长起来的。但海尔佐格告诉我，在你们这里工作不需要特别的专业培训。"

"说得没错，但这只涉及领导岗位。"

社长翻开卷宗。

"请相信，我非常愿意帮忙，但我们的哪一个职位与您的专业匹配呢？！企业协调委员会主席一职已经有人担任了。如果在工会做社会政策方面的工作，您介意吗？"

"我身处困境，先生，但我会保持一定的水准。"

"或者您更愿意在我们的清算科追讨债务？"

"清算这个词听起来不错，但我重申：做什么都行，只要能用上我的特长——残酷的阳刚暴力——就行。"

"夫奇卡，这是您的愿望吗？我有一个主意，我们签订一次性的劳动合同，"他用下巴指了指门外，"我不敢把您聘用为员工，因为人事科长拉吉玛纽希妮会把我的脖子拧断的。去我们的铁鞋头车间吧。我们早就想制定那里的劳动标准，但机器操作人员的抵触情绪非常大，导致迄今谁也拿他们没办法。我希望您马到成功。"

"肯定没问题，先生。"

第二天，斯帕拉夫奇勒再次找上门来，他表情痛苦，因紧张而脸部抽搐。

"我干不下去，社长先生！我不干啦！不干啦！"

"您看，我没有强迫您，但这份工作您究竟不喜欢它的哪一点？"

"社长先生，迄今我一直认为，墨西拿的三名婴儿谋杀案是我职业生涯的低谷，但现在我必须相信，制定劳动标准是更黑暗、更残酷的任务，任何一名雇佣杀手都承担不了，假如他还能掂量出轻重的话。"

施米特无助地摊开自己的双臂。

"那么，我该拿您怎么办呢？"

"我思考过各种可能性，得出的结论是：可能我还得在原来的专业领域为你们工作。"

"当雇佣杀手？"

"没错，当雇佣杀手。"

"但您说说，一年得干掉几个总工程师！？一个？两个？为此我得专门聘用一个人？！"

"假如我们成立一个专业小组，在形式上是在合作社的框架内运作，但也替外面的雇主承担暗杀任务。这个主意如何？您已经很了解我了，保证完美完成任务。"

施米特的眼睛闪烁出光芒。

"您说得有道理，夫奇卡，时间对聪明、独立的想法有利。"他站起身来，在房间里踱来踱去。"您知道我对整个事情中的哪一点最喜欢吗？那就是，我对此闻所未闻，不过任何新产品都是最初的生产者获利最多。我们姑且试试，该给这项业务起个什么名字呢？"

"意大利语中把雇佣杀手叫布拉沃，如果允许的话，我建议使用这个名字。"

"布拉沃？布拉沃！我已经收买了他们，事情会顺利的。"

斯帕拉夫奇勒陷入沉思。

"我无法判断这件事能否让官方接受。社长先生，您认为有关负责人会批准这样的业务吗？！在这里，在匈牙利？"

"请接受一位经验丰富的人的观点吧，夫奇卡。在匈牙利一切都能获得批准，假如能用恰当的观点支持自己的申请的话，我指的不光是现金。"

"一定是我的想象力贫乏的缘故，但我实在不知道怎样才能为杀人找到合理的理由。"

"很难给您解释清楚，但我有一个主意，夫奇卡。请跟我去一趟区政府和合作社总部，您会亲眼看见这样的事情是怎么办理的。我一边让人用打字机把申请打出来，一边给包里装点东西，然后我们马上动身。"

施米特打开柜子，把各种礼物装进一个大包，其中有打火机、笔记本和圆珠笔。斯帕拉夫奇勒不解地看着。

"请允许我问一下，这些是干什么用的？您提到过我们要去各种机关。"

"我正要在那些地方用上它们。没有这些玩意儿，我们寸步难行。我们 50% 的产品在销售后全部用于购买这样的礼物，这样我们才能生产和销售其余的 50%。"

在区政府大门口，门房跨到他们面前。

"今天不接待来客！"他认出了社长，"对不起，施米特同志，请进。"

"上次我什么也没给您的孙子带，现在我补上。"他把几件礼物递给老人，"请把他们培养成优秀、正派的人。"

施米特推开一个办公室的隔音门，把一个小打火机放在女秘书的桌子上。

"下周我会给你带来几本日历，沃利卡。"

"谢谢，绍尼①叔叔。"

施米特摆了摆手。

"你应该把这个'叔叔'去掉，沃利卡！叔叔这个词没人感兴趣。如果有天晚上我们俩能呆在一起的话，我会证明的。"

"我巴不得呢。"

"劳什科维奇同志在吗？"

"在里面，请进。"

施米特用眼神示意斯帕拉夫奇勒跟在他身后。门开了，劳什科维奇抬起眼睛。

"你好，施米特同志，有什么事吗？"

"我想把我们新的部门经理斯帕拉夫奇勒同志介绍给你，以后你们会经常见面的。"

"很高兴，施米特。一句话，找我有什么事？"

"我想补交两万福林的税款，"社长掏出一沓一千福林的票子，"这是钱，收据等你有空的时候再寄给我。"

劳什科维奇把钱放进抽屉。

"我会寄的，一定会的。我只是有一点不明白，你为什么要补交

---

① 绍尼，施米特·山多尔的昵称。

税款？这不是你的习惯。"

"说实话，我们这个小小的暗杀科已经运转两年了，但我现在才知道我们的税务小组忘记在你这儿备案了。你就放心吧，劳什科维奇同志，那些被杀者都是罪有应得。我跟他们说：'在这个不幸的国家，道德已经沦丧到了何等地步啊！'"

"总之，你们有一个暗杀科？我不知道你们的章程也允许开展这项业务。"

"你应该知道，劳什科维奇同志。现在，我们已经纳了两年的税了。你刚才收的钱，没收据，有证人。"

"没错，你也看见了。"

"其实呢，这个暗杀科也不大，它的运转具有服务性质。我们几乎没什么收益，是一种责任在指引着我们：我们这样做就能把许多住房给腾出来，而且让大量的退休金留在国库里。"

劳什科维奇挠了挠头。

"哦，这我还真不知道……"

施米特没让他继续说下去。

"其实，在许多其他国家都有这项服务。以前是国家垄断，但现在都下放到了合作社。"

"经你这么一说，施米特同志，我才想起来，我在媒体上也读过几篇关于这一题目的理论文章。"

社长拍动双手。

"是吗？我太高兴了，劳什科维奇同志，我们在寻找一个负责理论指导的专家。你不愿意担任吗？当然，还是通常的那些条件。"

"你知道，我的事情可多了……"

"我不勉强。"

"……但我感觉，我有义务支持一切新的倡议。"

"这就是说，我们可以指望上你？"

"可以，施米特同志。"

他们道别后，在下楼梯时，施米特拍了拍斯帕拉夫奇勒的肩膀。

"哼，我说什么来着，夫奇卡？！比这更难的事，我也干成过。"

"真奇妙，社长先生，特别是让这名区政府官员当理论专家这个主意！这与实践专家的区别是什么？"

"区别不大，当然了，他们谁也不用工作，只不过实践专家一般来说要上门来领钱，而理论专家呢，我们会通过邮局把钱汇给他。现在，我们去合作社总部找沙比同志。"

他们没有找到沙比，施米特摆了摆手。

"没关系。"

他把一份申请递给女秘书，从钉在门框上的钉子上摘下挂在那里的沙比的汽车钥匙。施米特来到院子，打开车门，把两万福林放进手套箱。他锁上汽车后把钥匙放回原处。

"这个沙比可是个狡猾的小伙子。"他声音中带着几分赏识，"他从来不亲手接钱。假如现在有人发现了那两万福林，他就会说他什么也不知道，甚至会告我擅自进入他的车里。"

他们重新回到合作社，施米特立即让斯帕拉夫奇勒在桌子旁边坐下来。

"我们开始工作吧，夫奇卡，首先我们得评估一下市场，起草一个广告，最晚明天我们就得把它交出去。我这就写：'新，新，新！'

我发现你不喜欢，为什么？"

"真实的情况是，这项事业根本不新，仅就我们家族来说，干这行已经至少有150年了。"

"我们隐瞒实情的话，就会在多瑙河以西地区大赚一笔。难道我们写'陈旧，没落，过时'？"

"不，不能这么写。"

"您就帮我想一句吸引眼球的口号吧。"

"我试试吧，社长先生。"斯帕拉夫奇勒清了清嗓子，"'您想离婚吗？别把钱花在律师身上！我们会以合理的价格干掉您厌倦了的配偶！'感觉如何？"

"我们要把自己当一回事，夫奇卡，这些都是电台播放的滑稽短剧中说过的话。没有更好的主意吗？思想要大胆一点，要超越人们现在说的那些话，要更有创意。"

"为了让您满意，社长先生，我非常愿意解放自己的想象力。'生命短暂，但还可以更短暂！请使用"泰坦"铁鞋头和鞋后跟制造合作社布拉沃专业小组的服务！'"

"就是它啦，您可以去财务科领取一千福林劳务费。在广告投放期过后，您想怎么办？"

"天无绝人之路。我们亲自做！完美的质量保证，不存在投诉！"

"您去财务科再领一千福林！看样子，您是天生的点子专家，一个真正的商人。您不想接手我们的宣传科吗？！"

"您给了我自信，社长先生。现在，我们就只剩下一件事情需要澄清——我的薪水。"

施米特·山多尔的脸色阴了下来。

"遗憾，这不归我管。我们把人事科长叫进来，我已经吩咐她准备文件。"

刚等了一会儿，就有人敲门。拉吉玛纽希妮推开门进来，施米特向她示意斯帕拉夫奇勒在这里。

"我想，您已经见过斯帕拉夫奇勒先生了，他将去我们的新科室，这个我们已经谈过了。我想让您给他介绍一下劳动条件。"

"当然可以。我想先从一件私事开始，给您起一个匈牙利名字合不合适？"

"是说我吗？！"

"是说您。您现在的名字叫贾科波·斯帕拉夫奇勒。如果我说得没错，贾科波对应的是雅各布，斯帕拉夫奇勒呢，我们就让它对应肖什库蒂。肖什库蒂·雅各布！我觉得这个名字听起来不错。"

斯帕拉夫奇勒的喉咙里发出愤怒的咆哮。

"要改我祖先的名字？！……永远不！"

"别介意，我是一番好意，我是想避免索然无味的玩笑，但如果您不想，那就算了。我认为，您提出的物质要求有些过分，您看，斯帕拉夫奇勒同志，这里不是曼托瓦！作为合作社的雇佣杀手，您自然不能要求过于丰厚的薪水，比如成袋的金子，这绝对不行。一般的财务规定尤其是节约规定对您也适用，我仅列举合同中的几点：必须用一枚子弹解决指定的受害者，一旦要补射一枪的话，就得从当日薪水中扣掉25%；假如指定的受害者进入二等以上的餐饮单位，您只能自费跟踪；您使用自己的私车时，我们最多报销五百公里的行驶费。还有，必须在衣服的显著位置佩戴公司的五星骷髅头标志以及下列文字：'布拉沃合作社雇佣杀手专业小组为居民提供服务！'"

斯帕拉夫奇勒艰难地约束着自己。

"我明白了，还有一件事您没说，我的薪水到底是多少？"

"薪水嘛，我们把您划入二等杀手之列，租住的别墅也与等级挂钩。我现在把合同放在这儿供你们研究，待会儿我再来。"

门关上了，施米特向斯帕拉夫奇勒望去。

"哦，您感觉怎么样，夫奇卡？"

意大利人还没有完全醒悟过来，目瞪口呆地喃喃自语。

"肖什库蒂·雅各布是二等杀手！社长先生！要想不损害我闻名遐迩的行会受人尊敬的名声，我对列出的条件一条都不能接受。我只有一点不明白：我刺杀科瓦奇总工程师的第一次行动，你们为什么能给我支付公道的酬金？"

"那不一样，夫奇卡，那个时候您还不是我们的成员！我提到过，您的薪酬由合同工的工资基金支付。"

"这就是说没有别的办法啦？"

"就这件事来说，我没有别的办法。这个女人早就想把我赶下台，现在只等借口。"

斯帕拉夫奇勒目光僵硬地望着社长。

"假如我们把角色颠倒过来呢？"

"夫奇卡，您的意思是说，不是拉吉玛纽希妮把我们干掉，而是我们把她干掉？！但没人为此支付酬金！"

"没关系，社长先生，尽管免费劳动有违我的行会传统，但就算是纯粹出于乐趣（你们在参加社会工作时就是这么说的），我也要实施这次行动。"

不久，各大全国性报纸花了很长时间报道拉吉玛纽希妮的神秘死亡案，尤其对凶手史无前例的魄力感到震惊——凶手在受害者的身体上留下一张名片，上写："肖什库蒂·雅各布二等杀手"。这些报纸猜测，名片上的姓名和职务估计是假的。读完这些报道，施米特不满地摇摇头。

"真是好魄力啊，夫奇卡，但我们没有必要挑战自己的命运。您知道有这种情况吧：在露天游泳池，每个人都往里面撒尿——这个人人尽知，但假如有谁站到跳台上撒尿的话，肯定就会露馅。"

"您说得有道理，社长先生，当一个人纯粹出于乐趣工作时，经常就会把尺度忘掉。对所有的外行人来说，这是工作中永恒的陷阱。"

"无所谓，我们就让这件事过去吧，事已至此，后悔也没用。拉吉玛纽希妮已经没了，您来起草工作条件吧，夫奇卡，新的人事科长将会签字的。哦，对啦，生意如何？"

"好，很好！"斯帕拉夫奇勒看了一眼报告。

"这项服务刚启动一个礼拜，这期间我们干掉了一个总经理、两个丈母娘，我们的青年小组干掉了两名数学老师和一名俄语老师，需求在不断增长。能允许我讲讲会员们的要求吗，社长先生？"

"刚过一个礼拜，您就代表会员说话了。恭喜您，夫奇卡。"

"前天他们选举我为代表。简而言之，许多人都建议终止既陈旧又亏损的铁鞋头和鞋后跟生产，全部转行做雇佣杀手。我们可以把机器操作员培训成侦查员和灭迹员。"

施米特的眼睛蒙上了一层阴影。

"您看，我经过三十年的工作才把这个破败的合作社及其制造业带到匈牙利工业的前列，这是我的一生的心血，只要我在这个位置上，在这座建筑物里就要生产铁鞋头和鞋后跟。"

斯帕拉夫奇勒的脸上露出深深的失望,但依然有礼貌地鞠了一躬。

"会如您所愿的,社长先生。"

在暗杀科庆祝成立一周年之际,"泰坦"铁鞋头和鞋后跟制造合作社举行了一场内部小型招待会。丰盛的食物摆满桌子,施米特却只拿走一片火腿肉和一杯红葡萄酒。

"您太节制了,社长先生。"

"这已经超出了我对自己的限量,夫奇卡。和今天其他的匈牙利管理者一样,我也经常思考着自己的私生活。从前我什么都喜欢,甜食、肥肉、啤酒、匈牙利纸牌游戏和老婆,但如果我想跟上其他领导的步伐并留在他们那个圈子里的话,这一切我都得戒掉。我必须习惯网球、扑克牌、瘦肉和瘦情人。但今天我们是在搞庆祝活动,我们就不发牢骚了。明天早上你来找我,我要和您谈点事情。"

第二天早晨,施米特满面笑容地接待了斯帕拉夫奇勒。

"我有一个好消息告诉您,夫奇卡!"

"我想问一下,是要给我加薪吗?"

"比那还要好:您的工作压力将会减轻。看样子,下个礼拜雇佣杀手专业小组将会迎来一个帮手。这么说吧,是一个学徒。"

斯帕拉夫奇勒紧锁眉头。

"是吗?!这个人是谁?"

"是部里派来的,此前他是一家纺织厂的领导,从我对他的工作情况的了解来看,他有干您这一行的天赋。"

"干我这一行？社长先生，什么意思？！"

"这个以后再说吧。暂时，他跟着您边工作边学习。"

"社长先生，能允许我问一下吗？您的这个决定与我多次提议更换合作社领导人有关吗？"

"您什么意思，夫奇卡？！"

"我很难启齿，但我的猜疑并非子虚乌有。您给部里写了一封信，有人给我看了这封信的复印件。我知道，在这封信里您建议免掉我的职务。我必须得说，社长先生，我的内心深处充满失望。迄今对我来说，如此不当的做法是不可以想象的。"

施米特把脸转向下属。

"哦，是的，我的看法是，一个合作社一般来说应该由一个人来领导。换种说法，我从来不热衷于群交。"

"这就是说，您认为我想取代您的位置？"

"这可是您说的，夫奇卡，不是我说的！有一点是肯定的，你表现得过分主动，主动得令人怀疑。"

"我向我的主保圣人波尔托格鲁阿罗①的圣雅各伯宣誓，即使是白送我一个社长职位，我也不会接受。我了解我的能力缺陷，我是理想的二把手，是实际执行者，只要告诉我做什么就行。正因为如此，我才崇拜您，因为您对任何事情都那么了如指掌——我提这个，当然不是因为我想威胁您。为了保护我的自尊心，我只请求一件事：请允许我提出辞职。"

"我明白，抱歉，但我同意。您想去哪儿？回曼托瓦找海尔

---

① 波尔托格鲁阿罗，意大利威尼斯省的一个市镇。

佐格？"

"不。我以前不够坦率，社长先生，我现在承认，我早就料到您会让我滚蛋。我和'阿喀琉斯之踵'合作社已经谈判了好长时间了，我现在就跳槽去他们那里。"

施米特不想相信自己的耳朵。

"您有能力与竞争对手谈判？"

"是的，他们立即就把一个重要的暗杀任务委托于我，而且条件优厚。此前，我一直拒绝接受，但现在我想，我已经没有理由拒绝了。"

施米特无法消化眼前发生的这一切，他站起身来向曾经的下属发起攻击。

"那您就好好给他们干吧，至于后果嘛，您会看见的。"

"这立即就会水落石出，先生。"斯帕拉夫奇勒冷静地说完，然后掏出左轮手枪。

"您想干什么？"施米特惊愕地问，"您疯了吗？"

"抱歉，这是我从'阿喀琉斯之踵'得到的委托。根据我们有名望的行会的传统，只要接受了委托，就必须执行。"

他一枪要了社长的命，社长在临终时呻吟道：

"您的诅咒应验了，应验了，科瓦奇总工程师！"

斯帕拉夫奇勒满怀歉意地把枪管里的烟雾吹出来：

"安息吧，社长先生！"离开时，他嘴里哼哼着，"我的名字叫斯帕拉夫奇勒。"

（1987 年）

老故事

　　1944年12月的第一个星期天，佩斯已经成了一座围城，但市区的剧院依然在演出，节目在下午两点钟开始，这样观众就可以在天黑之前赶回家。演出开始得早，这也迫使我改变自己的日程安排，我喜欢慢悠悠地、舒舒服服地穿衣、化装，因此中午时分我就动身前往剧院。

　　那时，我已经有好多天没睡好觉了，节食是徒然的，我的胃里感到恶心，但我的脑子里从来没有出现过放弃登台表演的念头。我从老演员那里学到了一点：剧院需要的不是天才，而是安全运转的演员。

　　和往常一样，现在来接我的依然是我忠诚的老司机姚尼，当我推开大门时，他已经开着蓝色的木煤气动力出租车来了，车子规规矩矩地停靠在人行道的边上。我和往常一样给了姚尼两个潘戈和雪茄，然后把他打发走。我开始步行，我相信散步会有助于我的身体康复。姚尼跟着我走了一段路，以防我改变主意，但我又一次跟他摆手。

　　"我说过：您可以走了，姚尼卡[①]。"

[①] 姚尼卡，姚尼的昵称。

"艺术家先生,今晚您几点收工?"

"大概五点钟。"

"到时候我将出现在剧院门前。"

他向我道谢,然后就驱车走了。我喜欢这个老司机。也许,正是靠这样的和与此类似的关系才使我的心理达到了一种平衡,我厌恶我周围的整个环境,确切地说,这种厌恶感一直延续到今天。

我慢悠悠地走在多瑙河岸上方的步行街上,隆隆的炮声从城外的方向传来,天色早就暗了下来,枪炮的火光在天边闪烁。我陷入遐想,仿佛我正行走在一部电影里,天空不时地被照亮,我不自觉地放慢脚步,让假想中的摄影机有时间拍下我身后布达山的轮廓和坠入水中的桥的残骸。

一条伸向多瑙河的街道的拐角处突然出现一群人,这个景象一下子把我从遐想中惊醒。只见两名全副武装、戴着阿尔帕德条纹袖章[①]的无轨电车售票员正在车道上驱赶犹太人。身穿破旧大衣的孩子们抓着手拎包裹、佝偻着身子的祖父母的手。那种特别的顺从让我感到震惊,这群人试图以此赢得他们的押送者的仁慈,努力地保持着有规律的步伐,老人们抬起食指示意小孩子们保持安静。

我想避开这群人,但我想到,假如我穿越到街对面的话,他们可能会把我的这一举动视为我对他们的蔑视,于是我就继续沿直线行走,当我走到这群人的最前端时,听见老人们相互悄悄地说:"厄尔梅尼,演员!"

从他们的声音里能感觉出,他们可能曾经是懂行的剧院顾客,也

[①] 阿尔帕德条纹袖章,匈牙利箭十字党统治时期的标志,来源于匈牙利阿尔帕德王朝时期的旗帜图案,由4个红色和4个白色的条纹组成。

许就属于经常看彩排的观众。

我没有转身,只是走到了街道尽头时才回头看了一眼:箭十字党的成员把那群人赶到了河畔,让他们把挎在胳臂上的用头巾包裹的衣物和箱子放在一堆,还让他们把外套脱下。在寒冷中等候片刻之后,老人们和小孩们被要求在河岸边排好队,现在亲人们依然手拉着手。一阵急促的枪声响起,一排人从右向左依次坠入多瑙河。有轨电车售票员不慌不忙地把那些倒在河岸上的人的尸体用脚踹进河里,他们时不时地停下来,拿起闪着寒光的瓶子喝酒。

我继续走着,努力把自己的思绪转移到别的方面,没有更好的事情可做,我就开始温习下午的角色。剧院为了满足政府专员的意愿,排演了一出名为《天王》的话剧,讲的是一名德国飞行员的故事,我在剧中演一个名叫冯·费尔史泰特的少校,他是飞行部队的司令。我盯着眼前的柏油路走着,用不大的声音对自己咕哝道:

"让他们成为我们的信仰,成为我们获胜的意愿的翅膀,成为我们的祖国伸出去的拳头……"

我的第一个句子还没有说完,多瑙河边的机枪就不响了,突然出现的寂静非常清楚地暗示最后一个孩子和老人已经被射杀。我停住脚步,手扶在一个钉上了木板的橱窗上,这样我就可以把后背对着行人,我这样做仿佛是在看张贴在那里的告示。

我憎恨剧院里的箭十字党成员,尤其是巴德尔,早在萨洛希[①]掌权之前的许多年,他就在演出前放肆地向观众发问:观众席上有没有犹太人?因为如果有的话,他就不愿意演出!我认为这有违演

[①] 萨洛希,匈牙利箭十字党的领导人。1944年,德国占领匈牙利后,箭十字党掌权,萨洛希担任国家元首和政府总理。在他统治期间,大批犹太人被杀害。二战结束后,以战争罪被处决。

员的所有道德，我们不可以决定让什么样的人来买票。另外——这肯定听起来不好听——我也不太喜欢犹太人。我的犹太同事们过于情绪化，这让我烦恼。当我们争论问题时，他们要么狂热，要么假装受到伤害。当他们针对某一个人结成临时阵营时也会引起我的反感。当行会把他们从演员队伍中清除出去时，我并没有感到惋惜。

现在，我不能无视在我的眼前发生的情景。我感觉到一种奇怪的责任感——这只有演员或者那样的人才能理解，这个人的荣誉、过去、未来和所有财产都是基于人们的喜爱。当老人们认出了我并说出我名字时，他们似乎是在向我求助，他们曾经把在银幕上或舞台上看见的我视为英雄。我不断地安慰自己，所有的一切只不过是幻想而已，是疲劳和经常出现的不适引起了我良心上的不安。

在剧院里，我坐到镜子前面开始准备。这个剧目已经上演了50场左右，我的服装师早就当兵去了，但我把每天晚上尽可能地追求真实感视为我的光荣职责。从装饰着程式化的鹰的飞行帽到擦得锃亮的靴子，所有的服装我都保管得井井有条。我换好服装，粘上唇髭和胡子。关于冯·费尔史泰特少校的外形，我模仿的是意大利著名飞行员巴尔波。

我还有时间去走廊吸上一支香烟，这是不合乎规定的，为了不让消防人员看见，我用手掌挡住点燃的香烟。一名布景工从我对面走来，他吃惊地站了一会儿才认出穿制服的我，他微笑着认可了我的做法，我朝他挥手致意。我奇怪地口渴起来，在内部小吃店里喝了两杯茶，然后又拿出藏在更衣间的酒瓶喝了一口威斯忌——这是坐在前排的观众从我呼出的气息中觉察不到酒味的唯一的一种饮料。很快我就后悔喝了这么多饮料，我的肠子胀了起来，皮带在我膨胀的肚子上也变紧了，而我的口渴却几乎没有消除。

当幕布升起的时候，我就已经站在了舞台上，根据角色的要求，作为基地司令的我正等待飞行员们作战归来。我把额头靠在简易的窗户上，道出了我的开场白：

"让他们成为我们的信仰，成为我们获胜的意愿的翅膀，成为我们的祖国伸出去的拳头……"

尽管是背对着观众，但我感觉到观众几乎不关注我，我听见了前几排座位上的窃窃私语。作为演员，我最重要的原则就是不允许观众的兴趣减弱哪怕一个瞬间，要动用一切手段去感动观众。我想出一个办法：离开窗户，好像是因为紧张的等待而使我呼吸困难，我摇摇晃晃地向后退了一步，解开上衣领子。这个动作事实上让我特别眩晕，我想做深呼吸，但突然感到一阵刺痛，就像是有人把箭射进了我后背。

我的脸朝着地向前倒去，倒下后我的手动弹不得，但自始至终我神志清醒。我看见幕布轰然落下，闻到了突然间扬起的灰尘的味道。有人跑去找值勤医生，但来的却是机械师，他不敢把手伸向我，建议把我送往医院。

他们不想冒险给我脱衣，于是就把穿着戏服的我抬上救护车。汽车只跑了几分钟，司机就刹住车，当人们把我抬到担架上时，我看见了市区的翰里希诊所的大门。诊所所长兼主治医生帕尔哈兹博士接待了我。让我惊奇的是，星期天下午他还留在诊所里，我只能想到是剧院里的某个人把他叫来的。

帕尔哈兹我早就认识，但同许多其他的医生相比，我并没有过分地喜欢他，他为经常性的独出心裁而烦恼，假如他没有处在一个团体的中心，人们没有每分钟都为他讲的笑话发笑，他就忍受不了。现在，他微笑着用心电图仪冰冷的金属夹子夹住我的皮肤，用注射针头吸了一安瓿的氨茶碱注射液。

"没得心肌梗死，艺术家，别希望就这样轻易地死去。只是小小的心绞痛发作。在曲线上有一种突然受到冲击的痕迹。您今天受什么刺激了吗？"

"今天我也活着。"我回答说。我没有特别的心情去讲述我的这一天，但帕尔哈兹继续发问：

"发生了什么事？作为医生，我想知道。"

"我在多瑙河畔看见了处决。"

帕尔哈兹背过身去。

"不只是自己的小事，别人的不幸也会对您产生影响，应该是第一次发生这样的事吧！"

"我不想和您争论，教授，但我一直问心无愧。"

"嗯，能说说您是怎么想的吗？"

"有一次，我从马劳伊①口中听到这样一句话：作家的荣耀不在他说的话里，而在他的句子结构里。除了专业，我没有别的荣耀可言。如果把这个做好了，我就保住了自己的尊严。"

"您确信您一直做得好吗？"

"可以这么说吧。"

帕尔哈兹示意他结束了这个话题，盯着看心电图仪屏幕上出现的

---

① 马劳伊，匈牙利作家和诗人马劳伊·山多尔（1900—1989），成名于20世纪30年代，1948年流亡国外。1989年2月21日于美国的圣地亚哥开枪自杀。

曲线。

"您的心脏非常好。以前搞过体育？"

"我以前是游泳运动员，在杰尔赢得过青年锦标赛冠军。"

"这个国家充斥着成功的青年人和失败的成年人。现在，我让您休息一会儿，如果醒来的话，尽管按铃叫我，我在这儿要一直呆到明天早上。"

"您值班？"

"我有事。"

帕尔哈兹又给我注射了抗痉挛药物，我所有的血液似乎都涌到头上，大脑一下子热乎乎的，忽然我就睡着了。

午夜过后，我醒了过来。在真皮沙发上，我用胳膊肘撑起身子，环顾四周：检查室里只有我一个人，只是在房间的深处亮着一盏压低了的台灯。我没有感觉到特别的疼痛，只是内脏器官好像是肿胀了一样，原来的地方难以容纳它们。

我不想留在诊所里，在我的私生活中，我就像蜗牛一样蜷缩在房子的墙壁之间，拜访者只有预先打电话来，我才把门打开。现在，我害怕陌生人的手来给我翻身给我洗澡。我知道我是在冒险，在镇痛药的药效消失后，疼痛会重新回来，但我想：睡在家里自己的床上，将能比较容易地忍受疼痛。

我扶着椅子站起来，把身子靠在墙上，就这样把上衣穿上，扣上纽扣，手指尖无意中碰到了设计奇特的纽扣。我这才意识到我还一直在穿着德国军官的制服。我没有尝试去找便服穿，要是那样的话，护士们会向帕尔哈兹汇报说我要离开。根据我的假设，穿着德国制服我也能回到家里。动身之前，我朝水槽上方的镜子里看了一眼：我的脸有些肿，汗液溶解了胶水，一些地方的胡子已经脱落，但现在我顾不上这个。

在走廊上，我摸索着向外走，一个人也没看见，医院沉浸在朦胧的夜色之中，只有一盏盏蓝色的灯在黑暗中闪烁。在翼楼的走廊上，我向左拐去，我猜想出口就在那个方向。但就在这时，从一个房间里突然传来扑通一声，紧接着的是口齿不清的尖叫。

我停下脚步，首先想到的是应该尽快离开诊所，但我却振作起精神，朝这个房间的门口走去。我按下把手，一种不同寻常的强光让我眩晕，慢慢地我才看清细节：白色的铁床堆在后面的角落里，在空空如也的房间中央，两名士兵正在殴打一名穿着白大褂的躺在地上的人，他们把手臂高高举起，缠绕在上面的阿尔帕德条纹闪闪发光。我不由自主地把门拉上，返回走廊，我的胃里翻江倒海，费了好大的劲才抑制住恶心。

我的心里又升腾起一个想法，让我整个晚上都无法摆脱：仿佛心绞痛是对我袖手旁观处决儿童和老人的神秘而又合理的惩罚。我就像在现实中经历了戏剧中的罪与罚一样，而这些概念在此之前我都是从舞台和旧教科书中了解到的。现在，离开这里和留在这里都让我感到害怕。我觉得我至少有试图干预的义务，而偶然留在我身上的德国制服则成功地提供了可能性，甚至这份任务还刺激了我作为演员的野心。仿佛是为登台做准备一般，我把衣边往下拉了拉，这个熟悉的动作让我的紧张感顿时烟消云散，我用冷静的动作再次把门推开。

"这里发生了什么事？"

两名士兵回头看见了我，啪的一下跳起来立正，第一场战斗我赢了——他们接受了我的服装。我深吸一口气，用更加严肃的声音重复了一遍我的问题：

"这里发生了什么事？！"

"少校先生会说匈牙利语？"

"是的，我在这里已经呆了好几年了。"我敷衍了事地敬了个礼，用我在戏里的名字介绍自己："冯·费尔史泰特少校。"

"少校先生是盖世太保派来的？"

"是的。"

话一出口，我立刻就反悔了，因为我身上的飞行标志可能会出卖我，但说出的话已无法收回，接下来我就只能依靠临场发挥了。

"请给我汇报情况！"

"禀报少校先生，这个诊所藏匿遭到通缉的左派分子。我们认为，所长帕尔哈兹博士对这个犯罪事实负有责任。"士兵指着躺在地上的男子。我的眼睛一直在观察着他的肢体动作，但满脸的血渍让我很难识别出帕尔哈兹的脸部特征。"我们立即将此事报告了盖世太保，我想您也获悉了此事，我们的任务是在您到来之前保护好现场，看好俘虏。"

我特别想知道报告的内容和盖世太保的答复，但有一点看来是肯定的，德国秘密警察的人在任何时刻都可能派人来抓捕帕尔哈兹。

"我就是来带他走的，他的同伙我们已经抓住了，我们将让他们当面对质。另外，他交代了吗？"

"没有，我们正在想办法撬开他的嘴。"

我不得不赶快转过身去，因为我的胡子开始从脸上脱落，我掏出手帕佯装擤鼻涕，使劲地把毛发往回搋。我转过身来，用脑袋做了一个指向帕尔哈兹的动作。

"快把他弄醒！我得带他走了。"

"需要我们陪同吗？"

"不必，我的人就在外面。"

帕尔哈兹慢慢地恢复了意识，我俯下身去。

"你就别装了，站起来，到走廊上去。"

医生终于苏醒了，眼睛朝上看，从他的眼神中我看出他认出了我。我转身向外，朝外面喊了几个简短的德语句子，好像走廊的黑暗处真的站着我的人一样。我心里在感谢中学的德语老师陶费内尔·奥托，当时他经常给我们回忆他的部队生活，我现在的每一句命令他都千真万确地说过。我一直在审时度势，我的判断是，我不能和医生一起离开，因为假如这两名箭十字党士兵一定要加入我们的话，我们瞬间就会暴露。我知道，箭十字党士兵可能在正门口布下了哨兵，只要我给教授确保足够的时间，他凭借对地理环境的熟悉一定会找到逃亡路径。我用一个突然的动作把帕尔哈兹推出房门外。

"走！"

两名箭十字党士兵用期待的眼神看着我，我只好即兴表演几分钟节目了。

"这里的空气真难闻啊！"我说，"你们把灯关掉，让我把窗户打开一会儿。"

我踱到窗前，把两扇窗户都打开。月色皎洁，我举头望天。

"听见我们的飞机了吗？它们正在作战归来。"

"是的，少校先生！"

"它们是我们的信仰,我们获胜的意愿的翅膀,我们的祖国伸出去的拳头……"

我该做什么?我再也找不出台词了。这时,一个穿白大褂的男人的影子在院子的角落里若隐若现,我知道这只可能是帕尔哈兹,而且我还可以做出这样一个判断:他已经逃走了,现在我只要管好自己就行了。我结束自己的独白,关上窗户,在黑暗中还整理了一下自己的胡子。我想,既然我已经碰上了一点小运气,这个运气肯定会继续光顾我的。电灯亮了,我转过身来,想习惯性地看一看我的独白效果,我权当他们是普通观众。只见他们的脸上写满感动,因此我决定给他们奖励。

"你们叫什么名字?"

两名士兵再次立正,喊出自己的名字和军衔。我傲慢地挥挥手:

"我提议给你们俩发一等铁十字勋章,如果这件事情真的像看起来那么重要的话,你们可能还会得到更高的奖励。"

"谢谢少校先生。"

无论如何,我都想避免他们跟着我走,我指着旁边的桌子。

"我只要求一件事:请你们坐下,把迄今发现的情况写成报告,以利于进一步侦查。我办完事,马上回来。"

我草率地把手举向帽边行了个礼,跨出门槛。我没有朝后看,但从椅子的嘎吱声里我判断出这两名士兵都坐了下来,我想这足以确保我逃出去。

还没迈出几步,只见走廊上迎面走来一名德国军官和两名随从士兵。在这个狭窄的空间里,我无法绕着他们走,要想不引起他们怀疑,我也不能退回去。我对我的德语水平不抱任何幻想,陶费内尔老师的例句可以误导箭十字党士兵，但在盖世太保面前，我一定会露出马脚。我的时间只够掏出手帕，紧紧地压到脸上，做出牙痛的表情。盖世太保朝我敬礼并拦住我的去路，我从他们的话中得知，他们要去的正是关押帕尔哈兹的病房，我用另一只手朝相反的方向指去，然后继续走我的路。

下了楼梯，我的心脏周围感到轻微的疼痛，我只是祈祷我的心绞痛可别再次发作。我最想做的就是赶快跑，以最快的速度离开危机四伏的墙壁，跑进自由的空气之中，我强忍着才没有跑。

我发现大门关着，我打发放哨的箭十字党士兵去找值夜班的门房。我懒散地靠在墙上，但心里却在一秒一秒地数着时间，我知道：我损失的时间太多了，可能已经没有机会逃走了。谢天谢地，他找到了门房。

我终于跨到了街道上，每栋房子的大门都关着，根本没有藏身之地，我之所以沿着街道往高处走，是因为我的自尊不允许我像聚光灯下瘫痪的兔子那样束手待擒。

我似乎已经听见诊所的大门又一次打开的声音，箭十字党士兵和盖世太保开始在寻找我的踪迹。这时，一辆蓝色的木煤气动力出租车驶离墙根，姚尼在我的面前打开车门。

"晚上好！艺术家先生，请上车吧！"

我爬到后座上，司机突然踩油门，车子跳了起来。

"你怎么在这儿？"

"我本来是在剧院那边等艺术家先生，但他们说您被送到诊所来了。我想，也许您想回家。我希望您没什么大问题？！"

"没有，姚尼卡，带我回家吧。"

我闻着磨损不堪的真皮座位散发出的给我安全感的皮味,努力安抚着我那颗心律不齐的心脏。我对自己是满意的,我咕哝起我最喜爱的角色的台词:

"你要从我身上学会如何更好地表达自己的意见……"

(1987 年)

神枪手

我的朋友曾经是政府的猎人,他的工作是接待并陪同来访的国宾去休闲狩猎。

"你为什么离职?"

"说真话吗?!我是被解雇的,我太委屈了。去年一月的一天,我的上司来找我,说:'阿尔比,很荣幸……'"

"是要授予我某种荣誉或者特殊的奖励吗?"

"不,明天有一个橡胶海岸的代表团去你们那里,团长是总统阿布索鲁托·泽鲁博士本人。他是著名的猎人。"

"这我知道。"

"你是从哪儿知道的?"

"《自由欧洲电台》曾经报道说,他射杀了很多公羊。"

"这倒无关紧要。他听说匈牙利的野生动物有名,就无论如何也要射杀一头长着大角的公鹿。"

我长叹一口气。

"这重要吗,老板?"

"非常重要,主要是从经济角度考虑,因为假如他感情上受到伤害的话，就会不愿意接受我们赠送给他们的那些工厂。我们要争取做到百分之一千的稳妥，你建议采取什么样的方法？"

当时，我们已经在采用业已形成的一些方法，假如非要让客人击中目标的话，我们就会用煮熟的玉米把野鸭子吸引到一棵树下，然后再给它们喂玉米形状的铅块，这样它们就飞不动了；我们给一头野猪打上一针，让它站着睡觉；在鹿的身体一侧，让村里的理发员用剪子剪出一个靶子的形状。我的上司不满意地摇着脑袋。

"这些都不行。"

我有些生气。

"不行？那我就只能给出这样一个建议：我们把公鹿拴到树上，比方说，用一根二十公分长的绳子。"

我的上司伸出手。

"这个主意不错，阿尔比！就这么办！"

我该怎么办？我去找政府的渔夫，他们同政府的扑鸟人一起接待渴望垂钓成功的外国元首。我从他们那儿要来数百米长的渔线，把渔线弄成二十股并拧成绳子，然后再用它把一头大角公鹿拴到一棵树上。

在指定的时间，橡胶海岸总统阿布索鲁托·泽鲁博士到了。我震惊地发现，他的眼睛近视得特别厉害，他本来想把上衣往钉子上挂，但却挂在了在墙上晒太阳的苍蝇身上。令我深思的是，他的侍从人员从枪套里给他取出的是一支刷成白色的步枪。

我修改了计划，本来我想把射击位置安排在距离拴公鹿的树五米远的地方，但现在我发现把距离减少到两米更合适。我要留意的只有一件事——伸出去的枪管可别碰着公鹿的尾巴，因为要是把公鹿弄痒痒的话，后果可就无法预测了。

后面就只剩下几件琐碎的事情了。下午，士兵们在森林里布上了电线——需要使用比普通电线粗的电缆，才能为所有的 70 盏聚光灯提供电力，这些聚光灯将把公鹿照亮。假如阿布索鲁托·泽鲁博士把公鹿打死的话，我们就把录音机打开，播放橡胶海岸的国歌。技术人员把音箱放置得很巧妙，看起来就像是公鹿自己在唱国歌一样。

晚上，我们的汽车拉着阿布索鲁托·泽鲁博士在森林里转了五圈。

"我一生见过许多森林，"他赞许地说，"但这是最大的森林之一。"

橡胶海岸总统来到狩猎的隐蔽处。为了安全起见，我们把这里也刷成了白色。只见他拿起武器，先是瞄准陪同人员中最大的官——橡胶海岸副总统，经过长时间的说服，他才放弃射击。最后，聚光灯亮了起来，拴在树上的公鹿出现了。

"应该不会再出问题了吧！"我想。但是，我错了。

阿布索鲁托·泽鲁博士的枪响了，按照预先的设计，在橡胶海岸的国歌声中公鹿应该瘫倒在地，但公鹿却飞也似的跑了，最后消失在森林深处的灌木丛中。

事后的调查显示，这天发生了看似不可能发生的事情。原来，阿布索鲁托·泽鲁博士射出的子弹击中并打断了用二十股渔线拧成的绳子。在这种情况下，他回国后就任命自己为橡胶海岸动物保护联盟的主席，而我却在第二天收到了辞退函。

(1987 年)